王安忆 著

南方出版传媒 花城出版社
中国·广州

图书在版编目（CIP）数据

考工记 / 王安忆著. -- 广州：花城出版社，
2018.9（2019.1重印）
ISBN 978-7-5360-8729-3

Ⅰ. ①考… Ⅱ. ①王… Ⅲ. ①长篇小说－中国－当代
Ⅳ. ①I247.5

中国版本图书馆CIP数据核字(2018)第182483号

出 版 人：詹秀敏
选题策划：朱燕玲
责任编辑：朱燕玲　许泽红
营销统筹：蔡　彬
技术编辑：薛伟民　凌春梅
封面设计：妤谢翔
书名题字：仓　鼠

书　　名	考工记 KAO GONG JI
出版发行	花城出版社 （广州市环市东路水荫路11号）
经　　销	全国新华书店
印　　刷	广东新华印刷有限公司 （广东省佛山市南海区盐步河东中心路23号）
开　　本	880毫米×1230毫米　32开
印　　张	8.625　2插页
字　　数	165,000字
版　　次	2018年9月第1版　2019年1月第4次印刷
定　　价	42.00元

如发现印装质量问题，请直接与印刷厂联系调换。
购书热线：020-37604658　37602954
花城出版社网站：http://www.fcph.com.cn

他这一生，总是遇到纯良的人，不让他变坏。

目 录

001 | 第一章

他不过走开二年半,却像有一劫之长远,万事万物都在转移变化,偏偏它不移不变。

043 | 第二章

生活就这样,一径往下过。这种均匀的节奏是有麻痹性的,使人注意不到潜在的动摇。

089 | 第三章

那是个什么造化啊,出自谁人的手;又刚巧落在他们家;他们家世代过来,散了多少人和物,偏偏留下它,不晓得是福还是祸!

131 | **第四章**

他不像以前害怕和嫌恶这宅子了,多少是瓶盖厂所赐,机器的轰鸣、脚步杂沓,填充了空间,而他呢,是这喧哗中的一个静谧。

185 | **第五章**

他意识到,自从重庆小龙坎回来,二十五年,四分之一个世纪,再没有走出过上海,他实在拘束得太久,现在要去外面的世界看一看了。

225 | **第六章**

台风过去,云开日出,他手持一柄大扫帚,扫去落叶、泥沙、木屑子,扫去一层,下来一层,这宅子日夜在碎下来,碎成齑粉。

第一章

一

一九四四年秋末,陈书玉历尽周折,回到南市的老宅。这一路,足有二月之久。自重庆启程,转道贵阳,抵柳州,搭一架军用机越湘江,乘船漂流而下,弯入浙赣地方,换无数货客便车,最后落脚松江,口袋里一个子不剩,只得步行,鞋底都要磨穿。但看见路面盘桓电车轨道,力气就又上来。抬头望,分明是上海的天空,鳞次栉比的天际线,一层层围拢。暮色里,路灯竟然亮起来,一盏,两盏,三盏……依然是夜的眼,他就要垂泪了。

二年前,随朋友的弟弟、弟弟的女朋友、女朋友的哥哥、哥哥的同学——据说是韩复榘司令的侄系亲属,络络绎绎十二人,离开上海。去时不觉得路途艰难,每一程必有接应和护送。陈书玉没出过远门,中国地理也学得不精,并不知道哪里是哪里,只觉得很开眼。天地江河都是壮阔,漫野的青纱帐——他没见过庄稼地，原来也是壮阔的。尤其入山西地界，车走在黄土沟里，山崖上一道城墙，箭垛如同锯齿，插入苍穹，大有前不见古人、后不见来者的气势。吃苦是难免的，食宿简陋倒不计较，他最惧的是臭虫。夜里一吹灯，就听壁纸与篾席沙沙地山响。虱子也是一惧，这两项甚至超过日本人封锁区的可怖。也因为日本人的事不归他管，自有负责的人。这一路也有月余，说是避乱，更像游山水，从仲夏到秋初，正值西南宜人的季候。许多年过去，方才知道一行匿身特殊人物，或者说，是为这一位特殊人物，方才集起这一行同道，所以如此顺遂。以致回程中，时不时想起那一句旧词：别时容易见时难。而他万万想不到，就因为此一行，日后新政府纳他入自己人，得以规避重重风险。

迈过电车路轨，路轨沉寂地躺在路面，眼前仿佛电车的影，那影里明晃晃的窗格子，闪烁一下，又灭了。脚下的柏油地，渐渐换成卵石，硌着磨薄的胶鞋底。他穿一双元宝口的胶鞋，在多雨的西南可是个宝，到上海却变得奇怪了。就在这一刻，天陡地沉下来，路灯转到背后很远的地方，街边的房屋十之七八坍塌，间或一二座立着，紧闭门窗，没有动静。有人在瓦砾堆里翻扒，咻咻驱赶野猫。一只肥硕的老鼠从脚下蹿过去，他原地跳一跳，放了生。废墟上亮起一星点火，洇染开一圈，火上的瓦罐突突地小沸，有食物的香甜弥漫在空气里，他吸吸鼻子，辨出南瓜的气味。映着幽微的光，面前呈现一片白,这一片白仿佛无限地扩大和升高,仰极颈项,方够着顶上一线夜天,恍然悟到,原来是宅院的一壁防火墙,竟然还在——从前并不曾留意,此时看见,忽发觉它的肃穆的静美。他不过走开二年半,却像有一劫之长远,万事万物都在转移变化,偏偏它不移不变。

从防火墙下走,顺时针方向到西门,抬手一推,推不动。门上挂了锁,托在掌上,沉重得很,是原先的旧锁,又是一个竟然,竟然完好如故。停一停,退后两步,张开双臂,一臂扶墙,一臂扶墙边柳树,再原地一跃,两脚就分别撑在墙面与树干,离地三尺,噌噌数步,又上去三尺,就到地方了。稍歇一歇,站稳,扶树的手,慢慢移动摸索。某年某月,雷电正中劈开,都当它要死,却发出许多新枝,养了许多洋辣子,大人孩子都绕道走,树身且又长合,留下一个木洞,容得下一巢鸟雀,日后作了他家兄弟的秘处。

一番摸索,脊背就迸出热汗,脑穴处则通电般一凉,摸到什么?钥匙!鸟雀都换了族类,可钥匙原封不动。拳起手,握紧了,腿脚却软下来,溜到地上,站不起身,就抱膝坐着。这把钥匙是叔伯兄弟几个为各自晚归设的约定。家中规矩,晚十点即闭户,关前后门,此西门平素不进出,常年挂一把铸铁大锁,于是,偷出铁锁钥匙,私配一件,藏在树洞内。都会的大家,子弟们难免沾染浮华风气,夜间的去处特别多,不是说,海上生明月吗?一九三七年淞沪会战硝烟未散尽,"蔷薇蔷薇"就处处开了。离开上海的前一晚，陈书玉还在西区舞场流连，准确说，出行的计划，就是在舞场里做成的。

坐一时，喘息稍定，奋发精神，试图站起，这才发现周身瘫软。发力几回，立住脚，手索索地抖，钥匙嗒嗒地碰击锁眼，就是对不准。天又墨黑，乞儿的篝火被阻在另一面，借也借不到。他怀疑是不是换过锁或者钥匙，正决不定，月亮跳出来，咔嗒一声，手底下一弹跳，就是它！推进门，抬头望一眼，只见防火墙剪开夜幕，将天空分成梯形两半，一黑一白，月亮悬挂在最高的梯阶上，像一盏灯。

门里面，月光好像一池清水，石板缝里的杂草几乎埋了地坪，蟋蟀嘲嘲地鸣叫，过厅两侧的太师椅间隔着几案，案上的瓶插枯瘦成金属丝一般，脚底的青砖格外干净。他看见自己的影，横斜上去，缀着落叶，很像镂花的图画。走上回廊，美人靠的阑干间隔里伸出杂草，还有一株小树，风吹来还是鸟衔来的种子，落地生根。回廊仿宫制的歇山顶，三角形板壁上的红绿粉彩隐约浮动。跨进月洞门，沿墙的花木倒伏了，却有一株芭蕉火红火红地开花，映着一片白——防火墙的内壁。他伫立片刻，忽生一念，当初造宅子的时候，周围定是空旷无人迹，直面黄浦江，所以会有防御的设置，就像欧洲贵族的城堡，那是什么年代？他的历史课和地理课一样马虎，也受实用观的影响，目力之外，在他就是不存在。天井的地砖，覆了青苔，厚而且匀，起着茸头，亮晶晶的。两口大缸被浮萍封面，面上又盖了落叶，青黄错杂，倒像织锦。

他立在天井中央，看自己的影。这宅子走空有多时了，有在他之前走的，又有在他之后；有往南，有往西，还有往东——两年中，他收到过父亲一封信，途中不计经历多少时间，多少不知名的地点，信中所写都是迟到的消息。问他身在何处，境遇如何，妹妹们是否可去投奔。他没有回复，一来时过境迁，妹妹们早就去了该去的地方；二也是，他们本来就是疏离的家人，彼此间并不怎么亲密。自祖父与伯祖一辈向下，各有二房和三房男丁，就像大树发杈，再发成七八家，将个宅子挤得满腾腾。从他落地，放眼望去，都是人，耳朵里则是龃龉。他们家的人元气旺，秉性强，就没听说有早夭的，生一口，活一口。放养着，从中挑一个宠惯，满足为人父母的天性，其余也不为不平，因为是大多数。他虽是这房独子，却不是那个被选中的，选择多是随机，没有什么理由，这才能说走就走。

现在，一宅子的人都走净了，留下无限的空廓。昆虫唧啾，树叶扑簌簌划拉，窗扉和门轴时而支扭，野猫倏地跃下，脚爪柔软着地，还有一种崩裂的锐叫，来自木头的缩胀，由气候的干湿度引起……这是静夜的声音，老房子的低语。这幢木结构的宅院，追究起来，哪里是个源头！榫头和榫眼，梁和椽，斗和拱，板壁和板壁，缝对缝，咬合了几百年，还在继续咬合。小孩子的梦魇里，就像一具庞大的活物。诸暨籍的奶娘拍哄夜哭郎：再哭，山魈来吃你！这活物大约就叫山魈，谁见过它？奶娘夜里说，早起忘，没有人去向她询问。天光大亮，院子里四处起烟，各房的老妈子争洗脸水；小孩子抢夺淘箩里的粢饭团，咬着上学堂；车夫敲着门，先是无人应，然后一窝蜂上，都说自己要的洋行上班的车；电话铃响着，不知道打给谁，所以都不接，打的人也耐心，一直等着，终于接起来，对面又挂上了；无线电里，小热昏唱新闻，操一口浦东本地话；自来水开足了，哗哗淌；好天气，都要晒被褥棉花胎，女人们的战争就开始了。也不知道怎么一来，戛然间，尘埃落定。

木的迸裂，从记忆的隧道清脆传出来，既是熟悉，又陌生。他回家了，却仿佛回到另一个家。挪步上台阶，推门，门不动，晓得是从里面插上。透过门窗雕饰的镂空望进去，依然旧摆设。堂案上列了祖宗牌位，两尊青花瓷瓶，案两翼的太师椅，一对之间隔一具茶几。镂刻的门窗投在石台阶，花影幢幢。花影里移过去，移过去，忽然不见了，原来进去夹墙里。夹墙底处，一扇窄门，推开来，一团漆黑扑面。手在壁上摸索，触到开关，扳下来，不亮，供电局早已断电。眼睛倒有些习惯，于是漆黑里浮起一层薄亮，显出一道木楼梯，手脚并用爬上去，陡然豁朗。他到了楼上阳台，沿阳台走一圈。楼上的房间全下了百叶窗，依次推过去，有一扇活动，下力摇几摇，插销脱落下来。慢慢打开，手撑住窗台，一条腿先上去，另一条再上去，进去了。是祖父的屋子，一个统间，前面卧房，后面书房。他不记得什么时候曾经来过,其实,连祖父的面容都是模糊的。

拉开百叶窗,透进光,已是中天的月亮,将窗棂照得通明。撩起夏布蚊帐,坐进去,摸出口袋里半张面饼,干咽着。蚊帐里有一股艾草的气味,居然渗漏过战时的岁月,存留下来。吃完饼,褪去胶鞋,和衣躺下。绿豆壳的枕头芯子,沙啦啦地轻响。翻身侧睡,手在枕后头摸到一柄折扇,展开,看不清字迹,但有墨的余香,不由想,祖父在什么地方,还有父亲母亲,又在哪里?思绪变得轻而且薄,升上去,飘浮在帐顶底下,罩着他。更声敲响,不知梦里还是醒里,过去还是将来,他乡还是故乡,再有,那打更的人,是原先的一个,或者另一个?

二

人们称陈书玉"小开"。上海地方,"小开"的本意是老板的儿子,泛指豪门富户的子弟,陈书玉大约属后者。事实上,在他可视范围内,家中无一人有经营,相反,多是无业,也不知坐吃多少代了,至此尚可继续。虽谈不上锦衣玉食,但也不缺,所以就没有劳动的概念。到他这一辈,有出去做事的,并非出于生计,而是现代教育的缘故。祖父和伯祖穿长衫,父亲、伯父则一律西服革履,读新学堂。晚清民初的人,都向往西洋，他们的家，看起来仿佛旧式，实际一点不保守，甚至是开放的。祖父卧房里，有一具自鸣钟，上足发条，每日午时，小木屋的栅栏门打开，跳出一只金丝雀，连着叫十二声。据家里人说，是宫里的玩物，意国人朝贡来的，后经一个太监的手，送给高祖。以此来看，高祖交游广泛，朝野有人，所以，遗泽荫庇百年不衰，才会有今天的日子。

陈书玉读的是交通大学铁道系，不知如何形成，又根据什么缘由，这家女子不定读书，男孙都学工科。工科是西学的概念，中国道统中属奇技淫巧，这又见出不是上等的门阀世家，更像新起，多少带暴发的嫌疑。可是，谁会去追究呢？尤其身在事中，反而漠视来龙去脉，只当天生成。总之，他们家人都受新鲜的物事吸引，积极向学，至于学成之后当什么用途，暂不考虑。他是个喜欢交友的人，进大学读书，有一半是为结识不同的人，不免让他失望了。同学中，多是埋头苦读，那些勤工俭学的青年，还要任职助教、宿管抑或图书管理员，少有闲暇。工科生天性又呆板，缺乏生活的兴味，谈话不出三句半就到了机械的动力世界。他们这一班，全是男生，没有新女性的倩影。倘若时间充裕，凭他的单纯诚挚，或许能交到一二个知己，可惜"八·一三"淞沪会战爆发，学校就计划南迁。去与留的混乱里，方才建立起的一点同窗之谊也涣散掉了。他是留的那部分，读书和学位的热情本不强烈，迁走的又只电机和机械两个专业，再则，也舍不下上海，购买的冬季音乐会套票还没用完呢!

学校散了,他回到原先的朋友淘里。

他们要好的几人,称"至友"不太像,因没经过什么考验,只是玩乐的交道。要叫"死党",且未见其有道和谋,还是玩乐居上。倒是世人起的诨号"西厢四小开",比较名副其实。"西厢"指的经常出入的地方,公共租界的西区,至于"小开",即如前面说的,富贵门户的晚辈。上海这地方,富贵要分两头说,"富"没有问题,"贵"就可疑得很了。黄浦江开埠不出百年,都是一吊钱两脚泥上江滩,本地民谣唱的"赤脚穿皮鞋,赤膊戴领带",大约可视作上海的发家史。从跑街先生做成大亨的,比比皆是。"小开"这称谓也很有意趣,"小"字当头,"开"呢,可能来自扑克牌里的"老K",通常用于帮会里的头目,所以,"小开"就有了点黑道的气息。

"西厢四小开"里,那三位一姓朱,一姓奚,一姓虞,互相昵称为:朱朱,奚子,大虞,陈书玉叫"阿陈"。也有点像帮会。朱朱与阿陈是世交,坊间传说,两家有宿怨,陈家的中落与朱家有关联,可事情过去那么久,听起来就像古代,孩子们都玩在一起了。奚子其实是读书人家,祖父起就留洋学法律,父亲也开律所,他自己却学油画。既非逻辑思维一派,也无辩术之技艺,还谈不上衣食保障,唯同出西洋这一项,其余都离家道甚远。但子女多了,总有一二个走边路,大人并不十分干预。大虞的人生与上几位略有二致,从某种程度上说,他可谓延续祖业,就是木器。最早时候,先人依附海格路停柩所,开棺材铺。海格路停柩所主要面对西人,老板就是意国人。西洋棺材重雕饰,几近艺术品。大虞耳濡目染,或者天性里就有,对手艺和美观都喜好,时常去美术专科学校旁听,画几课写生,于是,和奚子结谊。这一对和那一对且是在工部局夏季音乐会邂逅,都是买套票的朋友,有固定座位。年轻人都是自来熟,不很久便同进同出,各骑一架自行车,吹着口哨,一阵风去,一阵风来,成为一道街景。

四个人中间,家境数大虞殷实。一技在身,任凭改朝换代,都有饭吃。尤其殡葬业,越是乱世越是兴隆。从棺材铺起头,开出几爿细木工作坊,承接多是上等西人的定制。油画框、插屏钟壳架、首饰盒、仿法国路易王朝宫廷用物,还有鸟笼子,好比一座古希腊城池,吃食、休憩、洗浴、如厕,细木棍栅栏区隔,开闭机枢,全用套榫,不打一颗钉。都说是中国传统工艺,事实上,西洋也有。虞家和意国人打交道,晓得文艺复兴和翡冷翠,那里也出木匠。见过几幅木器贴面的打样,如同丝织般繁复堆砌,堂皇瑰丽,就知道,月亮不只是中国的圆。于是,再激再励,求深求进,事业就一径向上。中国的乡下人,意大利其实也是乡下人多,对于财富还是古典的观念,置地置产,南市的几条弄堂,周边四乡八里,都有虞家的田亩房屋,东边有雨西边晴,交上来的租子就吃不完。

奚家在沪上有些声誉，打响过几桩出名的官司，身价直线上升。但在世人眼中，律师总是开口饭，多一间写字间而已。虽然上海新世界，新人类，旧俗尚有余韵，所以当作末技。家道呢，大约仅够列入小康。然而，事实上，沪上小康人家才是真正的聚宝盆。西区的新里，一幢幢西式楼房，半地下的汽车间停着汽车，花园里栽着玫瑰花，小孩子穿吊带短裤，白线长筒袜，牛皮鞋，仆佣送去上洋学堂，钢琴弹着奏鸣曲，不是从这窗户就从那窗户传出来，还有圣诞歌，平安夜的派对上，烛光融融映着长窗帘，"金哥贝，金哥贝"地一遍遍唱。业主们就是小康，他们是新起的阶级，代表着社会的中坚力量。

相对来说，阿陈和朱朱代表的是过去，有渊源不错，可已经在末梢上了。要一径追溯，大约追溯得到清乾隆，可不是古代了！阿陈的老祖宗从台湾来到上海，开一爿船号，经营海运，顺便建一个码头，停泊与装卸。朱朱的老祖宗就在船号担任通事，就是今天的翻译员，专司洽谈洋人的生意。小刀会攻占上海城——小刀会都出来了，像不像历史书？小刀会砍了朱通事的首级，陈家这才发现船号早被掏空，勉强撑到同治年，每一桩事都有年号，也像是真的。同治年，清廷在上海设轮船招商局，这时候，陈家的祖宗也换代了，将船号与码头盘给招商局，得手的银子，一直开销到如今，数目之巨，可想而知。朱家后来还有经营，豆行米市之类，终也发不起来，只维持温饱。上海的正史，隔着十万八千里，是别人家的故事，故事中的人，也浑然不觉。

　　这四个人，叫是叫"小开"，其实并非严格意义上的。倘若分开来，一个一个出场，大概都是一般人，但四个人一伙，集团军上阵，就有一股子气势，年轻力壮，有来头，又摩登，不叫"小开"叫什么？四个人所以结缘，除兴趣爱好相投，更重要的一项，就是经济。经济是一切的基础，他们不是极富，又绝不是寒素。大虞和奚子两家风气比较谨严，也是上升时期的生活方式，儿女就不受纵容。两个旧家呢，有余心无余力，手头多少拮据着，但生性慷慨，便抵住了。两上两下，基本能够持平。四人出行，或美式AA制，或中国式轮流坐庄，倘有特殊的理由，也不妨额外做东。比如，清明时分，大虞邀那几个去郊外踏青。虞家本是南翔镇上人，到沪上三代有余，乡土疏远了，但老坟尚在。看坟人是族亲，每年上木器铺领饷，渐渐地，置下一片地，过起庄主的日子。这四个少年骑着自行车飞行侠般来到，好比天兵天将，乡下人哪里见识过。不免手忙脚乱，又杀鸡又宰鹅，又摸鱼又捉虾。上海人都有一条尝鲜的舌头，独对野生瓜菜起反应，番薯藤、南瓜藤，剥去皮，裸出嫩芯子；莴笋叶，也是拣嫩的，搓了盐，滗去水；刚露尖的豌豆荚，生着吃；肥田的红花草，石臼里捣成浆，和进面糊摊饼；过年余下的腌腊和糟货炖成老火汤，野荠菜滚进去，白汤上面一层碧绿；自酿的米酒，新打的年糕、新舂的米、点卤的老豆腐、柴灶里的烟火气——这是吃，还有看。篱笆上的茄子花都是稀罕物；河边爬的蜻蜓，以为是大闸蟹的幼子；蜂子闪亮亮飞过，赶着捕捉差点蜇了手和脸。看坟人家有一只老山羊，小马似的身量，毛长及地，性情温顺，于是四个人轮流当坐骑，沿了田埂，颤颤巍巍地走。乡人们的眼睛里，是为人夫、为人父的年龄，却做小孩子的形状，都觉好奇好笑，看戏似的看。又有一个爱热闹的，真牵出一匹马来，与他们玩耍。是匹儿马，没吃过教训的，见不得生人，近一步，它退一步，再近一步，就炝蹄子。轮番上阵，轮番不得，最后，那人的七岁小儿，一翻身坐上背，嘚嘚跑远了。玩过旱地，又玩水里，乘一条舢板，河道里划，看渔人握一束网，迎着日头一脱手，先是一片，然后一兜，金水四溅。岸上的桃树生出花骨朵，柳条爆芽，灌木抽枝，纠成一团，真是个桃花源！太阳西行，四人才踏上回程，车后架各驮一篓螺蛳，一坛烧酒，一袋子蔬果，大虞又多一个猪头和一条羊腿。抖抖擞擞，摇摇晃晃，一路骑去。

奚子的款待很别致，旁听会审。长三堂子的一桩凶案，情节颇似《玉堂春》，大报小报争抢着第一手新闻，事主当年的接生婆都让挖出来做文章。奚子的父亲担任辩护律师，所以才有这路子。门口几重警卫，还是人叠人，翻几座人墙，经几道盘查，日前的通行证此时都不作数了，又打电话到里头找人，足有半个时辰，只见卫兵垂下枪口，双扇大门间露一线缝，缝里是奚家爸爸的脸，面有愠色，生气儿子多事，当了众人且不好发难，递出一串挂牌，一人颈上一个，算作庭堂职员，进去了。里面固然清静些，却也座无虚席。奚子到底熟悉，领他们从后楼梯上到二层，主要是记者和连载小说的写家们，花插着坐下来，再等少许时间，铃声响起，开庭了。与场外的热烈气氛相比，庭讯却显得平淡多了，在一些琐细上来回纠缠，出生原籍姓名年龄，这几项就占去有一个时辰还多。烟花业里，都是假作真时真亦假，外行人听不出与案情有何关联，奚子隔着人告诉同伴，必须验明案中人的正身，才可向下进行。左右座又都嘘他，搅扰了听话。早先的激动此时已经平息，只觉得热和渴。楼座离得远，越过无数人头，望见被告的颈背，后脑上梳一个髻，不知有意还是无心，显得老而且丑，仿佛前一个世代的人，毫无青楼风月的意蕴。于是，四下交换眼色，取得一致，起身退出了。

异性交游是朱朱的特供。四个人里面，朱朱相貌最好，当然，决定于哪个角度看。他属潘安型的美男子，唇红齿白，嘴角有两个笑靥，既让女子生性爱，也让女子生母爱。到舞厅里，总能结下朋友。职场有职场的规矩，跳舞不能白跳，出了舞厅，就是自己的时间和自由。"四小开"一行，少不了要有红颜相伴，多是朱朱的"姐姐"们。姐姐未必年长，可朱朱却是永远的弟弟。姐姐们，教育程度多在中等，甚至以上。上海的娱乐圈，几句英文是必需的，客人们要说些时事时政，科学哲学，即便情话，不定也是衬着诗词底子的，如今的风尚，又趋向书香型。所以，就是现代女性的装扮，梳学生头，戴大黑框平光眼镜，夹几册书本。既然不谈婚姻，恋爱就须谨慎，行为举止矜持。他们表现出来的一种新式关系，到左翼文化人笔下，是"五四"的精神，坊间世俗，则就是"小开"的形状。

阿陈家几代赋闲，与社会断了联系，没什么人脉，且囊中羞涩，没有剩余资源作长例外的奉献，要说也有，那就是秉性了。在他纨绔的风流外表下，其实是一颗赤子的心，为人相当实在。他们之间，平日里的聚合，都是由他召集；大小事务商议，也由他串联与互通，用餐的定位，餐后拆账的计算，"姐姐"来到，又是他接应得多，就好像是"姐姐"们的大哥，真有几个认他兄长自称妹妹的。所以，看上去他是个可有可无的人，实际上，没有他，"四小开"就成了散沙，"姐姐"们会变得没着落——弟弟将她们带进来，就没他的事了，那两个呢？新鲜过去也淡下来。遇到聪明有趣的，尚多几个回合，只是"姐姐"这样风月场上的人，善言懂解多半在敷衍上，往深里就没大可言的了。他们又不是一般的舞客，是大学生，爱好艺术，有情怀，不止红颜，还须知己。上海欢场最不缺的就是红颜，走马灯似的转，然而，女人的世界总归是狭小的，他们则五湖四海，家雀安知鸿鹄之志！很快就觉无聊，枯坐着，人家再有涵养也露出窘来。阿陈心中不忍，暗中埋怨朱朱多事，还有点薄幸，可是人性都是天生成，活泼的"弟弟"，让"姐姐"拴死，也是不忍的。其余更是无辜的人，没义务担责任。

最后，只好揽过来，渐渐地，就有属意他的人。他不木讷，相反，算得上敏感，只是样样不落忍，一径被推着走。其时，听到去西南的计划，立即报名，拔起腿跑路。实在是事态发展，耽误不得了。

三

属意他的"姐姐"叫采采，不像本名，更可能是后起的艺名，来自《诗经》"蒹葭采采，白露未已，所谓伊人，在水之涘"，可见得读过一些书。籍贯东北，长的也是北地人形状，大约还有一些外族及皇族的血统，走在人群里，就觉得异样。容长脸上一双细长眼，浅浅的双睑，脸颊饱满，嘴型很有轮廓，显得表情生动。头发电烫过再削短，厚厚地推上去，近似男式，但一沓刘海覆在前额，眉上两分的位置，却是女子的妩媚。耳朵长得极好，"轮廓俱全"的说法即来自此类型，缀一颗黑铂金耳钉，日常穿高领无袖黑绉纱旗袍，格外显得四肢颀长，身高几乎与少年人平齐。在行业中数年，倒没染上脂粉，反生成一股子英气。像朱朱这种"弟弟"，往往会为这派风度倾倒，差一点点就要动情，所谓动情，也还是姐弟的情，甚而至于母子，但见采采向阿陈转移，便退却了，或者说躲过了。一是不能与兄弟争，二，知道自己没有常性，一时上兴之所至，最终难免有负，不如顺水推舟。采采还专找阿陈作一席谈，托付或者卖好的意思，兴许两项都有。这一谈不要紧，阿陈就被吓着了。

他们四个同出同进，坊间也有议论，以为有"龙阳之癖"，伴随的女子不过作障眼法。其实都是常伦中的人，只不过被享乐耽误了，晚熟。各自也都有过红粉的至交，交到后来，免不了就要涉及嫁娶，一律退回兄弟淘，有意思，还没义务。成家立业是人生的责任，可他们现在不想担责任。这些短浅的异性经验让他们认识恋爱的危险，稍有不慎就引入责任的桎梏。阿陈也是这么想的，只是做起来不如那几个决断，所以才会逼到死角，周转不灵。

交际场，既是逢场作戏，亦是炎凉世态，采采年纪虽小，虚岁十八，却历练出眼光和头脑，有识人的机智。她看见阿陈浮浪底下的仁厚心，又是世家——物质的世界，单有心不够，还要有力。终究小孩子的心思，以为有一幢祖宅就全有了，还当"四小开"兄弟行应着"物以类聚人以群分"的经验之谈，不知道"世家"往往与"式微"连在一起，日久天长，内囊已经空洞，阿陈其实在拮据中长大。对采采畏惧，多少来自于此，预料终有穿帮的一日。赠送的香帕不敢接；款款的眼神不敢看；让他做护花神，夜送归人也不敢拒——"一路平安"奏完，一盏盏蜡烛灯熄灭，那三个已经回家，他独坐舞池边上。买舞票的资费有限，手上一杯饮品还是附赠，不敢喝干。乐队收拾乐器，管弦时不时响一声单音。顶光收起了，座席陷入黑暗，终于，走廊上化妆间的门里透出亮来，三三两两的女孩走出来，漆黑里有个人，先是惊叫，然后窃笑和私语。仿佛考验他的诚心，采采总是最末一个，两人穿过前厅，从边门走出，守门人的笑容也是暧昧的。

静夜的街道上，汽车嘎地过去，留下外国兵的嬉笑，是战争的声音，只一小点，转瞬即逝。路灯投在路面，走过去，就是一条影，蝉翼似的薄透，平安的夜色。采采的手插进臂弯里，或者反一反，采采的臂弯送过来，他不敢不送进他的手，于是，感觉到柔软又坚挺的身体，还有体味，也是柔软的。他心扑扑地跳，背上出着汗，恨不能抽身逃跑，可是不敢。好在，采采租住的房子就在附近，静安寺的里弄，三层楼里的亭子间。看着采采从手袋里摸钥匙，开了后门上司伯灵锁，听她脱去高跟鞋，赤脚踩楼板的声音，高大的采采变成一只猫。然后，亭子间的灯亮了，窗帘上的团花跳到后弄水门汀地上，他调转龙头，飞身上车，只听得车辐条吱啦啦地响，是自由的心声。

采采愈亲密，他愈感到危险迫近。有一夜，回家路上，采采的鞋后跟插在窨井盖的缝里，别断了，就坐在他车前杠上，推着走。想不到看起来苗条的身子，竟然是壮硕的，满满一抱。有意或无意，两人耳鬓厮磨。女人颈窝里的气味，香粉合一丝汗气，亦酸亦甜。年轻的男女，即便风月上有历练，此时此刻，禁不住触动真心，两人都不说话。静夜更加静，又好像喧哗着,无限的大,又极其的小,小成二人世界,只有他和她。进了弄堂,来到采采栖身的那一幢,车前杠上的人跳下地,单脚跳着,开门进去,久久听不见上楼的动静,亭子间的灯也不亮。他知道,人就在门的那边,轻轻一推,就进去了。时间过去,他终还是调转车头,飞也似的驶出去。那扇黑灯的窗户,就像一只眼睛,看着他的背影,无论走多么快,多么远,都走不出它的视线。

下一晚,舞曲的空隙里,围坐茶桌,四人各领舞伴,阿陈,自然是采采,贴着他背,驯服、乖顺,又变成一只猫。奚子说道,上海美专如今形同虚设,师生员工走的走,散的散,他准备弃读美术,改课中文,因此随一伙向学的人去往西南联大,明日即动身,据说那边是另一个世界,先驱者正从蛮荒中开辟新天地,在座有谁愿意同行?大虞家的木器店开着,走不开。朱朱借口丢不下双亲,人们都知道,"双亲"其实是欢场的代名词,总之也是走不开。余下的阿陈,对了奚子殷殷的眼神,背后是采采的暖香,一推一拉,当即应下,两人约好,次日在火车站碰头。话方一落声,只觉嗖一下,仿佛剑刃,携一束寒气,抽走了。这就是采采,似水柔情,且作斩钉截铁。曲终人散,他独坐一隅,等着采采,依性格与交情,都要与采采辞别。终于没有等到,值夜的老伯进来清场,战时规定,凌晨二时必熄灯打烊,送他到马路边,告诉说,人已经从隔壁电影院走了。这一片地方,前面各分门厅,后头暗道纵横,四通八达。

一个人骑车回去，路灯下都是采采的身影，还有采采的唧哝，清脆的北方话，锵锵的。这个女人是他喜欢的，喜欢里有一种膜拜，因没有小女子气，也没有浮油气，她决绝离去的姿态，像女烈士，可惜他不是男烈士，就配不上她。

临出发时候，等奚子不来，来的是他弟弟，带来一张便条，说夜里突发盲肠炎，赴医院急诊，今日就要手术。话是这样说，总有些诡异。阿陈是个简单的人，向来疑罪从无，认就认了，多少也有一点入彀的意思。火车开动，走出狭隘逼仄的街市，豁然开朗，河流蜿蜒在刚收割的稻田里，一簇农舍，一行树木，一篱篱的瓜豆藤蔓，让他想起结伴郊游的光景。奚子的弟弟是南开的学生，也许北方生活的缘故，面相举止更老成，像是奚子的哥哥，对他照应很好，渐渐地安下心来。夜里，摇晃的车身停住，车轮嘎啦啦咬着铁轨，从梦中醒来，揭开窗帘，见站台的灯光里，一队日本兵列队上车，一节一节车厢查看问询。到他们这里，全由奚子的弟弟回话，原来他会说日本语，态度又沉着，很快就过关了。车停了很久，也许只是错觉，旅途中的时间往往不同于平常。隔了窗玻璃，听见站台上的叫喊和哨子，然后铃声响起，响了很久，终于停止，车厢动了，缓缓驶过。站台上肃立着日本兵、宪兵，还有铁路员，有一张脸清晰地映在窗前，制服的大盖帽分成明暗两部，眼睛在暗中闪光，显得威严神秘。

一行十二人中，年龄最长的一位女宾，五十上下，奚子的弟弟让他喊作"妈妈"。顺"妈妈"下来,妹妹,妹婿,妹婿的哥哥,外甥,侄子,他则是哥哥。就这样,凑成一家人。到路途的下半程,他倒希望这是真的一家。出于自己那个大家庭的经验,本以为家人之间是顶顶疏离的,连路遇都不如,而这一个,却是亲切而且有趣,互相关照。他们在一个叫作青木关的地方分手,各奔东西。奚子的弟弟问他有什么去处,临时想到迁徙的母校交大,弟弟告诉道,沙坪坝有交大的分校,新设许多专业。弟弟仿佛万事通,什么都知道。弟弟指示了路线,交给一张手写的名片,嘱咐收好了,也许会有帮得上的时候。名片上的人不姓奚,姓俞,就猜连弟弟都不是真弟弟。

离开"妈妈"一家,他就成了孤雁。先到沙坪坝,再到小龙坎,果然是母校,但老师不是原来的,同学不是原来的,却认他的资格和学历,于是插进二年级,又做了学生,这才发现,学生的日子也不是原来了。教室和住宿随时随处,课本只老师有,其余都是手抄,纸张又是奇缺,教程也是乱的,因程度不一致。他入读的是新科目"航运",与先前的"铁道"沾了边,但师资不足,山坳望出去是莽莽林海,也就谈不上实践,半年下来,还是在通识上打转。他走得急,没带被褥,只得和同学打通腿,应该说,所有的同学都打通腿。西南山区的冬天,是一种湿冷,手脚生了冻疮,痛痒相交。吃,更不堪了,一木桶饭,分到个人,不足平碗。虽然是读书人,可是日夜的饥肠辘辘,就都回到野蛮社会,倒不至于动手,可筷子在菜盘子里却打起架来。穿去的西装换了钱，买一身乡下人的棉衣服。手表也换钱，买的是鸡和鸡蛋。他也学了本事，用炭炉焖鸡块，摘来野菜做调料，竟然起罗勒的作用，有了葡国的风味。当地的酸菜汁初始觉得潲臭，渐渐地，却嗅出微妙的鲜香，近似意大利的番茄芝士。这些个小创造，不仅填充肚腹，调节口舌，也从苦日子里挤出些兴致。春夏的季节，满坡花开，姹紫嫣红，耳畔泉水叮咚。巨大的树冠，层层叠叠的叶子，碎日头洒下来，一个小圆点，一个小圆点，就像面值最小的镍币。有小虫子爬上来，麻酥酥的，一点不腌臜，而是洁净。白日梦就来了，明晃晃的，像一条河，流淌千年以上。竹棚子的篾眼里，洒下的是月亮，线状的，如同幼童的谜语：千条线，万条线，下在水里看不见。然后是，一轮大圆太阳，跃出巅峰，光和热从山的边际飞也似的漫过来，天空变得金红，再层层退回，终于空明无色。远近都在起烟，一缕缕的，那是农人在烧田，又是千年光阴倒流，刀耕火种的原始时期。他真成了野蛮人，吃多少虫子，晚上熏蚊子的火堆上，活跳跳扔进去，毕剥一声爆出来，蛋白质的香扑鼻而来。野果子是生吃，有一种鸡蛋大小，红硬壳子，劈开两半，晶莹的籽实，用来泡水，像柠檬红茶，而且是锡兰的品牌。最诱人的是蘑菇，鲜艳欲滴。校方专请来农科院的老师为大家上课，帮助识别蘑菇的种类，色彩越绚烂的越危险，老师说，就像"爱情"，这比喻用得好，都是豆蔻年华的男女，会心会意，笑开了。总是有为美丽魅惑的人,一名女生喝下一碗蘑菇汤,即刻毒性发作。十几个男生,抬着向山底下镇公所医院跑,跑出半座山人就没了。苍白的小脸,蓝布衣裙,躺在枝条扎的担架上,青藤里开着小花,就像莎士比亚戏剧中的俄菲莉亚。大家都哭了,透过泪眼,他看见采采的脸。和这女生一样,采采的父母也不知在什么地方,东北沦陷,孤身一人滞留内地,本是求学,因断了接济,便自谋生路。他和同学相处不深,有一点交道,也和吃和穿有关。生活背景隔阂,还有一个上海人对外界的提防,这时候,却觉得都是同道中人,共命运的。

蘑菇事件显示出自然的残酷,真是"视万物刍狗"。活跃起来的内心又沉寂下去,秋风携带雨季,终日淅淅沥沥,天地转为一色的铅灰,被褥书本都绞得出水。一种皮癣开始流行,指缝里发出水泡,四周泛白,中间一粒黄,渐渐涨大,终于破出,洇到哪里,哪里就出泡,泡再涨大,破出,洇染,蔓延。这回是医科的老师来讲课,宣传卫生,防患于未然。出泡比预防快得多,磺胺类的药膏用完了,就发动采集草药,煮水,内服外用。是草药的功效,还是季候转换,皮癣收敛,冬天来了。战事和给养的迫使,学校又开始筹备迁移,移去九龙坡。既然是走,不如走个彻底,就此,他起了归心。离校的那天,也是伤感,平时淡淡的,此刻却留恋心生,"长亭外,古道边,芳草碧连天",句句唱的此情此景。脚下是中毒女生魂断香殒的路径,另一季芳草掩着小小的坟冢,里面躺着美的牺牲者。多么忧郁啊！他走一路，掉一路泪。乱世中的人，本应该粗粝和麻木些的，他倒好，反而变得善感，更苦了自己。

四

回到上海，第二日就去找那几个。事实上，离开小龙坎转道重庆，专门往清华中文系跑一趟，想见一见奚子，并没有他这个人。以为滞留下来了，可是家人说他早已经走出，受聘浙西一所中学的美术老师。不禁感慨，局促成何等程度，才会背井离乡做教书匠，世道真的变了。朱朱的情形也令人意外，他结婚了，夫妇二人请阿陈在新开张的高士满饭店吃大餐，算作迟到的喜宴。女方据说是盛宣怀外家的小姐，姿色一般，但性情安静，看上去有些主张，不大像是朱朱的所爱，而唯其如此，方才辖得住这个人。朱朱正筹办一份明星画报，要招阿陈做总编辑，就晓得嫁资一定不菲。阿陈推托，说自己学的是工，一无文才。朱朱说，天下知识触类旁通，总归是知识分子，鲁迅原先学医，后来不成了文豪？纠缠不过，答应考虑考虑，脱得身去找大虞。大虞且是万变中的不变，依然在木器行里帮父亲看店，手艺却有精进，埋头做一副和式拉扇门，细木条的格子，榫头比钉子还咬得紧。他问一句：接日本人的活？大虞抬起脸笑一笑：上海的人，都在吃日本人的米！便也无话。两人一个做，一个看，下午的时间就这么过去。下一日，又来了，还是一个做，一个看，一天的时间过去。"四小开"的一副牌里，现在只有他和他一个对子了。

太平洋战争爆发后的上海，国与国形势激变，日常依然是吃饭穿衣，但这两件事却日益艰困起来。他不得已到朱朱的画报社谋职。画报尚在起步阶段，就遭遇不景气，又惹一场是非，因为登载女明星整容前后的照片。本是为提高销量，不料，却被勒令停印停售，还付出一笔赔偿金，全体员工停薪一个月。所谓全体员工，就是朱朱、阿陈，外加一个编务小姐。朱朱是老板，无所谓薪俸；小姐显见得是老板自己人，额外有收入；所以停的只是阿陈一个人。又维持两期，几乎净赔，家主婆看不下去了，文化事业简直就是任性的代名词，还是造孽的代名词，出来收场，亲自善后，阿陈得一笔遣散费。因是陪嫁，朱朱的支配权就有限，幸好这"有限"，才保住家底。虽是名门淑媛，处理庶务颇有裁决，而且气度大，不愧为盛宣怀的外家，阿陈心中起了敬意，然而，他却失业了。

其时，祖父母随大伯大伯母回到上海。阿陈要移去他们一房后进西北角上的三间，却被祖父留住，于是，就在祖父母大床的对角，西墙下搭一张铺。老人与他并不很亲，怕都认不出是行几的孙辈，但特殊时期，聚散无常，一大个宅子里，就这么三五口人，不由就生出相濡以沫的心情。大伯是亲大伯，照规矩应该与他们一起，也住后进，东北角上三间。伯祖早年去世，伯祖母被接回福建原籍，不知道是不是改嫁，总之没有往来，东翼的统楼就空下来了。大伯娶亲，祖父大约也是觉得冷清，让新人的房间做在上面。惯例是东高西低，但祖父是个怕动的人，因此仍然住西翼，这种颠倒的格局就一直持续到以后。就这样，祖父和大伯父，相隔一个楼梯间，各住两翼，原属大伯父的三间给了父亲，作为补偿。孩子生下，长大，临到娶妻生子，那三间就又一点一点分割掉了。局面总是不能够平衡，芥蒂就也消除不了，彼此隔阂着，比陌路还更生分。这时候，却走近起来。

为节省柴米，一并起炊。他是唯一的小辈和壮年，就担起出力的活，排队买户口米和煤，再拉回来——自行车后面装一个拖斗，焊一具火油箱，扣上锁，就不怕乞丐偷抢。东院的旧井，让枯叶垃圾填满，他清空壅物，掏干积淤，看新水漫上来，仿佛希望在滋生，自来水的异味和停止供给都不怕了。停电更不怕，仓房里翻出一箱美孚火油，还有几盏附赠的油灯，麂皮蘸牙膏，玻璃罩擦得铮亮，盈盈的一豆光，也是希望。现在，他是家中的主心骨，凡事都问他怎么办，他又是个百事通，每项问题都有答案。

他却还是对祖父有畏惧，挨得很晚方才上楼就寝。老年人觉少，挨得再晚，也都醒着。祖母在帐子里呢喃念佛，祖父坐在案前，持笔写和画。他悄着手脚躺进被窝，听见纸的窸窣，水盂向砚上倾倒的声音，就像鱼吻开合。屏着声气，很快就睡着，睁眼又是一个白昼。书案上铺着宣纸，纸上的墨迹似乎还未干。有几次,祖父招他过去,站一旁看,临的是古人的字画。他不很懂,也不敢走开,只是眼随笔走。渐渐地,绵白上浮凸起山水、树丛、舟楫,怦然一动,这不是小龙坎吗?不由想那古人真了不起,其时没什么交通,活动多是有限,却能够走遍天下。祖父似乎听见他的心声,回头看,却一惊,惊诧旁边有人,祖父的心也走远了。于是,便退下去。

从大伯和大伯母口中,知道是去浙江临安避乱,那里有祖母的舅家,在一个山坳里,四周都是竹,村落里有一所中学校,学生们一早就在竹林里念书,伴着鸟叫,仿佛世外。大伯母说,曾经有政府教育部的官员巡查,是个年轻人,很有些面熟,像他的一个朋友,家中开律所的。然而蓄了须,又不像了,便没敢认。猜大伯母说的是奚子,家人说他去浙西,做教育,也对得起来。只是纳闷本来说一起往这边,却自己跑到那边。大伯母说,原本住得好好的,祖父也很喜欢,不料,日本人的炸弹竟然也跟来了,削去半爿山,就觉不安生了。无论舅公如何苦留,祖父执意要走,说死也死在祖屋里,不能做异乡鬼。于是,转道杭州,再到嘉兴,周周折折,回到上海。他顺势问几句祖宅的来历,大伯母说是老祖宗从一名大官手里买下,至于哪一朝的官,什么品级,大伯母说不上来,只是领他到前天井里,抬手向天一指:看见吗?要不是皇帝恩准,谁敢墙头游龙!门头上果然二龙抬头,向两边逶迤。

墙里边的日子是这样,墙外边呢?废墟上又起来房屋,旧砖瓦砌起五尺高，油毛毡盖顶。下雨和刮风推倒了，再又重起。每一次重起，屋脊都要高半尺，屋脚则向前跨一步，于是，巷道越来越窄，只剩三尺，勉强够两人交错，人们就称它"引线街"。引线街所以没有完全并拢，是为南北贯通的方便，倘不是有它，直下一里路，到肇嘉浜才能转弯。这是南北，东西向的情形又不同了。西边尚可安定，因警厅机关所在，东边就乱了，从前面火神庙一带铺下来，先是逢十逢五的摊设，逐渐驻扎下来，驱也驱不散，法不责众，遂成市廛。他在墙里巡梭，防盗防贼，一日，东院墙下拾到一枚蛋，下一日，又拾一枚，方才留意到墙上有缝，裂有二指。第三日，就有妇人上门索讨，知道是她家的母鸡越界生产，将蛋还回去，扫些碎石堵上，以为从此杜绝往来。但其实，只是一场攻城战的开端。从战时起，他家关闭前后门，都从西侧边门进出，东院荒疏下来，成薄弱环节，墙外人家便生出觊觎之心，早已经建房种地，筑起城中村。延及四边，各类棚屋，都在扩增扩长，迅速繁殖。终于有一天，他骑车回家，看见自家宅子，宛如海水中的礁石，或者礁石上的灯塔，孤立其中，茕茕孑立。始料未及地，一阵心惊袭来，他感到了危险。就在这同时，他看出老宅的美。他向来不喜欢中国建筑的形制，觉得阴沉和冷淡，也许是心境相合的缘故，他忽就领略到一种萧瑟的肃穆的姿容。

　　家人们陆续回来，一个堂兄应了北平的差事，携妻小迁走；另一个堂兄弟，滞留外埠，结婚成家，也不回来了；但又进来一门南汇乡下的亲戚。说是亲戚，其实只是同姓。多少年前，家中还有地亩，帮着收缴租子，旧称庄头的农户。海堤崩溃，大水淹了田和房，日本兵又来，于是，逃荒并逃难，一气投奔过来。他家正缺人手，就充了仆役。女的对内，男的对外，两个小孩只十岁上下，就跟着上学，放学后则做些杂务。一家人住在西院里仓房的外进，就又负起看门与守卫。

他依然睡祖父母房内，有几回提起移出去，祖父都说不必，一动不如一静，就又住下来。宅子里回复到从前的壅塞与嘈杂，烟火气腾腾，龃龉也生出来了。祖父房里却是安宁的，有时候，他会想到佛堂，尘世中的一颗清心，是避世，又是超度。他还是依前段的规矩，与祖父母和大伯、大伯母一同吃，那最小的堂兄弟，有自己的家，倒是另立门户。自己的父母呢，带着两个妹妹过。还有一个未出阁的姑婆，一个人做一家。这样的生活结构，多少有点不合常理，但大家族就是这样，人口多，关系杂，表面的秩序底下，因人而宜，因事而宜，就有许多变通。

现在，他在祖父房里待的时间多了，一是习惯所致，二也是母亲和大伯母起争执，他很难说话，与哪一边都要生隙，不如走开干净。如此，就和祖父多出言语交道。祖父是个讷言谨行的人，一生中从未做过任何事，倘不是避难，大约都不会走出宅子。镇日就是书和画，虽无自创，只临摹，却并无倦意。最爱的字是瘦金体，也让他跟着学。他是连描红都未练过的，提着笔，簌簌地抖，好不容易落到纸上，倒不抖了，心也安定下来。以后，每日写一张，交祖父验看。一日复一日，就有了几个圈，自己也得几分意趣。祖父对瘦金体的评价是"细巧"，后来，他发现"细巧"是祖父的美学衡量。指点他看门头，门头正对着案前的窗户，是一幅砖雕，八仙过海的故事，人物的形状、冠戴、衣褶、器物，四周的云彩、水纹、鸟羽、花蕊，均栩栩如生，据此可判定出自清人之手，明代断不会有这般的"细巧"，相反，是"粗气"。他觉得祖父有些像宋徽宗晚年被囚禁的时期，而非风云激荡的前半生。要说，祖父算得上有福之人，虽生在家道中落，但先人的阴德罩着，衣食并没有受减。纵然，辛亥年里鼎革之变，事实上，沪上早已开埠，华洋杂居，资本削弱皇权，是个民主社会，不像北京，处于新旧交替的大动乱。这一回外夷入侵，闸北轰炸，淞沪会战，老宅子却未受波及。最大的险情莫过于临安山里那一颗炸弹，可不也化险为夷？现在，平安回来，日本人也投降了。

其时，祖父高寿八十二，相貌却不到古稀。面色清癯，耳聪目明。年轻时有玉树临风之姿，如今，骨架子略收缩些，并不见枯萎。一日兴起，带陈书玉遍走楼上楼下，指示门扉上的雕饰，原来都有源头，源头都是八仙。门板上的图案是暗八仙，意即八仙操持的法器，张果老的渔鼓、蓝采和的花篮、何仙姑的荷花、韩湘子的洞箫……窗棂的镂刻是四款花色，冬梅、秋菊、夏荷、春天的芍药,八仙渡海时的护送,人间分为四季,仙道却另有时间,常言道,洞中一日,世上千年,就是这个意思。原先,祖父向院子里望去,四角上正是这四时种植,如今,荒芜了,只余下一株梅,无人整顿枝形,更显得凋敝。然而,祖父说,终还是它——这个"它"指"梅",只半句话,就不好猜了。或者疲累,或者触动心事,神色明显颓唐,却要下楼,想拦不敢拦,只得尾随。到东院,见那墙缝里的填塞被几根木契顶开了,显然,墙外又在做什么工程。当长辈的面,不方便交道,暂且放下。最后,回到楼上,祖父说,这宅子的原主当是京官,因宅基正北正南。上海地方,设在江湾滩涂,高低左右难以取直,街市房屋互相借地,这里出来,那里进去,但从这宅子的形制,却可推出中轴线来。

仲夏之夜,仰望天空,远近星星,一锅粥倾倒下来似的。他寻找北斗七星,沿连线对照,企图证明宅子的方向;忽就恍惚起来,似乎置身于无限的空茫,地心引力消失,升上去,飞起来,不禁害怕,放平视线,定定神,回屋去了。

五

南汇一家来到,卸去了庶务,脱得身,再去找事做。物价飞涨,虽短不了一碗饭,零花钱就不凑手了。他找朱朱,朱朱自己也赋闲着,有太太辖制,舞场也不去了。在家养着,人白胖许多，与路上的饥民形成对照。这白胖却也显老，成了一个中年人。看见陈书玉，露出欣喜来，显然憋苦了，想起"四小开"潇洒的日子，情不能自禁。嘴里吵着要请饭，眼睛在太太的脸上流连。太太说外面有什么吃的，弄不巧还染上痢疾，就在屋里吧！朱太太手上牵一个孩子，看腰身，怀里又有一个。朱朱诺诺着，意气有些消沉，脸色也委顿下来。这一餐饭丰盛得很，陈书玉好久没有放量进食，此刻又没胃口了，朱太太就像读书时代的学监，促进人的自觉性。餐桌铺着抽绣的桌布，小孩子在矮凳上，系了围兜，有模有样地用餐。一个女佣照顾两头，添汤加饭，筷子碰落地上，立即递上干净的一双。因为紧张，陈书玉总共碰落两次，一个人用了三双筷。不仅是他，连朱朱都像是客人，轻浮放浪收敛起来，婚姻的驯化能力是很强大的。

出了朱朱家，弯道去奚子家看看，或许回来了也不定。奚子没有回来，悻悻然出弄堂。正午的太阳，从茂密的梧桐叶里，撒下一地亮斑，茫然穿行其间。忽听有人喊"陈书玉"，不确定是叫他，也许有另一个"陈书玉"。但还是刹住车把，一腿着地，跨在前杠上，试探地左右看。光影闪烁，眼睛都花了，一个长衫人，礼帽下一张笑脸，越来越近，原来是奚子的"弟弟"。他喜从心来，踉跄迈下车，一双手已经热烘烘地握过来。你到哪里去了！他脱口说道，声音里带着哽咽。"弟弟"笑着，只是不松手。他有无穷的话要说，最终一句没说，也是笑。这些日子呀，就他一个人，过的时候不觉得，回头看，多少的难和寂寞，全扑面而来。两人站在午后的林荫里，好像在另一个世代，死生契阔的情景里。

停了停，稍平息情绪，"弟弟"问起近况，他直言告之，正奔走一份职业。"弟弟"问想做什么，他说平生没做过什么，身无长技，学历仅断续的三年，身体也没有训练，可说文不能文，武不能武，自己忖忖，小公司做个文员尚可凑合。"弟弟"从公文包里掏出纸笔，垫着写一封短信。这动作使他想起青木关分别的时候，也是摸出纸笔，写下字条，那一张字条还在呢！从长衫礼帽和公文包看，"弟弟"的境遇不错，有发达的气象。字条写给一所立志小学，校名取自校长"王钧志"中的一个字，想来还是办学的人。底下的落款却与上一回不同，又是一个。那小学校在一条长弄里，这样的学校遍地皆是，他暂不打算应聘，因不到万不得已。将纸条叠起收好，看着"弟弟"离去的背影，像走在万花筒里，玻璃棱片折射辉映的中心，渐渐远成一个光斑，然后一跃，不见了。

这天的下半日，是在大虞的木器店里度过。大虞家的木器生意，关停几家，雇工也打发一半，余下海格路停柩所的西洋棺材铺和南市红木作坊。内战激烈，中原逐鹿，后方人心则在拉锯。无产无业倒安稳，不论谁在朝，皇帝还是总统，都要有百姓在野。豪门阔户上等社会也不要紧，四海之内皆可栖身，早已经跑去和平世界。最为惶遽的是中产人家，资本市场发起，保守党和革命党都是对头，又都是靠山，不知何去何从，有奈何的投石问路，无奈何的测字算命，哪有心思置产！定制的活计几近于零。从概率出发，去留各一半，都不在少数。那举家搬迁的，细软随身携带和车船托运，沉重的家私就只能就地处理。先有人来问收不收，三钱不值两钱的，虞老板脑筋一转，就成了新营生。沪上都知道他识货，又有出货的渠道，不是有许多意国人交道吗？欧战胜利，侨民们络绎回归原籍，都要带些中国特色的器物，大到宁式眠床、高柜、长案，小到挂屏、茶几、窗扇，甚至一只马桶，描金画风的，提攀挎在淑女臂弯里，摇摇晃晃上船。虞老板将后堂的工场清空，再又租下背面街上几间空店铺，打通，贯穿起来，全作仓库用，堆满红木家具。前头的门面依旧是原先的三尺柜台，左右邻有闲置的房屋，并不吃进，由它们空着去，怕的是树大招风。即便如此谨慎，名声还是出去了。做生意，讲究人脉，许多交易都是一生二，二生三，朋友的朋友，故旧的故旧，像树上发的枝杈，虞老板却都要理清根源。收购旧货最怕赃物，弄不好都能牵涉诉讼。这一日，一位先生带了朋友的手书，送来一套海南檀明式厅堂家具，依惯例，买家先开价，对方却破天荒没有还价，而是一口应下，仿佛有些急躁，半个时辰即成交。虞老板赚了，难免觉得亏心，以为客人会生悔意，再来找补，想不到那人一去不回。后来事发，在另一路上，但也应了当时的不安。

陈书玉在大虞家的店堂，走进去，好比家具博览会。沪上有钱人多是新富,用物往往中西并举,欧派的洛可可风与晚清奢靡可说殊途同归,交互作用,螺钿、牙雕、贴金、描银,一派锦绣繁华;明式的简约素朴,又应和现代主义潮流。陈书玉受祖父影响,倾向清式,大虞则崇尚明代。前者富丽,后者清雅,各有千秋。可陈书玉还是不能服气,那两米高的橱面上浮凸的鸟兽人物,浩如烟海,一壁墙的博古架,以枝形和花蕊区隔,连绵逶迤。大虞以格局论,大和小无法等量齐观;他坚执物事不在大小,而在积少成多,聚沙也能成塔。大虞笑他是暴发户,他笑大虞冬烘。两人在家具城的狭弄穿行,一行一行过去,眼前陡然一亮,原来走到尽头,站在一方光明里。迈出门,只见江水滔滔,桅杆林立,水鸟嘎嘎鸣叫,盘旋不去。争执停住,静下来,却生出一股怅惘,好比旧词中唱的,前不见古人,后不见来者,生命变得渺小了。

自后,陈书玉每日都往大虞地方跑一趟。大虞手里做些小活,从旧物上临下一式花样,铁线莲的须蔓翻卷缠绕,丝丝入扣。虽然生性喜欢简明,但手艺活却让他迷恋细节,从远处讲,受教于文艺复兴里的世俗心,近处来说,生在上海,一个美丽的物质世界,无论精神多么旷远,现实都是结实和饱满。大虞打样,陈书玉做什么?修钟表。铺子里有一架西洋钟,从一名葡萄牙人手里收下的。这葡国水手喝得烂醉,倚在咸水妹身上,急着买春,将座钟往柜面上一推,伙计只当打发乞讨的,送出去几个钱,人就不见了。也不知在哪个口岸劫来的,木底子上，一群牙雕的小天使托着钟盘，钟却不能走，执意停在十二点差几分的位置，仿佛永恒的时间。陈书玉拆出机芯，镊子拨一拨，全盘皆动，就知道齿轮的咬合与传送还有效。他是学工的出身，动力的基本原理其实差不多。铁道是个庞然大物，分工成无数的局部，而这个小芯子，却是全体。他被完整的精密度迷住了，领略到机械的趣味，将一小点能量无限增值，有点像中国的"道生一，一生二，二生三，三生万物"。

后来，大虞建议他在红木铺挂牌修理钟表，多点少点也是一口饭。其时，家里的经济也到捉襟见肘。趁胜利之际，大妹妹出阁，减去一口，在家的堂兄弟却添丁，加一口人，总数持平，但物价飞涨，存蓄就缩水了。修理钟表的报酬，既要缴付大伯家膳费，又要向父母家尽赡养道义，两边还不能明着给，生怕起芥蒂。自己的零用钱没了出处，中午饭都是在大虞家白吃。偶尔地，晚上出去兜风坐咖啡馆跳舞，也是大虞做东。好在大虞并不属意舞场，只是听舞曲，他也不必下池，免去买舞票请舞伴的花销。两人坐在茶桌边作壁上观，仿佛在看当年的自己，以及自己的兄弟淘，还有姐妹淘。但没有采采，采采个头高，倘若在里面，就是鹤立鸡群。那时候真好心情，好兴致，不过三年光景，却好像一个世代。坐到十点，至多十一点，歌舞正值高潮，风起云涌的，他俩起身离开了。街灯下，奥斯汀汽车接龙般排成行，车身散发蜡光，有接舞伴出台的，也有送歌星进场的，车门打开，一双纤足，踩着细高的鞋跟落地,或者收起,车门关闭,一道流星似的驶去。

这上海实在是个奇异的地方,一方面,处在历史的风口浪尖,不要说别的,单凭两件事,一是警笛的啸声,尤其夜间,锐叫着穿越城市的心脏,令人胆寒,夜哭郎都噤声了;二是十六铺客轮码头。日夜壅塞候船的人,黄牛兜售黑市船票,票价见风长,那船呢,就是不来。盼星星盼月亮,终于来迟姗姗,不来还有条命,一旦来到,命就危险了。有挤落到水里的,有踩在脚板底下的,有被锚链甩着的,哭喊声回荡,可离开一条街都听不见,好像装进闷罐里,又好像,房屋都是隔音壁。这是一方面,另一方面呢,又在柴米油盐寻常道里。像陈书玉家,那宅子里拥簇着人,但被生计压迫着,分不出闲心和闲气,所以,日子难归难,却同心同德,倒比以往安静。这一年,祖父八十五寿,家人们便商议办一办,虽不能够战前的排场,寿面总是吃得起的。持家的女人们想好了,杀几只鸡,压几箩面条,老人家和儿子,陪几位故旧老亲,用一桌酒菜,其余女眷和孙辈只吃面。有祝寿的宾友,也吃面。事实上,停了几代经营,交际有限得很,多是小一代的往来,供一碗鸡汤面也说得过去了。

到了日子,前门敞开,轿厅、花厅、过廊、前后天井、左右院子,早几日洒扫几遍,镜面一般。倒伏的草木扶起,或者索性锄去,倒清爽舒朗。门扉和窗棂统统洗过,堂上的桌椅也洗过。阶前的两口大缸,换了洁净雨水,新放几条鲫鱼,扑哧扑哧摆尾。落地门拔了销，两边叠起，向南敞开。椅垫桌围翻出来，系上去，瓷瓶上贴了"寿"字，迎门的壁上是大大的"寿"字。老太爷坐案子左手，右手是老太太，地上一溜蒲团，按辈分依序磕头。轮到孙子，不会走路的就由他娘抱在手里代磕一个。仓房住的南汇一家，男的称张爸，女的则是张妈，最后一轮磕过，天就近午了。圆桌摆上，居中为首一桌，左右各一桌，下首各又一桌，共五桌。老太爷嘱咐主桌上的熏青鱼白切鸡分下去，"分余""分吉"讨个口彩，一盘寿桃也分完了，然后方才暖酒喝将起来。

陈书玉坐左上首一桌，带两个朋友，一个自然是大虞，另一个，人称谭小姐，是大虞家红木铺后门的街坊，也在柜台上占一个角，挂牌绒线社。谭小姐自家的营业是木柴行，多少是依着虞家的生意起炉灶。谭小姐读的是新学，风气开放，自由恋爱一个男同学，交道两年，男同学又爱上另一个女同学，因人是"自由"的。谭小姐情理两失，日日以泪洗面，深觉人生聊无意义可言。家中就这一个独女，凡事纵容，不想有如今下场，无限劝说也无结果，最后，以其人之矛攻其人之盾，由父亲出面宣布：新文化向来主张女子独立，连媒聘大事都自己做主，人格独立先要经济独立，本已是成人之年龄，需自谋生存才好，大人借贷三百斤绒线，开个绒线社，做得了就做，做不了父母总会接盘，养儿女不就是还债？一番话激起志气，还是父亲出面，借虞家地方，经营起来。有了事做，精神就有寄托，心情渐渐平复。无可奈何花落去，看不开又能怎样？理智回来了，笑容从此失去，活泼的性子收起来了。就这样，每日里，这二男一女，各行各事，气氛即使沉闷，但也是宁静。

大虞头一回来到陈书玉家，颇有惊艳之感。他知道些陈家的渊源，也知道已然在末梢，没曾想还有这么一处宅子，就想起一句古话：百足之虫，死而不僵。当长辈面，不好意思胡乱走动和说话，只转了头看四周。偌大的敞厅，无柱无梁，仅凭四角的斗拱承托起一座楼。听家中大人说过紫禁城角楼的营造，多少工匠手足无措，后来大师傅做梦，见鲁班宗师手提一具蟋蟀笼立在跟前，灵光一闪，有了！大虞自己读过书，又在美术学校旁听课程，知道古希腊建筑历史，依次有多立克柱式，爱奥尼亚柱式，科林斯柱式，而中国的斗拱一网打尽，全局改变，还更显出身份。从他坐的位置看出去，侧看门头一角，砖雕一层一层套进去，按西洋技法称，应作"深浮雕"，活脱脱一台戏。蓝采和的花篮里，伸出一枝海棠，险伶伶挂在边框外，与其相对的，张果老坐骑的驴头，额上一撮璎珞，是飘上去，将落未落的那一刻。细节是琐碎了，趣味也有些小，和宅子的严肃端庄不相符，可是天真呀，有意思呀，而且，见得写实功夫。天井里青砖铺设，望得见月洞门外一片地坪，用的是花砖，赭红和松绿。吃饱的孩子下了桌，在院子抽陀螺玩。陀螺溜溜转，丁零零响，就知道这地砖不是一般。听大人说过苏州有一种金砖，起自于皇城大都的营造，采土和泥，反复踩踏捣练；再使布袋兜着滤浆，就像水磨粉；制成胚，阴干后方才进窑；草糠熏三十日，爿柴烧三十日，干柴烧三十日，最后，松枝烧四十日；起窑出来浸在桐油里，又数十个昼夜。弄不巧就是它！沪上富户虽多，可都是新发的，没什么来历，也没见识，仗了有钱，穷糟蹋。就像这伙子小孩，金砖地上抽陀螺，每一鞭都像抽在他身上，不自禁一咧嘴。吃完面，和谭小姐一并离席，拜辞老寿星。陈书玉送客，穿廊过院，一脚跨出门又返身，抬头望一望宅子，眼睛停在屋脊，移不动了。

顶上一列脊兽，形态各异，琉璃的材质；檐口的瓦当，瓦当上的钉帽，前端的滴水，全是釉陶。前一夜下了雨，今日太阳出，于是晶莹剔透，光彩熠熠。低头看一眼那少主人，浑然不觉的样子，又可惜又可怜，说一句：阿陈你是坐在金盆里洗澡啊！又追一句：泼洗澡水不要把澡盆泼出去啊！阿陈说：我倒愿意是你家的木头脚盆。谭小姐一旁插嘴道：金盆银盆抵不上一只米饭碗。那两人问：什么意思？谭小姐说：弱水三千，我只取一瓢饮！说罢抬脚迈出门槛，两人更不解了，懵懂跟着迈出去。陈书玉站在门前，目送二人的背影，发现对面的房屋又涌过来一层，几乎贴住鼻子，沪谚说的"碰鼻子转弯"。一愣神，那两人已经转过去，看不见了。

第二章

六

解放军过江的炮声都听得见了，这里三个人依然各守一隅，埋头活计。奇怪的是，也总有活计上门。百姓的日子，似乎有恒常的性质，像水一样，无论从谁家岸边过，都一径向前去，这里断了，那里又续上。有送给谭小姐的毛线活，织成没来取，就展开挂在壁上，做了广告。修好的钟表，也有没取走的，同样挂在壁上，陈书玉每天上满发条，调准时间，嘀嗒走着，到正点还会当地敲起来，几点钟响几下。大虞的花样已经刻成木浮雕，方桌四边的贴面，一个白俄犹太人的定制，最终也没领走，就放在地上，铺一层平绒布，做阿陈的工作台。局势在改变，但波及他们，大世界里最小最小的因子，就溃散了能量，平息下来，归为原状。金圆券大贬值，头天的一担米，下一天就是一捆草纸，轧黄金轧死人。可是他们这样的人家，船板烂了还有三斤钉，就算没落，也是没落少爷和没落小姐。

家里人也在谈论去和留，陈书玉的最末一个堂兄弟，带家眷走了，说是公司外派，也不知派往哪里去，这一房，孩子多，又搭住着女方的娘家人，呼啦啦走干净，真就觉得空寂了。大虞家呢，停柩所的意国人曾动员一起走，去他老家翡冷翠。虞老板乡土观念重，觉得中国人还是在中国地方好，于是，生意伙伴就此告别。意国人留下善后的费用和几十具棺材，一半有主，一半无主。有主的，虞老板联络侨民墓地，送去落葬；无人的移到红木店里，渐渐出手。此外，还有一些墓地的装饰物，其中一座圣母玛利亚的立像，一米高的圆雕，低头垂目，掩着头巾，露出的半边脸十分俏丽，有些中国式的楚楚动人。大虞喜欢，搬到自己房间，家人以为不吉利，但也没有大阻拦，随他去了。一日，大虞说：阿陈啊，玛利亚是不是像谭小姐？阿陈先说不像，所差远矣，遂恍然悟出，原来是有情人！再看谭小姐，也像变一个人，面色莹润有光，增添一层生韵，眉眼如同墨描，轮廓就变得鲜明，真有些近似玛利亚的侧脸。这两人本来住一条街，算得上青梅竹马，如今朝夕相处，变局中的人生，都有苟安的心理。谭家木柴行回原籍临安的计划，就为着儿女婚事搁置下来。因此，直到国民政府撤退，解放大军进城，这三个人还是那三个人。

　　大军过江，向上海进发的几日，真有些激动人心。爬上陈家老宅的屋顶，往北望去，可见公路上一行车灯，长不见尾。年轻人总是向往新的社会，尤其是旧社会已经分崩离析。此时此刻，他们方才意识这些日子所经历的不堪。配给米的霉变，世面萧条，接收大员的贪腐，美国吉普车呼啸而过，如入无人之境，夜间的宵禁，搜索共产党分片停电，人人自危……进上海的车队络绎不绝，有二日之久，闸北水厂的水塔，就像一颗启明星，只要亮着，这城市的白昼必会如期到来。

上海解放的日子，三个人停止业务，一并去外滩看解放军的锣鼓秧歌。既是意外，也是意中，遇到朱朱一家。朱朱颈上骑一个孩子，女人手里牵一个，肚子里显然又有第三个。陈书玉暗想，这女人真能生养，但见朱朱俨然居家男人的样子，约略觉出太太的策略。老朋友，加上新成员，五个大人两个小孩，一起到大鸿运午饭。堂倌引上二楼，小孩子扑到窗台看底下的游行队伍。大虞和朱朱多时未见，阿陈有几面之缘，一眨眼也二三年时间过去，有无穷的新旧话题。两位女眷虽是初识，但因人情和心情缘故，言语都热切，很快谈将起来。朱朱的太太，生育的关系，比先前丰腴些，脸型的线条变得圆润，显出柔和。那三人聚在一处，自然想起第四个，奚子。阿陈说了与奚子"弟弟"的一段，大虞先沉吟不语，然后道：美专师生，多倾向左翼，自己也参加过几次读书小组，旁听讨论俄国人特罗茨基和列宁。他听不太懂，但是空气让人不安，低支光的电灯光下，一张张暴了筋的红脸，眼睛散发着热病般的灼亮，一些危险的词汇在四壁间碰撞，比如"布尔什维克"，比如"苏维埃"，比如"联共"……他看见禁区的边缘，可是，年轻人不都是叛逆的？艺术呢，又超越现实。他不懂政治，那是离得极远的事情，苏俄也是极远的事情，他对它的了解大概只限于这城市里的白俄难民，过着近乎乞讨的日子，摆地摊，开廉价咖啡店，或者教小孩子法语和英语，沪上人称之"罗宋瘪三"。事实上，他们原本出身贵族，大革命中流亡到此，连带着，革命给他可怕的印象。于是，退出了读书小组。

在今天的日子里，这些极遥远的事情就近到眼前了。原先的危险和可怕则变成一种敬畏。朱朱说，奚子要是在新政府里，我们也就朝中有人。朱太太斜他一眼道，我们既不附逆，亦不忤逆，称得上优秀国民，有什么要通融的！朱朱强辩一句，总归是前朝旧人。阿陈赶紧举杯喊着要碰一下，将夫妇二人的争执岔开去，多少是觉得这话头有些扫兴。碰过杯，重新起题，就是大虞和谭小姐，说何不趁了解放，再办一桩喜事？不料谭小姐回过来一句话：阿陈呢？意在何方！谭小姐变得活泼了，这题目究竟是让人高兴的。阿陈却窘了，火烧云似的彤红一张脸。人们不免想起采采，纷纷问道，这一位只连连摇手，是不明其下落，还是根本没有那回事。这时候，朱朱倒说出一点线索，原来，他们俩见过一回。

采采大礼，先生是奉天人，就算得上大同乡，他老子行伍出身，属奉系，张学良犯事，正好带了儿子在上海出公事，避过一祸，父子俩索性留下来不回去了。老的其实原来就有一门外室在此地，小的呢，成天泡在舞场，认识了采采。先是逢场作戏，北边还有妻室呢！后来不知怎么的用心起来，大概也是时运所致，动荡中什么都是过眼云烟，唯有身边这个人有真凭实据的。于是，登报声明，离了那里，结了这里，一起转移南方。临行前在大新百货遇见朱朱，还问起阿陈你呢。想到十六铺码头上，候船的人里有采采，可谓咫尺天涯，不由沉默下来。众人看他色变，劝解道，旧的不去，新的不来，只见他黯然一笑，回答，即便采采此刻站在跟前，一个一无所有的人，又拿什么娶她？大虞就说，一无所有？你家的宅子，在座所有人的家当合起来，未必抵得上。朱朱的太太跟着说，沪上的世族都知道，陈家当年的威势，一条十六铺都是你家的。朱朱对太太一句：最终不还是让你家吃进！说得阿陈很糊涂。大虞解释道：有一本《春申旧闻录》，从阿陈家祖上的金利源码头，到盛宣怀轮船招商局，中间经历几朝几代，多少人事变迁——朱朱太太扫男人一眼：你们家也插进一脚！朱朱脸上讪讪地，又不好过于辩驳，到底是惧内心重，再则，坊间传闻耳朵里也是扫到过的。阿陈听着这些，就像听别人家的故事，一点触动没有，想的还是采采，而采采也是别人家的人了。

说话间，太阳移到窗棂西角，楼下的游行队伍走到末梢，小孩子吃饱玩累，开始吵闹，堂倌的茶水也温暾了，明显有逐客的意思。朱朱受太太支使，抢着付账，然后一人抱大的，一人抱小的，立时变得安静，原来都入睡了。一行人络绎走出，踩得红漆楼板当当响。街上清寂下来，炮仗的纸屑扫到墙根，卵石地面染了一层红。几个人站在路当中告别，说话激起回音，仿佛四处在说"再见"。次日，虞家的红木店里，绒线社和钟表铺恢复营业，少东家又起来另一幅画样。世面上关闭的生意一日一日开出来，解放军的宣传车徐徐经过，年轻的女兵举着大喇叭，敞着喉咙唱"解放区的天是明朗的天"，一曲唱毕，即跳下车，往墙上刷糨糊，贴告示，宣布各项新政，底下敲着新政府的印章。一日，张贴的是军管会各部门的名目和负责人姓名。陈书玉看见文艺处一行里有"奚涧"两个字，"奚"是个冷僻的姓，就让他想到"奚子"。虽然与奚子的双名不符，但听说加入共产党多要改名，表示与旧人生决裂，"奚涧"的字样看起来就不像父母的起意，而有文艺的气息。文艺和文艺又不同，报纸专栏、连载小说的作者，比如"张恨水"，比如"毕倚虹"，比如"朱瘦菊"，才子的风情；这里则是"五四"式的，与"柔石""庐隐"一类。陈书玉看过几本新旧小说，上海是小说的销场，读书人看，没读书的人当识字本也看。他不入迷，是冷静的读者，晓得是假，假戏真做，亦有动人之处。此时，对着公告上的名字，觉得像一出戏，一出写实的戏剧。回去和大虞说，大虞的反应很平淡，天下同姓的人多了去，就算是，今非昔比，一在官，一在民，已是两路人！陈书玉说，我又不想得他好处，只想问问，当年与我去重庆，为什么临阵滑脱，换了他"弟弟"！谭小姐也主张找一找，女人的好奇心比较强，想见一见"四小开"中的一

"开",尤其是,小开变干部,不更有趣了?大虞就不好反对了,又联络朱朱,朱朱又动员太太,太太借口孩子牵攀,内心里是对见官有忌讳,于是,这四人一并,沿告示上地址找去了。

军管会设在西区,原法国租界一幢花园洋房内,房主人合家举迁香港,留下一些旧仆善后,住在北面副楼,向侧街开门进出。正门设了岗,哨兵扶枪立在台子上,神情凛然。到此,不禁瑟缩,最后,由朱朱上前交涉。朱朱步履游移,慢慢踱过去,垂手立直,只与对面人齐胸,显得谦卑。平时巧舌如簧的口齿,忽变得迟滞,语焉不详,那兵向后偏偏头,以为让进去的意思,方一举步,却被喝止,立在膝边的枪提了起来,赶紧收住。从里走出一个人,原来岗哨后面有一小屋,挂"传令"的木牌,内外随时接应。来人身穿解放军装,脸相白净,说话斯文,自报姓"李",称"小李"即可。在旁等候的几个,向这边移动聚拢。此一行人,和小李站一处,实在不适宜。朱朱和阿陈穿西服;谭小姐旗袍装,脸上淡淡搽一层粉;大虞倒是穿一条工装裤,仿佛普罗阶级,却不像实际生活中,而是左翼戏剧的舞台上。小李说声"稍等",转身去传令间拨电话。电话是手摇的,临时拉的军线。隔了窗玻璃,听不见说话,只看到挂了几次,又摇了几次,似乎找人并不顺利。于是,那要找的人变得渺茫起来。也许,正如大虞说的,此一"奚"非彼一"奚"。众人都看向阿陈,显见得有责备的意思,阿陈自觉多事，低下头去。大约十多分钟时间，小李出来了，说奚处长外出开会，有什么话可留下，由他小李传达给领导。他们说"好"，跟小李进传令间，很窄的小门里，下去两级台阶，阔大的一片水泥地，两壁有气窗，临街一面，铁卷门拉到底，透进一线线光亮。是原先的汽车间，现如今摆了桌椅沙发，散坐着一些人，和他们一样，也是访客。小李拿了纸笔，引他们到一具写字桌前，白木桌上放一盏黄铜底绿玻璃罩台灯，很不相称，看来是房主的旧物。这一回，推出的人就是阿陈了。坐下来，提起笔，却停住，因不知道该如何题款，称"奚涧"不妥，到底不肯定是那个认识的人；要称"奚子"更不妥，他们认，人家认不认？思忖一时，随小李称呼，写下"奚处长"三个字。之后就流畅了，也不周旋，直接请教，是不是老友，倘若是，请与大家联系，依次写下地址，倘不是，抱歉打扰！三言两语写毕，交到小李手上，小李看一遍，折起来，这里四个人便告辞离去。

犹如石沉大海，无丝毫音信。那几个说阿陈荒唐，是负气还是心有灵犀，阿陈却越发执着，非奚子不可。以他对人民政府的认识，奚处长理应答群众，唯是真"奚子"，方才有避忌。后来，在报纸上看到军管会文艺处的报道，"奚涧"这名字变成"西涧"，不会笔误，当是改名。再过些时候，报端出现的"西涧"冠以"季"姓，为"季西涧"。终于有一日，刊登照片，成立艺术家联合会，一排数人，最边上的那个，穿着和模样有所不同，照片也不够清晰，然而，不是奚子又是谁！

七

这一年，阿陈和朱朱虚龄二十六，大虞长六个月，却翻过年头，就是一岁，二十七了。谭小姐后生两年，二十五，因前一段蹉跎，已过了世人以为的婚期。于是，疾锣紧鼓地筹办起来。虞家下聘，谭家送陪嫁，阿陈充媒妁，习俗的"十八只蹄膀"谢礼，并做两只金华火腿，一段卡别丁西装料，附一张培罗蒙的成衣券。虞老板背地里拿了小儿女一双八字，请先生看。那先生姓周，半盲，住王家码头路的一间三层阁楼，不挂牌，通过中人介绍。去了才知道，周先生是女先生，看不出岁数，头发倒是漆黑，剪到齐耳，顺在脑后。一袭毛蓝长衫，直盖到牛皮鞋面，站起来，身量相当中等个的男人。不像通常瞎眼人戴墨镜，而是一副金丝边透光镜，镜片后面的两只眼睛，蒙了层白翳，让人不大敢看。奉上八字，周先生看一会儿，问：配姻缘吗？这句话出口，虞老板心里一个咯噔，这还要问，不配姻缘又配什么？答了声"是"，静等下文。第二问是：喜期定否？回答定于下年正月。周先生沉吟道：顺其自然，静观其变。虞老板得着这一句，磕磕碰碰下来阁楼的木扶梯，来到街上，心毕剥乱跳，不知何凶何吉。码头上传来汽笛，江鸥飞翔，呱呱地叫，返身慢慢往家走。两边店铺人家挂着红灯笼,插着红旗,建国大礼刚举行不久,换了人间。瘀塞的胸口略敞开一些,决定将八字的事情压下,谁也不告诉,"顺其自然"。

按旧礼,定约的男女婚前是要回避的,可是新社会,上海又领风气之先,谭小姐依然营业绒线社,两人日日见面。因是自小街坊,相熟得很,并无一点作态。倒是陈书玉,时刻做电灯泡,颇有些不自在。人家美眷一双,自己呢,仿佛鳏独,很背时,就不常来坐钟表铺了。阳历年过去,方才来红木店一趟,看看婚礼筹备情形,有没有要帮忙的。不料,店铺上了排门板。新漆的店号,此时反显得寥落。向左右邻打听,都说不知道,眼神却躲闪着,似乎是知道。转到后街,后门也紧闭。就去斜对角谭家,木柴行还开门,但只有两个伙计。问老板在不在,回说老板、老板娘携小姐到宁波乡下探亲。再问婚事办得如何,一个大些的伙计说,去乡下不就为请人客吃喜酒吗?话说得有点油滑,但总算是一个答案,心中稍稍释然。下一日过来,虞家红木店依然上着门板,谭家的木柴行开着,那伙计远远看见他,却避了进去。一连来三天,三天如此,那店号上的漆似乎旧了下来。夜里下一场霜,石卵地上蒙一层寒色,心情所致,或者事实原本这样,只觉得骨头缝都结冻,人是僵的。接下来的三天,他没有往红木店去。再熬住三天,再去。店号卸下来了,门板上贴了封条,封条上盖了大印,这才知道出大事。心里着急,不知道问谁才好。照面的人,一旦要开口,立刻绕道走开,分明都在躲。谭家人依然不在,捉住一个伙计,紧追着问,不再说请人客吃喜酒的话,只咬定回老家。预定的喜日子眼看着逼近,新人们却不露面了。

这一天,坐在家中,张妈站在天井里叫他,说有客,不肯进屋,等在西院里。下楼穿出月洞门,看见过廊里有一个人,先不认得,紧接脱口叫出一声"大虞"。原本就是瘦人,如今更脱一层,脸颊收进去,颧骨凸起,颜色灰黄,眼睛却灼亮着,像两颗火炭。阿陈有无穷的疑问,霎时间一个也问不出来,只是直瞪瞪地看着对方,生怕他再不见了。静了静,大虞开口说话,声音是喑哑的,他父亲犯事了。跑了这些天,打问无数地方,方才略知一二。两年前,不是收过一套明式家具,谁知道是国民党接收大员私瞒的日产,因急着出手跑路,所以价极廉,现在,便是通敌的罪名。阿陈急问道,什么人知情又去报官?大虞苦笑:百业萧条时节,红木店尚可维持,生意道上难免招人生妒,祸根是早埋下的。阿陈只觉寒从脚底来,手心里沁出冷汗。大虞说:这件事其实讲得清楚,只是要有讲话的地方,或许——阿陈即道出两个字"但是"——于是,沉默下来,两人都想到同一个人,同一桩事,就是奚子。

无功而返的造访,投石问路且无回应,还有一而再,再而三的改名,无疑就是拒绝。默了默,大虞说:想他也有难处,到底不是工农的嫡系。阿陈说:也不妨试一试,至少无害。大虞转过脸来看他,脸上有微茫的希望,他却又气馁,深觉得无从把握,避开大虞的眼睛,强撑道:我可与你同去。明显感到大虞舒出一口气,两人站了站,仿佛振作勇气,一起推车出门,向西骑去。

一路无语,驶过几条马路,一转弯,远远看军管会的洋房前摆满铁皮箱笼,还在继续往出搬,有穿电话局工装的人在盘线,是要迁走的样子。人和货中间,有个颀长身材的军人,不时弯腰起身,往手中的拍纸簿对照着查验。稍近前些,就认出是上回接待他们的年轻人,两人跨下车,一并叫道"小李"。小李一怔,没反应过来。这边不禁迟疑了,"小李"是不是真姓"李"?小李扬了扬眉,似乎想起,又似乎没想起,只问:找我吗?如此,就已没有退路,小李的态度也鼓励了信心,看上去,是个通性情的人。陈书玉率先说:我们想见奚处长,遂又想起"奚处长"已然不姓"奚",即改口"季处长"。小李"哦"一声,这时,依稀有记起来的表情。陈书玉接着说:我们是季处长的老同学,来看看他!"老同学"几个字用得很谨慎,远近有度,虽旧犹新。说话间,开来一部卡车,停在路边。小李道声"抱歉",放下他们,指挥装箱和清点。卡车开走,再来到跟前,摘下军帽,擦着额上的汗,直接问道:有什么事,我可以转达。这一回事情就不像前一回的简单,这两人额上也冒出汗珠。小李体贴地说,或者写下来,由他交给首长。注意到小李用了"首长"的字样,两人相视一眼,心中又有兴奋,又有骇然。小李递给一沓印了红款的信纸,再有一支圆珠笔，两人伏在文件箱上写起来。

不过一刻钟时间，大虞写完了，交给阿陈过目。一页纸，数百文字，先介绍其父姓名、籍贯、身份、营业，然后交代案由，再叙述事实，结句为"请彻查真相，秉公执法，从宽仲裁"。言辞恳切，感情动人，但未有任何涉及旧交的明示暗示。阿陈以为，大虞事先打过无数腹稿，方才能够如此行文。将信交到小李手上，照例看一遍，角对角折起放进上衣口袋。又一辆卡车开来，两人不好多停留，告辞了。近午时间，日头到中天，天色蓝净，疏阔的枝条在路面划下淡影。身上的寒意驱走，暖和起来，尤其大虞，面上有了光泽。阿陈这才想起谭小姐，问婚事是否如期进行？大虞开晴的脸色又阴沉下去，笑一声道：覆巢之下，安有完卵。阿陈知道问错了，明摆的事情。大虞接着说，父亲被带走的当日，谭小姐也被她母亲带走，回去原籍。阿陈不知道说什么好。大虞再又说：不怪她，小民百姓，谁见过这阵势，来的人实枪荷弹，一副铮亮的手铐，一条街，先是灌水般灌满人，眨眼工夫全退，店铺都上门板，打烊了！阿陈心中生出愧意，朋友最难的时候自己却不在场。大虞看得见他的心思，说：邻舍们说你来过多次，所以，才没了顾虑，上门找你。推车走过大鸿运酒楼，想起上海解放那日，在这里聚会看游行秧歌，脚下停了停。阿陈提议喝个酒，压压惊。大虞道，哪里有这个心思！祖母病着了，母亲镇日里哭，两个小的，多日没有上学，在家躲着，没脸见人，还是赶紧回去，告诉信已送进去，至少有个盼头，不至于太消沉。于是两人就要分手，大虞欲行未行，踌躇道：有一句话，只可在你我之间，传出去要闯穷祸！阿陈问，什么话？我不怕的。大虞就说了：如今是无产者的天下，有产就是有罪，我担心你家的宅子……话没说完，转身上车，疾驶而去，阿陈心里一沉。立在当地，看那背影，前几日是轩昂的，如今佝偻了，像个老人。工装裤换了旧西装，晃晃荡荡挂在骨头架上。

交给小李的信，是不是送到"首长"手里，没有一点动静。旧历年在凄惶中来临，阿陈去拜年，邻舍们的眼光是惊惧的。后门开了半扇，走进去，两旁堆放的旧家具黑压压的，嶙峋的边缘显得狰狞。从狭道过去，中间断开，从左边的尽头漏出光，照见一条短廊，通住宅。客堂里没有人，百叶窗合闭，转到天井，才有一方亮。落水管空空地闷响。他叫了声"大虞"，天井壁上碰回来一声，仿佛恶作剧地学舌。木扶梯走下一个人，撞个对脸，彼此都吓一跳。是大虞，也不说话，一把钳住阿陈的臂肘，两人一前一后上去扶梯。先到东厢房向祖母和母亲问安，窗户闭着，开一盏低支光的电灯，炭盆里的火一明一灭，更显得昏暗。房里还有两位贺年的亲戚，地上放了节礼，一篮水果，一篮干果，因不明就里，表情迷茫。主客相对无言，枯坐着。阿陈没有坐，稍站一时，说两句吉言，便出来到大虞住的西厢房。西墙是山墙，设一扇小窗，半开半掩，多少明亮一些。看得见连绵的屋瓦，眺远望去，一条白练，是黄浦江。阿陈曾经上来过，如今格式改变，是为婚房重作调整。单人床换作双人床，一堂中西合璧民国款的卧房家具，中间一张方桌，四围细木雕刻，正是大虞的手工。立灯底下，单人沙发旁，站着那具大理石圣母像。大虞见阿陈的眼睛看它，蹲下身子整个捧起，说：你带回家去！阿陈推辞，想说：这是你的爱物，话到嘴边觉得不妥，只连声道"不"。大虞将圣母像往阿陈跟前放下，说：这里的所有，全是今天不知明天，不如早作遣散。阿陈还要推，大虞就说出无情的话来：放心，这不是"敌产"，很清白的。于是，只得收下了。余下来的时间，就是搜寻旧布和绳子，将塑像包裹捆扎。然后一人头，一人脚，抬下楼梯，到了后街。正月初四，店铺多不开张，上着门板。除夕夜的炮仗屑未扫干净，嵌在卵石缝里，描红一般。摆渡船江上鸣笛，呜呜的，到他俩的耳里就是咽声。错着手脚，横着竖着试几回，最后是立在自行车后架。再一遍捆扎，固定住了，阿陈的长腿跨过车前杠，一蹬脚踏，上车骑走。

正月过完，大虞那边依然没消息。随着红木店关门，陈书玉的钟表修理铺子也歇业多日。虽然家里并不缺他吃穿，可看着同辈的兄弟都在做事，心里就不安起来。他想起"弟弟"上回介绍的小学校，"弟弟"的两张字条一径都保存着，这时取出来看，决定不妨探探路。按地址骑车到永年路，那是一条庞大的弄堂，沿街数个弄口，左右连并，前后贯穿，占据大半个街区。那家小学校还在，校长却已退位，由他儿子接任。新校长是少年白,一头茂盛的银发,着长衫,足下一双圆口布鞋,似旧派人物,但桌上放一本《韦伯字典》,又像是洋务的背景。展开陈书玉递上的字条,来回看两遍,就说很欢迎,只是,敝校简陋,寥寥几间课室,还是分散在民居,操练课在弄堂中进行,师资又缺,一人分兼二三,甚至三四科,学生们多来自近边贫寒家庭,学杂费往往缴不足,劳作的父母则乏力教养,难免淘气,就需要耐心和包涵。听这番叙述,陈书玉不禁面有畏色,然而,校长态度诚挚,既不骄亦不卑,就有十分的信任。受其感染,就也放下戒心,坦言自己从不曾做过教育,事实上,就不曾在社会上做过任何事,就从业的方面,就是一个小学生。校长微微一笑:中国现代教育开端晚近,谁又不是边做边学?这话说得,都让人惭愧,不禁低下了头。校长又一笑:如蒙不弃,即请担任算术、自然和体育三门,算术是主业,课时较密,自然和体育为副科,每周一课,但多年级合并,人数就多。听到此,心中又有些发怵,可是,一张油印的职员表已经送到面前。懵懂懂接了,坐下在校长办公桌填写,表格很简单,只姓名、年龄、学历、工作履历——稍做犹豫,写下一个"无"字。校长看一遍,收进抽屉,他知道该告辞了,站起身来。校长送他下楼,听见有读书声,从前客堂的门后面传出,就知道那里有一间课室。两人站在后弄道别,上午十时许的光景,少有人迹,显得清寂。充沛的光线里,看见校长白发底下的脸十分年轻,眉目开朗,不会比他年长多少。约定一周后上班,就分手了。

回家路上,弯到大虞家的街上看一眼,前后门依然紧闭,封条依然在,没有进去,又弯了出来。隔日夜里,大虞却来了。骑车绕墙一周,几扇门都上锁,固若金汤的样子。西墙上有一扇窗,青砖封到中腰,再铸了铁栅栏,透出一线亮,晓得是仓房,住张妈一家。探进手去,轻轻扣两下,也不知屋里人听不听得见。正犹豫,旁边铁门后面响起询问:找谁?他说,陈书玉在不在家?两边都认出声音,拉开铁销下锁,开门让客。外面的却不迈步,麻烦将人请出来,说几句话即可。里面的人转身传话去,他自己站在墙下,抬头望,是角度的关系,还是地面沉降,防火墙似乎向他倾倒过来。本能地移了移脚步,随即又好笑,笑自己成惊弓之鸟。这时,门里闪出一个人,反手将门拉上,一同向弄口走去,转过弯,停在一盏路灯底下。

大虞告诉阿陈,父亲回家了。阿陈就叫一声"好",大虞则说"慢"!且是戴罪回家,顾念不知情,所以不起诉讼,代之以财产没收充公,包括乡下的田地,全家迁回原籍川沙,那里有一座祖屋,托人民政府宽大,保存下来——父亲选择川沙作原籍,而不是老坟所在南翔,出于何种缘故,连大虞也不尽了然。因此,日内就要离沪。默然许久,大虞说:人没事就好,其他都是身外之物。阿陈说:也是以财换命!大虞苦笑:怎不说破财免灾?阿陈又说:会不会有奚子的斡旋,才有这结果的？两人想起了奚子，又默下来。最终，大虞道：不管如何，总归是不幸之中大幸！

接下来的一周，就是搬家。阿陈日日上大虞家，帮着打包行李，联络车船，又下乡一次，清出祖屋里的租客。川沙尚有些远亲，其实是当年的佃户，得多年恩惠，这时也还帮忙。动身前一日，阿陈提议向朱朱辞别，总要说一声吧，他说。大虞顾虑朱朱有忌讳，迟疑着：我和他，不像和你！阿陈听这话，眼泪都要下来了，想起寂寞困顿的日子，都是和大虞一起，自己可算是被收留的。于是，独自去一趟朱朱家试水。朱朱先是震惊，后则有难色，倒是朱朱太太毅然决然，说：朋友一场，不就为了这时候！就看出朱朱太太是侠义的人。这些年，朱朱变得乖顺，以为他惧内，其实呢，多少有折服的成分。

朱朱夫妇做东，四人一起吃一餐饭。酒三巡过去，朱朱落泪了，说，前不久还是欢天喜地，岂不知刹那间要作鸟兽散。阿陈因是这些日子经过，就有准备，知道已经是最好的结局，但今昔对照，不免也黯然。朱朱太太则道：塞翁失马，焉知非福！大虞却比座上人都振作，担在心上的石头终于落地，也就释然了，竟是来不及地想去乡下，隐姓没籍，让世上都忘记才好。阿陈说：你想做陶渊明，采菊南山下吗？大虞朗笑道：哪里有那古雅的境界，我们俗人，只求平安！朱朱道：天生有一种背时的人，推翻皇帝，民主共和，不料军阀混战；终于天下统一，日本人来了；日本人走了，自己人打起来；决出胜负，那一种人又不得份！众人看朱朱喝多了，说话开始下道，夺走杯盏，催堂倌上饭上汤。那醉人伏在桌面，发出鼾声，这边草草结束，拥他起来，出去店门。

大虞走了，阿陈往立志小学报到。上班第一堂课就是体育，带领四、五、六年级三个班学生，在弄堂里跑步。队伍从这边弄口逶迤至那边弄口，有跑得慢落在后面的，还有路过自己家门进去喝口水的，总之，跑出去七八十，收回来四五十，但横竖出不了弄堂，就不怕有危险。这就是民居里小学校的好处，安全！自然课没有教本，也没有大纲，将自己去西南的见识讲一讲，就够小孩子听的了。反倒是算术，自忖已经学到微积分，没放在心上，这时发现，算术与数学基本是两类学科。教六年级的时候，他用代数的方法解应用题，学生们云里雾里，不知道他在说什么，于是就需要重新学习。

忙碌中时间过得很快，转眼到了暑假，不必受上下班制度限制，不由喘出一口长气，松弛下来。他体会到清闲的乐趣，却是他这个闲人从未懂得过的。午后，他骑着自行车去跳水池游泳，蝉在头顶的树荫里铛铛地叫，有一种无边的寂静。还没走进泳池，漂白粉的气味就扑面而来，池子里人不多，救生员躺在帆布椅上，半入睡的状态。他潜下水底，透过泳镜看见雪白的池壁，一方一方的瓷砖。一口气吐净，浮出水面，抬起头，眼睛里是碧蓝的天。伸展四肢，感觉到力气在身体内滋生、蓄积，然后发散，可推他去很远。体重仿佛消失，轻极了，爬上泳池的一刻，则加倍回来，沉甸甸的。他一撑臂，先跨上一条腿，再跨另一条，然后站起来，走在池沿，水顺着脚步流一路，就又减轻负荷，回到地心引力的常态。湿漉漉的泳裤和毛巾晾在车后架，转眼间，风和太阳已经蒸发了水分，湿头发也干了，扬起来。溽暑的光和热减弱下来，建筑和街道的轮廓边缘脱出原本强烈的明暗对比，呈现出细节，视野变得温润。为抄近道，他就在弄堂里穿行，放假的小学生在后门口玩弹子和刮片的游戏，娴静些的女孩帮大人剥毛豆，午睡刚起，脸上印着枕席的花纹，表情迷茫。后窗里已经有厨作的动静，自来水哗哗响。楼上人家在收衣服，空气里弥漫着清爽的肥皂味。夏日的午后格外漫长，长到惘然，却是心安。

　　闲暇开始让人生厌，就预示假期将要结束，开学的日子来临，教和学都有些兴头头的。这一轮的上下班比起上一轮，似乎顺畅许多，意味着他渐入工作状态。同时呢，也变得平淡，日复一日，月复一月，正当倦意将起的时候，寒假又适时到来。生活就这样，一径往下过。这种均匀的节奏是有麻痹性的，使人注意不到潜在的动摇。人们并未觉察，街上不时更换通令，通令本来就是多，大到"解放台湾"，小到"消灭鼠害"。即便通令上的措辞变得严厉，又有什么呢？改朝换代，没有权威怎么坐天下。再接着，传闻起来了，关于失踪和抄检，可这城市不就是流言盛吗？芝麻传得成西瓜。不巧的是，流言在逼近，近到街上，弄堂里，隔壁人家封门了，警车呼啸而过。他们小学校里,就有学生家长被缉捕,学生第二天也不来了。课余时间的学习也多起来,由校长念报纸,报纸上的文字也像通令,通令则换成标语:"镇压反革命""严惩敌特""土地改革"。校长的脸色逐渐凝重,老师之间,说话逐渐谨慎,索性不说了,有老师递交辞呈,余下的陡地增加课时,不得不取消副科,自然课也在其列。体育课还继续,但加进了一、二、三年级。他不敢带他们跑步,队伍太长,顾首不顾尾,生怕闯祸。就在弄堂地上铺了垫子,翻跟头,前滚翻,后滚翻。小孩子一个个从他手臂上翻过去,棉衣蓬起一团灰,嗅得见捂了一冬的汗酸。忽然想起朱朱太太的话:塞翁失马,焉知非福!虞老板幸亏犯事早,将店铺地产缴出去,否则,到今天,奚子即便肯帮,也未必帮得上。继而又想起虞老板选偏远又贫瘠的川沙作原籍,而不是南翔祖坟之地,也是早有准备,彻底拗断历史,避免后患,真是有见识,有斩截,姜还是老的辣。

八

到立志小学谋职的第二个年头,小学就上缴政府,下属教育局的民办小学。校长不变,配置一名副校长。教师们重新填写职员表,这一回不是油印是铅印,内容也详细一些,增加婚姻状况,家庭成员,上自祖父母,下至兄弟姐妹。这几项都不难,费踌躇的是"成分"一栏。向同事问询,同事的态度都是避忌的，得不到正面的答案。回家问祖父，祖父向来与世隔绝，不知有汉，何论魏晋。不禁想，倘若大虞在，就可去问他。无奈下，去找了校长。校长还坐在原先的办公室，身上的长衫换了中山装，倒显得年轻，就像刚出校门的大学生，面对他的问题，似也有难色。陈书玉的家庭背景，校长有所了解，要说有产，那就是一座祖宅，自家人住着，既不开店，亦不出租，算不上资本；要说无产，不是有房产嘛！这城市多少人头无片瓦，足无寸土；填一个中性的"职员"，家中可数的至少三代无任何从业记录；却又绝不是"贫民"，贫民怎会有祖宅？归来归去，都是被这宅子搅扰的。看着校长沉思的脸，陈书玉自知是个麻烦，心中生出无限愧疚。良久，校长说出一个词："城市平民"，看他填进去，将表格收走。

归属政府教育部门，对学校建设是有益的，统一了教本和课程，新进老师，生源纳入学龄儿童总体系统分配，虽然还是以就近为原则，但到底超出原有局限，向周边街区开拓，改变单一阶层的格局——因主要面向贫寒家庭，立志小学学杂费极低，量入而出，教员的薪俸几乎压缩到贫困线，现在，提高了。同事们都说陈书玉有运气，恰好挤进一九五〇年参加工作的期限，转入国家编制。校舍还是原样，分散在民居中，但体育课借用附近公办小学的操场，每到上课，便集合整队，他吹着哨子，学生们随节奏踏步。钻出弄堂，走在人行道上，路人们纷纷让路，驻步目送。早上的升旗也是到公办小学的操场，溜边排一条,看着小旗手在旗杆下立定,国歌前奏的小号从扩音喇叭里响起,孩子们唰地举右手敬礼,国旗缓缓升上,路人们也是要驻步的。

新的生活渐渐展开画卷,覆盖了陈旧的日子。同事里有他这样大学肄业的,亦有只读过高小即出来谋饭碗,然后一直做下来。教育程度不一,但总归是同一世道经历过来,就有同命人之感。起初还有防范,之后放下来,相处算得融洽。新来的副校长是苏北解放区南下的干部,人其实没有架子,因为来历的缘故,大家都有点疏远他,保持着距离。有时候,说话说得热闹,见他走近,便沉寂了。看得出他脸上落寞的表情,可是,有什么办法呢?上海的市民向来怕官。大概也因为寂寞,副校长很喜欢召集学习。放学以后,离下班时间余一二个钟点,老师们都聚到大办公室,所谓大办公室,就是底楼朝南的客堂,前面一排落地门窗,向两面打开,铺一条地砖,下一级台阶,就是院子,至多三步远就到前门。正中铺一方水泥,没铺到的地方,长着车前草,草丛里窸窣爬着小虫子。老师们一边批改作业,一边听副校长读报纸,做报告,一旦被叫到名字让谈谈感想,不由瞠目结舌,就像班上那些差等生。副校长显然比老师们宽容得多,隐忍笑容,仿佛说:那不和我说话,我偏和你说!不会让老师的窘态延续太久,太久就难堪了,而是叫起第二个,巧的是第二个也答不上来,校长就出来接过话头,解释和陈述,打了圆场。这样的学习生活很快显现出教育的效果，老师们的对答自如起来，从一点推至二点，再到四点，如几何级数般跳跃。就轮到副校长瞠目结舌，几乎忘记事情从哪里出发，又结束在哪里，试图追溯源头，却找不到线索，完全迷失了方向。还是校长出马，将扯出去的线头拉回来，重新出发，照直了目标，走一条简捷的路径，到达终点。陈书玉想起来，校长是西南联大清华的哲学系本科生。看得出，校长对副校长的照应，同时呢，也是对老师照应，总之，左右通融。更进一步的，学习激发了思辨的热情，于是，就会起来争执，在那些抽象的概念之间，运用更抽象的逻辑，推过来，推过去，拉锯似的。方才说过，别看是弄堂小学，其实卧虎藏龙。都是读过书的人，走进走出，不论男女，邻里们都尊称"先生"。还有，俗话称"吃开口饭"，一律擅长辞令，是据理论证，更是诡辩术，尤其那些好斗分子，互不相让，常有出奇制胜。校长难免也兴奋起来，投身其中，形而上的世界，又不自由，又自由，左右辖制，又左右逢源。这时候，副校长就被人们忘记，成了局外人。他看看这个，看看那个，茫然里有一些愤慨，愤慨里有一些敬畏，敬畏则转变为高兴，因为大家都在发言，争先恐后地，许多从未听过的词汇在空中穿互飞行。

　　工科出身的陈书玉，不很懂得双方激战的焦点，事实上，论辩已经从焦点辐射开去，对于一个实证思想的人，就更空洞了。倒是隔墙传来小孩子奔跑的呼啸声，铁环在石板路上咯噔咯嘣地滚动,还有女人们相骂或相谑的聒噪,透露出存在的生动性。学习结束,天色已经向晚,老师们推起自行车互相道别,骑出弄堂,不骑车的落在后面,可是往往住在附近,不一时就到家了。暮色中,即便是矮陋的杂弄里的房屋,大片的枯黑瓦顶,余晖依然染上一层毛茸茸的淡金。阡陌般的窄巷,破碎的地砖,洋灰地上的裂纹,裂纹里的杂草,勾勒着纤细的线描。小孩子的破衣服和脏脸蛋,也都可以入画,像那种欧洲文艺复兴后期的风俗画。他将车骑得风快,很危险地从电车路轨上咯啷啷轧过去,电车当当地尾随来了,眨眼间,就看到他家的宅子。

新气象之下,那宅子显得颓然。不是因为陈旧,而是不合时宜。厅堂的高、大、深,本是威严和庄重,但时代是奔腾活跃,一派明朗,于是就衬托出晦暗。木质结构的房屋,紫檀幽微的光,仿佛古尸身上的防腐剂。同住的最后一名堂兄弟也迁去西安,将大伯、大伯母带走。东翼上的统楼空下来,征得祖父同意,他搬进去,一人住两进。宅子里的人少了一半,房间就多出一倍,稍有动静,便起回音,于是,不知觉地,敛声说话,轻着手脚动作。有一天,他到东院替祖母捡拾落下的衣衫,看见东边赫然豁开三四尺,推进来碎砖垛子。他架起扶梯攀爬上去,只见一座披屋破墙而立,披屋前竹篱圈起菜地,浇了人肥,鸡们在畦间悠闲踱步。难怪空气中常有粪臭,一直以为弄口的集粪站外溢,想不到源头在这里。他爬下扶梯,拾几块半砖,扔过墙去,砸在油毛毡顶,"噗噗"两响。将梯子搬回原处,掸着手上的泥灰,想起大虞临别时的话,关于"有产"和"无产"。

住进东统楼,他将大虞的圣母立像从仓房里移出来,搬上楼。解开包裹的旧布,先露出一双玉白的纤手,竟有想不到的生动,活的一般,半举半停,欲合未合,像有无限的祈求。然后看见头巾遮掩下的圣母脸,大虞以为像谭小姐的,想到此,不由好笑,又觉酸楚。近来,似乎处处有大虞的记忆,实是因为分别久了,起了想念。计划去川沙看他,却一推再推,上课教书,下课学习,休息日开会报告、义务劳动、歌咏比赛、校际联谊,他已经忘记空闲的滋味。忙虽忙,可自有一种好处,就是不无聊,他也忘记了无聊的滋味。圣母像安置在窗户旁边,书桌和橱柜的夹角,垫一个矮几。晚上,打开台灯,圣母的脸罩在光晕里,看上去有一种人间像,仿佛曾见过的某一个女性,却不是谭小姐。听大虞说——又是大虞,他真的要去川沙一回了,大虞说,意大利文艺复兴时期,穷艺术家,艺术家不总是穷困潦倒?艺术家往往出低价雇佣模特儿,所以,圣母的原型很可能就是一个洗衣妇、缝穷婆,甚至站街的娼妓,年轻时候真是无畏,敢说这样渎神的话,事实上,时至今日他们也还没老,不到三十,可是,就好像一个世代过去了。

去川沙看大虞延宕下来,又发生另一件事情,朱朱的太太来找他了。

朱朱的太太本姓冉，他们习惯称冉太太，朱朱娶她多少有入赘的意思吧！冉太太和朱朱同年，晚生数个月，印象中却是年长。她身量中等，很显骨架子，又有一种轩昂的气度，肩并肩站仿佛一般高低。冉太太是到学校见陈书玉，乍一照面没认出，因为想不到，还因为装束变了。原先的烫发剪到齐耳，梳平了，旗袍换成列宁装，倒变得年轻。正值课间，小孩子直接将老师的客人引进办公室，同事们难免看几眼，陈书玉向来没有交游，更何况异性。冉太太倒大方，左右点头致意，就有人起身让座，冉太太说不麻烦，一点小事，出去说吧。陈书玉还在窘态中，呆愣愣地跟着走出，穿过院子。孩子们在弄堂里疯跑，叫喊，他们贴墙根站着。明晃晃的日头底下，冉太太白皙的皮肤显出细纹，还有些肿似的虚浮。陈书玉羞赧地避开眼睛，毕竟是生分的，朋友的高攀的太太，连他们都有卑下的心情。

阿陈，冉太太叫道，陈书玉一惊，抬起头，看见对面这个人的愁容，很奇怪地，想起大虞，一阵怦怦的心跳。出事情了！冉太太说。什么事？这几个字几乎粘在喉咙口，费好大力气也发不出声，只是动了动嘴。朱朱出事了！冉太太说。不知什么时候，小孩子都进了课堂，弄堂里静下来，冉太太这句话就分外响亮，堪比撞钟，耳朵里嗡的一声。昨天下午，朱朱直接从照相社被带走。年前，一个朋友给他的职位，其实，家里并不需要这份薄薪，但新社会，不是人人都要劳动吗？一夜之间，冉太太在脑子里将朱朱的二十九年生平过电影似的来回过着,就像她曾经说过,日本人来的时候,没有做汉奸,新政府来的时候,是新公民。只有两段时间容易出差错,一是与她结婚前,在社会上厮混。上海滩鱼龙混杂,什么人都有,身份都是暗藏的,谁都不知道谁,例如大虞——提到大虞,不禁打了个寒噤,再继续说,二就是办杂志的一年里,国民政府底下讨一碗饭吃,虽说娱乐界,可保不住和政治有牵连,所谓一朝天子一朝臣,说到此,自觉不妥,噤口了。

陈书玉已镇定下来,头脑忽变得清醒,想到自己这一堂正好没课,可以和冉太太说话。朱朱的事,既是意外,又仿佛在意料之中。他们都是不问政治的人,但相信运势,所谓六十年风水轮流转,一个人不能总站在顺风。停一停,说道:先不要四处打听,静等消息,说不定过几天,讯问完就回家了。冉太太说:借你吉言,那是再好不过的,怕的是,坐等会失去时机,也许应该做点什么!陈书玉思忖能做什么,冉太太又说了:你们有一个朋友,当年一处玩,叫奚子,如今在政府里做事,位置很高,能不能找他呢?陈书玉想起两次造访都未得面晤,时间又过去两年,之间更隔得远。冉太太见他沉默,以为有难处,就说:只要阿陈你引个路,无须说什么,我自己交道!陈书玉知道她误会了,赶紧说,他和她一并去,但是,此一时彼一时——冉太太不等话说完,先就松一口气,流露释然的表情:你看几时呢?阿陈。"阿陈"的称呼唤起昔日的人和事,多么久远了啊!眼睛都有些发潮。陈书玉坚持再等两天,以静制动,谁知道呢?后来大虞的父亲不也回家了,两天过后,他和同事调一门课,空出时间,一起去找奚子。

其时,军管会已经分门别类,划出多个单元,奚子,今天应该称季西涧,所任职的文教处,单独在西区一幢大楼办公,可见出机构扩大规模,奚子的权力更高,与此同时,求见的希望也变得渺茫。他和冉太太来到大楼前,这一回,他没有直接找季处长,而是问小李在不在。门岗让填写一张二指宽的会客单,接下来就是等待。

接待室设在门厅右侧的隔间,应是当年的衣帽间,宾客在这里放下外衣,然后走入大厅,参加主人的派对。护墙板,护墙板下的皮沙发,地板打了新蜡,四周散发着栗色的幽光。通往大厅的玻璃门拉着纱帘,帘上有人影晃动,还有说话和脚步的声音,似乎正在布置一个会场。很显然,新政府走出草创阶段,无论外部形制还是内部结构,都在日臻完善。等了约半个时辰,边门走进人来,高大的穹顶下,人显得很小,就像一个小孩子。穿便服,梳分头,戴着白边的近视眼镜,从这眼镜,陈书玉认出是小李,站起身向前跨一步。不知出于什么样的本能,小李收回半步,原地立定。这小小的迟疑,还是有效地遏制了来客的热切。双方都有些窘,一时间静默着,不知道说什么好。冉太太打破沉寂,"李科长好",她说。陈书玉不禁惊讶,"李科长"这称呼从何而来?李科长却做出回应:就叫我小李吧!冉太太坚称道:有一事请李科长禀告上级。李科长看一眼陈书玉，神情诧异又责怪，仿佛说：从哪里带来的一个太太！虽然是列宁装和齐耳短发，可就是不像，甚至更不像这时代的人。陈书玉瑟缩起来，避开小李的眼睛。冉太太则再上前一步，不易察觉地推开陈书玉，与"李科长"面对面，自我介绍身份和来历。陈书玉注意到，她口中的家世，并不像外界传说，是盛宣怀的族裔，没有那样显赫，但也属工商界的实力派。听到这里，小李做了一个让座的手势，于是，三个人坐下，讲述就从容了。

陈书玉从旁看冉太太与小李说话，心中生出钦佩，钦佩她的风范。虽然尊称"李科长"，但并无卑屈之态，隐约觉得小李也受了影响，态度变得慎重。最后，冉太太说：我们对人民政府绝不会有二心，请李科长千万相信。小李微微一笑：相信不相信，要凭事实证明。这话显露出锋芒，可冉太太并不退却，迎上去也是微微一笑：这我就放心了，共产党最实事求是！真有点高手过招的意思，谈话就在这心领神会中结束。

走出门厅，下去台阶，到了街上，江风吹来，经楼宇间夹道的挤压，变得汹涌激荡。转过路口，冉太太说：等一等！停下脚步，看她从手袋里摸出香烟和打火机，侧身点烟。火头在风中摇曳，灭了几次，他走近去，拢起手挡风，冉太太闪开身子。这一闪身，他看见她眼角渗出的泪痕。终于点燃了，收起打火机，手指头划过脸颊，抹了抹眼睛。低头在手袋又摸索一回，摸出一个小银匣子，一按搭扣，弹开来，原来是一具烟灰盒。就这么站着,一口一口吸进,再一口一口吐出。一支烟很快到头,将烟蒂在小银盒底摁灭,咔嗒关上,回过身,说:阿陈,谢谢你!陈书玉低头道:谢什么,朋友一场,就为这时候的!想起原是冉太太的话,自己不自觉地学舌,红了脸。冉太太恢复镇定,说:这"小李"年纪不大,城府很深。陈书玉支吾道:不晓得他有没有力道。冉太太说:有力道,还要肯用!陈书玉抬起头,他忽然想起一个人,就是"弟弟"。

九

可以肯定,"弟弟"不是奚子的弟弟,因为年龄要长于二三岁,只是一个称呼。陈书玉不很清楚"弟弟"的具体职位,但觉得要比奚子更有权力,谋面或许难,也或许易。想了想,按写给他的字条上地址寄出一封信。一周左右的时间,冉太太又来学校找他,告诉公安部门通知家属准备衣物用品,隔日就来人取走了。虽然没有更多的信息,但总算有了下落。冉太太说,一定是"弟弟"的力道,陈书玉以为也可能事情本来就如此。想起"弟弟",已经是遥远的印象,不过数年,可是人事皆非。冉太太沉默一时,说,她宁可是"弟弟"帮忙。话没有全说出来,但彼此都明白,倘若是"弟弟",他们可不就朝中有人了?眼前这个女人,本来最不屑这些,又惮于见官,为了朱朱,就要重新做人。在弄堂里说一会儿话,预备铃响了,他上课,冉太太回家。

冉太太又一次造访,同事们难免起了猜测,是不是陈书玉的女朋友。三十岁的单身男人,总是受关注的。连副校长,现在是学校的党的书记,都半玩笑、半认真地要为他撮合,撮合的对方是他从山东老家过来的小姨子。陈书玉甚至还被拉去家里吃过一顿饭,那姑娘始终在厨房忙碌,留给他一个背影,看起来相当匀称。学校里亦有两位女教师待字闺中,一位已届中年,与寡母相守着生活,大概不再做婚姻计划。另一位还年轻,但也过了通常的媒聘阶段。心里总有不自在,表面上就格外地矜持,仿佛向世人宣告:不是你不要,是我不要!到陈书玉这里,加剧成倨傲,或者不理睬,或者没好气。人们都以为是一种表白,当事人却只觉得可畏。冉太太来过两次,女同事的态度更恶化了,几近声色俱厉。后来,听他向人解释,是朋友的太太,就又变得热切起来。一日下午课上完,她给大家发点心,别人一份,他有两份。又有几次,女同事骑车在他前头,缓缓地,分明在等他。他又不是木头人,哪里不解意,可是,婚姻这桩事——他庆幸自己没有一脚踏进去。年轻时候只单纯地怕不自由,现在方才知道,后果严重得多,简直就是人害人。大虞被人害,朱朱害人,他呢,可能前者,亦可能后者,因是个身份不确定的人。他究竟是什么人呢?

下班回家,下午五六点光景,越过电车路轨,弯进引线街,远远看见宅子的防火墙。四周的自建屋不停歇地翻盖,不是这家，就是那家，从草棚到土坯，再到青砖，瓦顶升高，从一层到两层，甚至三层。向前后左右突进一尺，两尺，三尺。许多直巷闭合，横街收窄，看过去，漫成一片。自行车在石卵路面咯噔咯噔弹跳，热水站的木拖车也在咯噔咯噔响，小孩子的铁环一溜烟地滚，称得上绝技，鸡呀鸭啊摇摆而行，笃笃啄食。炊烟遍地，将余晖印染成一种绛紫。他在西侧的铁门前下车，门虚掩着，"空洞"一声，开了，又关上。所有的喧哗都退去，只剩下车辐条吱吱地搅动气流。仓房辟出一半住张妈一家，屋檐下生一具煤球炉，压着火炖山芋粥，砂锅突突地吐出甜香，消散在空廊的院子里。在轿厅停住，踢下自行车的撑脚。椅几环墙，虚席以待的样子。走入过廊，看见一缕晚霞，将顶上的天空映红，园子忽地明亮起来。这时，传来灶房里的动静，母亲和姑婆的说话。这点动静也散开了，仿佛留下一些轻微的波形。转眼间，晚霞向原处去，暮色合拢，罩下宅子。天井的光线更暗一成，物体的边缘模糊了，鱼在水缸甩尾，扑哧一下。瓦当的滴水也在响，是前日夜里的雨。时间仿佛静止了，而且，在退行，退到最初，没有人，没有花木，没有房，没有楼，没有这宅子。

他上楼向祖父母问安。祖母在隔扇的后面设一个小小的佛堂，喃喃地念经。祖父伏在案上临画，一幅山水，重峦叠嶂，草木深蓊中，藏一条小径，忽看见有一个行路人，担一挑柴。仔细端详，形貌煞是生动，分明有来历，可又孑然一身，仿佛横空出世。市廛中生长,挤挤挨挨都是人,如此空旷之境,就会感到虚无。所以,赶紧将目光移开,退出门,回到自己房间。屋内下着百叶窗,早已经入夜似的,北墙上却有几条夕照的光线,时间变得混淆,昼与夜犹疑着进退交替。暧昧的天光里,圣母的脸渐渐浮起来,朴素端庄,且是俊俏的,这人间的面相,藏在哪里呢?天黑尽时,底下喊吃饭了。现在,父亲母亲的伙食账,并进祖父母和他的,一方面是填大伯大伯母的空,另一方面,也是财政使然,他本就有赡养的义务,两家合一家,终究是经济的。不知从什么时候开始,家中的存储不足以开销,需要补充。

饭桌安在楼下厅堂,后又移至灶间,节约照明和人力。原有的烧饭娘姨遣走了,由张妈兼管,打扫和洗涤不得不减免。张妈一家是以工换宿,本还得些其他的接济,柴米油盐,小孩子的衣服、读书,如今主家也顾不上了,张爸到三轮车行登记了一部车,早晚出工,宅子里的粗重活计就荒疏下来。张妈摆好饭菜,退回自己仓房里的居处,留下这三代五口人,围一张八仙桌,上方一盏电灯,没有灯罩,蒙了油污和煤烟,更显暗淡。灶间阔大,一具多眼柴灶居中,沿墙立有四五具煤球炉,橱柜、案板、脚凳、矮梯,梁上悬挂腌腊和竹篮。那电灯照耀有限,只垂直在桌面,四周隐在影地里,无限幽深。这情景有些像战时禁闭灯火,人也变得瑟缩,默然无语,低头划饭。事实上,也没有什么话题,上面两辈都是与世隔绝的人,原先还有各房之间的龃龉,主仆的怨怼,如今,连这些都无从生出。他要说学校的事情,又怕他们听不明白,枉费口舌,索性就不说了。

晚饭在寂静中结束,餐桌的善后由母亲担任,先是搭一把手,张妈卸去些,渐渐地,越卸越多,直至全免。他曾想代劳,可母亲坚执不允,非让回房间读书。自从合并起炊,由他给付膳费,母亲就客气起来,叫人又羞赧又有些心酸。自小和父母不亲昵,双方都不惯表达心情,喃喃几声,返身走出灶间。月亮地倒比屋里敞亮,深深地呼吸,空气的凛冽直入肺腑,又有一股甘甜,不知从何而来。梭巡几番,发现墙外有一株桂花树,是有意栽下,还是顺风吹来树种,不期然里落地,暗中结籽。

他有些忌惮这宅子了,清早,推车出门,听车轮子底下的咯嘣声,就有一种放飞的心情。他羡慕那几个搬出去的堂兄弟和嫁走的妹妹,年轻一辈的离去,使得旧宅愈加颓圮,暮气沉沉。他也想搬出去,可是去哪里呢?就算有地方可去,祖父母,父母亲,怎么办?还有一个养老的姑婆呢,虽然还是分开起炊,日常的照应也需要他。家中的长辈,似乎约定好了的,绝口不提他的婚娶大事,仿佛忘记似的,其实是怕他有自己的家庭,顾及不上他们。现在,年轻的单身女同事又不理睬他了,这复来一轮的冷淡中,含着艾怨,就有一些悲剧色彩,多少影响着心情。他没有办法,任其或喜或嗔,只当不知不觉。在学校二三个年头,由生到熟,焙也焙得出些交情,但终究没有一个人,能够成知己,就像他和大虞,退一步,他和朱朱,本来还有奚子……时代将人世划分成两边,这边是过去,那边是现在,奚子划到了那边,剩下他们几个在这边。陈书玉逐渐意识到,界限是难以逾越的,那边的生活新鲜活跃,生机勃勃,他也想介入呢,事实上,过不过得去不由自己说了算。曾以为,是那宅子,和宅子里的人拖累他,但大虞和朱朱的遭际却让他怀疑起来,分明感觉有一股更强大的力量暗中起着作用,就像水底深处的潜流,这股力量的名字叫"宿命"。

这一年,立志小学归进公立小学,合成区中心学校,校长担任教务主任,副校长依然是副校长,但从书记的位置下来一格,为副书记。老师们全部留用,兼并调整,或继续教学,或转行政后勤。陈书玉卸去了体育课,集中施教五、六年级总共八个班级的算术。课时没有增减,但科目一致,又是他的专长,所以内容单纯了,同时呢,中心校的教学要求明显高于民办小学,减下来的那部分压力就又提升上去,总体保持平衡。原先民居里的教室和办公室,大半置换下一片空地,建造风雨操场,余下零碎几处还原为民用,分配给教工住房。立志小学的同事分散在各处,平时都难得见一面,操场楼道偶遇,竟有些故旧重逢的心情。以前的校舍,前后都是人家,他们呢,就像是另一个家庭,一个大家庭。入冬的天气,学生走尽了,集合在办公室,关上门,支一口火锅，到隔壁烧旺的炉子里钳一颗煤球，徐徐燃着炭火，滚水里涮羊肉。还有学习会的辩论，想起来发噱得很，如今的学习可就严肃多了。门禁的制度也是严格的，哪像从前，上着课，邻居提着铜吊就进来问要不要灌热水瓶。

冉太太再一次来，只见，原先办公室的大门敞开，天井里面已经搭起油毛毡的披屋，挤出一线天来，水龙头接到弄堂里，哗哗开着，洗衣洗米，煤球炉也在弄堂里，倒着烟，熏出眼泪来。冉太太不由吃一惊，经询问方才知道小学校移走了。循指点找到中心校，沿围墙走半条街才到校门口，挡在传达室外面，等电话打进去唤人。望进去，操场上无有人迹，细洁的沙粒在日光下金灿灿的，依稀听见读书声，朗朗的童声，有一种金属的音质，很是悦耳。碧青的天空下飘着两面红旗，一面缀有五星的是国旗，另一面有火炬图样的旗帜，她不认得，但觉得鲜艳好看。不知有多少时间过去，一阵铃响，操场后面，四层楼房的几扇门里，同时奔出小孩子，一转眼，灌水般遍地都是，喧哗声起。跳跃着的小人儿中间，跑着一个大人，越跑越近，正是她要找的人。

陈书玉喘息未定，冉太太情不自禁跨上一步，拉住他的手。那只手往后一缩，却被拉紧不放。有消息了！冉太太说。他"哦"一声，拔出手来，往口袋掏手帕擦额上的汗。不知道是小李的作用，还是"弟弟"的，公安部门通知家属看人，地点在虹口的提篮桥。以此看，人是收监了，案由不会简单，然而,隔大半年时间,知道人还在,终究不幸中的大幸。冉太太找他,一来告诉消息,阿陈你最关心朱朱——她说,二来,冉太太询问地看着他的脸色,能不能陪她一同去?你知道,三个小孩子,最好都带了去,看看他们的爸爸。说到此,她停了停,然后再继续:那种地方,我有点怕,要是陈先生不方便——陈书玉抬手做了个阻止说下去的动作,冉太太改口"陈先生"的称呼有些激将他:没什么不方便的!对面的人呼出一口气:谢谢你,阿陈!疏远的距离又拉回来。看她转身离开,快步走去,转过街角,不见了。他其实也有点怕呢,"提篮桥"三个字,可谓讼事和牢狱的代名词,安分守己的市民,听之无不变色。尤其令他生畏的是朱朱,进提篮桥的朱朱,会变成什么样?他都不敢想,冉太太岂不更不敢想?自从成亲,就没让朱朱离开过视线,她是真疼他!

去的那日,天下着细雨,冉太太带三个孩子乘一辆三轮车,他单独乘一辆。雨点沙沙沙打在油布雨篷上,门帘破了几个洞,溅进水珠,沁凉沁凉。眼前黑漆漆的,油蜡味扑鼻,不知道走到哪里。停车等信号灯的时候,可见前方的红灯,溶溶一团,然后转黄,再转绿,车轴嘎啦啦咬着齿轮启动。几行几止,最后靠到街沿,车夫解开雨帘,地方到了。看前边的车,下来冉太太,抱一个,牵一个,一个再牵一个。他付了车资,上去想牵那个大点的,却没牵着,小手挣脱出来,拉住母亲的衣角,不肯松开。见这一串萝卜头,不由在心里喊"造孽"。

他们两大三小，络绎一行，辗转被带进房间，大小约十个平方公尺，正中横一张桌，两边各有一条长椅。冉太太向狱警说，陈书玉是孩子的阿舅，她的娘家哥哥，让坐在长椅的末端。天花板很高，仿佛从机房改造，用于会见，开一盏日光灯，四壁照得雪白，倒明亮干净。渐渐心定下来，母亲掏出手帕，挨个给孩子擦拭头上发上的水迹。这时，陈书玉想到，也许，"弟弟"真打过招呼了。有一刻钟的光景，对面的门开了，两个狱警带进一个人，是朱朱。多少让人意外的，朱朱的外形并无大改。即不是先前一味害怕的，戴手铐脚镣，甚至没有穿囚衣，而是家常衣服，头发剪成短式，脸上就还见胖些。走到长桌对面坐下，近前来方才看出一点点异样，那就是眼睛里的光头暗了，原来多么机灵得意的一个人，现在委顿下去。朱朱不看太太，转过去，看到陈书玉，就又转回去，落到孩子身上。那几个小的全缩成一团，仿佛要躲起来，又躲不起来。朱朱的视线转来转去，终转不出面前这一排人，为难之至，索性哭起来。无论冉太太问他什么，胃口好不好，衣服够不够穿，气管炎有无发作，等等，一律都是手遮面，哭泣不已。冉太太又说，我们很好，家里吃喝用度充足，尚有余裕，孩子外婆家常来看顾，阿陈呢，最是帮忙！朱朱还是哭，一个字说不出。三个孩子显然吓着了，全往母亲身上爬。冉太太伸过手，碰他搁在桌上的手，那手触电似的抽回去，不让她碰。陈书玉的眼泪都要被他哭下来了，冉太太眼里却是干的，直瞪对面的人,赤红赤红,几乎要冒出火。她将三个孩子拢到怀里,再往前一推,厉声道:你看看,你看看!朱朱不敢不抬头,看一眼又垂下去继续哭。冉太太说:你看看,这三个人,你要活着,活下去,听见吗?三个小的一并放声哭起来,边上的看守走过来,想干涉,犹豫一下,又退回去。阿陈越发地想到,"弟弟"打过招呼了。

半小时的会面就在大的小的哭声中过去,带去的东西检查一番,才交到对方手里。看着人从进来的那扇门后消失,这边一排人瘫了似的,脚软得站不住。坐一时,勉力起身,抱着牵着退出房间,又一番转转折折,但并不是来时的路径,也不是来时的那扇门,就这样,站到了马路边上。没有公交车站,没有三轮车,亦没有行人,茫茫然沿街走,走过两个路口才发现错了方向。道路越来越宽阔,几具大烟囱朝天吐着白雾。陈书玉眼见得冉太太脚步跟不上,那阿大和阿二又黏着她,不肯跟他,几乎带了蛮力地,从冉太太怀里抱过最小的那个,调转头再走。就看见一辆三轮车,疾行在空旷的马路当中,叫喊着紧追,听见自己嘶哑的声音,在风里面吹散开来,以为车夫听不见,不料却停下了。将母子四人送上去,看他们远去。

雨下得大了,他的雨帽没有了,想是忘在接见的房间里。任凭淋着,打着寒战,却有一股痛快,抬着头昂昂地走。走过数条马路,终于看见一辆三轮车,坐上去,方才发现帽子就捏在手里,捏成一团。顺势擦一把,不知是雨还是泪,满脸的湿冷。真是忧郁啊！造孽，他在雨帘后面的黑暗里，摇头，然后点头：造孽！车夫大约上了岁数，不敢和人争道，骑得特别慢，还错了一段路，折回头重走。就觉得归途无限的长，永远不能到头了。

　　过后月余的时间，校长，即现在的教务主任找他，交一张便条，是"弟弟"的，约他淮海路文艺复兴西餐社喝咖啡。算起来，与"弟弟"上一次见面已经五六年之久，说短只一回眸之间，说长却仿佛生死睽违，不禁又惊又喜。这一日，极早来到西餐社，走入门厅，就见火车座上有人招手，不是"弟弟"是谁？走过去，腿脚磕碰着桌椅，也不觉疼痛，"弟弟"的脸，越走越近，又越走越远，远近中，一双手被捉住，竟然哽咽了。"弟弟"按他坐下，一双眼睛笑盈盈的，看得见眸子里的自己。奇怪的是，那自己忽换成大虞，朱朱，还有冉太太的面容。心中如同有万般委屈，终于遇到至亲，却又说不出来一个字。弟弟坐回对面的皮椅，低头查看菜单，招来服务生，点了咖啡和蛋糕，转向他来，问道：说说看，过得怎么样？他渐渐平静下来，对面的人还是一贯的善解，他又鼻酸了，只是点头。咖啡和蛋糕送上来，服务生悄然退下。下午二时许的光景，用餐结束，茶点还未开业，一小点间隙里。门外天光明亮，人和车熙来攘往，从幽深的店堂望出去，十分遥远。

　　"弟弟"不再绕弯子，直接说道：朱先生的刑期就要下来。他点头。因为历史的问题，比较复杂，相信政府会秉持公正。哦,他答应一声。"弟弟"又问了些与朱朱的交往,倘若追溯两家祖上的渊源,恐有落井下石之嫌,再说,坊间流言又有几分真呢?就只说些现世的来去,一同玩乐什么的。"弟弟"并不深究,放下朱朱,转到冉太太。隔了一层,所知极有限,至于印象,陈书玉思忖着,说出一句:是个有情的人。这回答偏题了,自己先就窘起来。对面人倒比他知道得多,冉太太的家世背景属民族资本家类别,是人民政府统一战线对象,但是,银勺子在咖啡杯里搅动,发出叮叮的脆响,不妨保持适当的距离,毕竟,朱先生已有定性。话音很轻,传进耳里,还是一阵轰鸣,感觉头在大起来。昏然中,他也清醒知道,来自这个人的体恤。

　　静了静,陈书玉说出积压心中的疑虑,就是,他家的祖宅。拿它怎么办呢?殷殷地看着对面的人——店堂里开了壁灯,黄色的暖光照耀下,显出周正的轮廓,眼清目明,其实,"弟弟"是美男子呢!只是被衣服埋没了。去重庆的路上是短打,像杂役,又像落草的流寇;后来在上海的面晤,倒穿一件花呢西装,却像寄售店的旧货;今天,是人民装,还戴一顶干部帽。帽子下的这张脸,不只眉眼好看,要紧处更在轩朗开阔的气质,朱朱就逊一筹了。朱朱的漂亮是潘安式的,多少有点媚态,"弟弟"呢,属三国里赵云一派。此时,在踌躇中,表情变得沉重。陈书玉知道给"弟弟"出了难题,十分愧疚。他觉出来,这宅子是个隐患,等了他们多少代人,终于有一天要作祟了。停一时,杯里的咖啡凉下来,"弟弟"说道:顺其自然!一颗心忽又安定下来。对面的人,仿佛动荡世事中的一个恒常,万变中的不变,是他的倚赖。

这一日,传达室来电话,门口有个女客找他。陈书玉犹豫一下,回答说,正开会,不便见客,怠慢!放下电话,呆立着,几乎想追赶出去,可是,"弟弟"的叮咛响在耳边,他不能,不能辜负。之后,再没有女客的造访了。

第三章

十

生活复又平静下来,朱朱事情的创痛渐渐淡薄。曾经从菜场穿行,见冉太太提了草篮,沿着鱼摊问价。她身穿一件蓝布旗袍,脚上一双黑布鞋,看装束形容,自然已无佣仆差遣,毋庸说,家道处于拮据。但腰背挺直,举手顿足间,并无一丝屈抑委顿。他尾随一段,然后调转车头,退出去,换一条路。锦衣玉食长起来的人,应对大变故,竟能够从容不迫,实在让人又敬又怜。

抛开个别的人和事,从全局看,这几年称得上国泰民安,风调雨顺,市面渐趋繁荣。他连长两级工资,正好与家中积存的匮缺抵平。再有,工农政府的素朴风气之下,这城市减少许多奢靡的消费,昔日里的玩伴作鸟兽散,他甚至比以往手头还宽裕些。开春时节,挑一个风和日丽的星期天,往川沙看大虞去了。

骑车到轮渡码头，对面渡船过来，哗啦啦解开锚链，碗口粗的麻绳抛上岸，下船的人脚和车轮将铁皮跳板压得铿铿响，然后就是上船的人脚和车轮。扶车凭窗而立，看江面的航标随波浪起伏，几艘运沙船吃水很深，缓缓地行驶。无风的天，几乎觉不到船身移动，而是江岸在向这边推进。过江上班的高峰已经平息，去的少，来的多，码头上的提担人，担头上缚了鸡鸭的竹笼，远远就听见禽类的聒噪。渡船靠岸，随人流出舱，略辨别周围，按大虞信上所写方向，调正车头骑去。转眼间，两边就是一方方碧水，倒映天空流线型白云，一畦畦油菜花，黄得发亮，飞着白色的粉蝶。骑过一片桃园，未到花季，底下的蚕豆藤却攀上来了。江南地方人口稠密，前后左右都有村庄人家，遍地柴烟，蒸汽缭绕，和着米面酸甜的发酵味。陈书玉回想有一年清明，四个人到南翔大虞家老祖坟玩耍的情景，仿佛隔了一世的时间。正走神，路口地上忽起来一个人，吓他一跳。看那人，头上扣顶旧草帽，帽檐下黧黑泛红一张脸，笑出一口白晃晃的牙。他几乎从车上跌落，歪倒的车把被一双手扶住，推正过来。大虞！他叫一声，眼睛潮了。这一阵子，他特别容易伤感，动辄鼻酸。大虞抢过自行车，走在前面，装没看见。两人一前一后走一段，转过篱笆，走入一片空场，坐一座青砖房，敞开两扇大门。迎门一条长案，案上方悬挂虞老板、虞师娘两幅碳画像，知道是作古的人了。跨过门槛，立即就要上香，大虞拉开抽屉，取出六炷线香，划火柴点上。陈书玉接过来，合在掌中间，举起来，拜下去，如此六遍，送到灵前，竖插入香炉的米粒里，退回来，再行鞠躬，也是六遍。直起身子，眼睛里多出一人，端两个大碗，热气腾腾，一路叫"烫煞烫煞"，疾步到八仙桌一搁，嗖地收回手，捏住耳垂。家主婆！大虞介绍道。家主婆看上去比大虞年少有七八岁，中等身量，圆脸，眼睫很黑，穿一身工装，上衣的袋口印有钢铁厂的字样，招呼过客人，喊着"晏了晏了"，推出自行车上班去了。

大碗里的白糖炒米水，足足打进六个鸡蛋。早在信上得知大虞喜期刚过，一直猜度娘子何方人士，此时见了，不禁想起辞行那日，冉太太的话：塞翁失马，焉知非福。一边吃点心，一边听大虞慢慢告诉，女人在钢铁厂幼儿园上班，船码头的另一方向，骑车过去一刻钟的路程。于是想起从轮渡上望见岸上的大烟囱，又有几架钢渣山，就是那里了。大虞说，此地乡下人家，大多数亦工亦农。土地少，而且含碱，出产薄得很，务农仅够糊口，还要看天吃饭，务工则是旱涝保收，铁定的收入，所以叫铁饭碗。他们家的格局大体相同，差异在于，女人工，男人呢，不工不农！大虞自嘲地说，所以，是她养我。陈书玉知道这话并不属实，因看见里进的天井地上，躺几段裁好的方子，墙角里堆了刨花，吃饭家什分明还在，所谓一技在身，走遍天下。她倒很好——陈书玉说了半句，又止住，大虞接住话头，说下去，这就是乡下女人的好处，胆壮，不畏前畏后。两人都想到谭小姐，不知道怎么样了，那木柴行自关门就没有再开门，大约转手了。陈书玉说：圣母像一直替你留着，什么时候物归原主？大虞说：送出手的东西哪能再回来，这一个已不是那一个！两人会心一笑，打住。

上午时间，两人在四边走动，遇见乡邻，都称大虞"大木匠"。果然如大虞所说，农事以女人为主，经营大部又在副业。一垄一垄的帆布篷，里面种的是蘑菇，老人坐在板凳上，将泥块掰成麻将牌大小的一方一方，称之"蘑菇泥"，方才知道，蘑菇是如此生长出来。少数几个男丁，站在耙犁上，一手牵牛，一手执鞭，在水田上滑行，远看过去，仿佛穿越天地之间。走一遭回来，正是中午饭时，女人留好了菜，一盘白切羊肉，一盘油炸花生米，笼里的蒸菜是红烧鳝筒合青菜豆腐，米淘好了下在锅里，塞一蓬豆秸火，由它速速燃起再慢慢灭去，这边喝酒，那边饭香就弥散开来。

陈书玉慢慢将朱朱的事情叙给大虞听，叙到冉太太一节时，大虞沉默了。喝半杯米酒，方才说出话：看起来，人不分贵贱贫富，是以性情分。陈书玉问：此话怎讲？世上的性情归根结底只有两种，一种厚，一种薄！喝了酒，平素话少的人也会饶舌：倒不在好和坏，而在厚和薄，就像木头——凡天下物，都自有所用，不可妄自评议轻重，但只以禀赋论，比如，松木和红木就是不同，前者随天候节气转移，后者则是千年不化。陈书玉喝了酒，话反而少了，只是听与问。这米酒后劲很足，当时不觉得，一碗饭下肚，再喝半碗热汤，就睡倒了。等睁开眼睛,四下里黑洞洞的,不知身在何处,却也不害怕,相反,颇为安心。过些时间,渐渐看得见周围,发现躺着一张阔大的宁式眠床,四根床柱,撑起蓝布帐幔,好比一座小房子。身上盖半条夹被,散发出浆水微酸的气味,窗外有母鸡鸣蛋的叫声:咯咯咯。柴灶里哔哔地响,有一些烟从地板缝里漫上来。晓得时候不早,硬挺起身子下床,腿脚软绵绵,头脑却格外清明。走出房间,站在楼梯口,疑惑自己如何上楼,又如何睡到人家夫妻的喜床。摸着扶手下到底,木扶手的顶端是一个兽头,眉额上的发绺,铜铃般的眼珠子,嘴张开着,伸进去,摸到一颗木珠子,竟是活的,却掏不出来,就知道是大虞的手艺。

大虞的女人下班回来了,换一件自家布机织出来的粗条纹衣裳,灶眼里的火映着脸,更显得眉黑眼重,有一层釉色。八仙桌上布了新炒的菜,又开一坛酒,他却不敢沾了,大口扒下两碗新米煮的白饭,放下筷子就要走。百般留也留不住,只能送他去轮渡码头。调过头朝来时的方向,正对前面几座钢渣山,堪称巍峨,遮去大半天空。路上,大虞问起他家的祖宅,政府有没有收走。阿陈苦笑:我倒是天天等着来收,就是不来!大虞叹息一声:有个笑话,说某人楼上邻居每晚上床,脱一只靴子,地板咚一声响,再脱一只靴子,再咚一声响,有一日,第一响过去了,第二响却不来——陈书玉接过去:我就是这个人,你和朱朱,楼上的靴子都脱齐了,我还在等!说到此处，两人都笑起来，对面的轮渡开到江中心，呜呜地鸣笛。站在码头，看浦西的灯火，大虞问：什么时候娶娘子？陈书玉说：靴子没有落地，娶什么娘子！两人又笑。轮渡砰地靠岸，一个上船，一个回家，分手了。

两岸隐进夜色，江面更显得宽阔，远处亮着点点渔火。偶一仰面，看天上的星星，亦比街市里的更大更稠密。寻找北斗七星，祖父说的，以七星观，可证明宅子骑在中轴，坐北向南。那是个什么造化啊，出自谁人的手；又刚巧落在他们家；他们家世代过来，散了多少人和物，偏偏留下它，不晓得是福还是祸！年末，祖父去世，寿九十二。半周之后，祖母去世，寿九十三。据说，大伯年少时候，曾经相面，额上一道横纹，征兆为"刀切豆腐两面倒，父母连死"，可不就应验了。按喜丧治，白孝服挂角处缀红。大伯大伯母来了，散在各处的族亲，推代表过来几个，多是晚辈。亲亲友友站齐了，不过十二三，聚到祖父的统楼里，打开柜箧，再打开祖母的妆奁。出众人意料，所余之物相当有限，一半用于丧事，另一半各房分配。因数量少价值低，就也无所谓公平不公平，私下又都盼望早些完毕，各回各处，即顺利通过。然而，这一桩事，终究急也急不得，族中最后的长辈，还要照规矩来。这一年的年景不错，有些旧俗渐渐回来，物质也较前段丰裕，难免往铺张里去。出门再归来就是客人，在家的又多老弱，跑得动的只陈书玉一个。好在有张爸的三轮车，拉他买棺材，看坟地，置办寿衣香烛。张妈包茶饭洗涤，加上两个小的，向学校告假，帮着打杂，才将一应巨细对付下来。除通例的殡葬装殓，还又格外去沉香阁请一班女尼，为吃斋的祖母做了法事。前门敞开，两具棺木并列，罩帘的四角也缀红，停灵半时，喇叭吹响，抛一把纸钱，方抬起来，步入巷弄，上两架平车，直驱福建人坟地闽桥山庄。至晚，门前支一口大锅，滚烫的豆腐羹，周围几条街的邻舍，自带茶缸饭碗来盛，求寿求福。一锅见底，再上一锅，络络绎绎，到夜里九十点钟方才消停。

祖父母晚清末年生人，经历鼎革两朝两代，安然一生，善始善终，着实有福之人。是祖荫庇护，或者归因宅子风水，大伯对陈书玉说道。战时共同生活一段，朝夕相处，彼此生出些感情，甚至略胜于和自己的父亲。大伯告诉他，宅子里的镂刻雕饰，看起来纷繁往复，其实主旨唯有一题，就是八仙。这话与先前祖父的说法相符，陈书玉便以为可信。大伯指回廊上头，仿宫制的歇山顶内面，红绿粉彩图画，就是八仙的戏文：吕洞宾度卢生；汉钟离度蓝采和；何仙姑采茶路遇吕洞宾受度；吕洞宾再度铁拐李……吕洞宾度人最多，所以道中推他教主。沿过廊穿月洞门，环楼一周，到东院里，只见豁口又进深和扩宽，半间披屋俨然而坐，墙外人公开入侵，毫无顾忌。陈书玉架起梯子，登上去，拍打油毛毡顶，主张权力。大伯连连摆手，让他噤声。不想，油毛毡下已经钻出一个女人，叉着腰，昂头指了他道：拆房子吗？新社会了，社会主义了，穷人翻身了，不受剥削了……连珠炮的一长串，他几度张嘴，几度遭遇狙击，发声不得，何况论理。大伯拉他落地，来不及撤梯子，掉头避进内厅，身后哗啦一响，一块半砖抛过来，碎成齑粉。稍事喘息，大伯道：历来刁民最可怕，赵匡胤、朱元璋、李自成——本已经坐了龙廷，想不到来了个更野的，忽必烈，茹毛饮血之类，不是有句俗话，乘车的敌不过穿鞋的，穿鞋的敌不过赤脚的；又有一句，五百年必有王者兴，"王者"是谁？正是草莽中人！伯侄俩立在内厅的夹墙里，身后是暗楼梯，通二楼侧面，脚下一条阴沟，汩汩地排水。

就说咱们家，大伯背起手，仰头看夹墙的板壁上端，忽然涌起怀古之情，知道败在哪一节？陈书玉摇头，长辈们极少谈及家道，流言中的鳞爪且虚实难辨，待要认真，大伯却紧接一句，也是传说！事情又变得可疑。不过，内外终究有别，族人中的闲话，多少有几分靠实的来历吧。再则，从近亲口里叙述，还属破天荒头一遭，就静下来好好听。大伯说：老祖宗乾隆年间来到上海滩，开船号，建码头，商栈无数，丝茶、木材、棉花、砂糖……沪上称"半条江"，意思是黄浦江一半的营生，哪一段溃堤了？方才的问题又提及一遍，陈书玉还是摇头。通事！大伯说。道光年，雇了个宁波人，会说洋泾浜英语，专与洋人交道，两头说话，两头牟利，银子涨破船帮，多的不说，单只一件，向朝廷捐了个官职，苏松太粮道，看看！大伯伸手摊了两摊。陈书玉吐出一口气：老祖宗那么精明，怎么让他瞒哄过去的？大伯笑了：从乾隆至道光，多少年？八十多近九十，三十年算一世，差不多就是三世，按"君子之泽五世而斩"的运数，正在末途，武功已退，改以文治，是另一路天下，这堂号原为"半水楼"，后易为什么？陈书玉更加茫然，目瞪瞪望着大伯。看大伯竖起两个指头：俩字，"煮书"。

收起指头，嘿一笑：那通事如何下场呢？想到又想不到，咸丰三年，小刀会起兵，通事他竟然私通外国洋枪队反扑，最后死在叛匪乱刀底下！陈书玉说，一报还一报！大伯却摇头了：世人都以为恶报，其实不然，那小刀会可说是绿林中人，吃野食的，倘若造化大，就坐龙椅了，这就叫"道高一尺，魔高一丈"！所以，大伯指指东墙：千万不要惹！陈书玉点头了。勿论大伯说的信史或者伪史，其中的史识自有道理。伯侄二人从夹墙钻出来，被当头的太阳刺了眼，用手罩着，望去门楼上的砖雕，果然是一部八仙大戏，蟠桃会。看一会儿，大伯说：没有千年不散的宴席！

十一

奔丧的人各回各地，热闹过后，宅子里更显得冷清。祖父母走了，余下他们一家三口，外加一个姑婆。原本分开过的，此时姑婆提出两户并一户，其实是家中的积余露了底，自知靠不牢，让侄子养老的意思。陈书玉不便拒绝，再想到合有合的好处，统筹开支，尚可节约，又多一双人手协助烧洗，减去张妈劳动。张妈名义上不付薪，但年节的礼钱，平日里零碎的酬谢，集起来也很可观。于是，张妈到街道生产组报名，取些绒线活计，每月缴纳一点水电费用，虽只象征性的，也算得进项，家中财政已到锱铢必较的程度了。姑婆眼看不出门也有得赚，以为生财之道，托张妈帮忙索得一份工，成日介坐在廊下，晒着太阳编织。分担的庶务又回到母亲身上，挣来的钱则是私留。老姑娘难免独腹脾气，自顾自的。父亲和母亲都是懦弱的人，这性子多少也传给他，凡事退让，还有一套吃亏就是占便宜的理论。所以，无一人出头主张，就这么一径往下过。不多时间，他感到了手紧，有限的消费再行压缩，游泳换到区一级的，盛夏时节，池子好比开锅的饺子汤，人头攒动，更衣室摩肩接踵，脚底打着滑；咖啡馆彻底断了路；电影院原先总是第四场，八点钟开映，有一些夜生活的余韵，如今则光顾周日清早的学生场，八分钱一张票，忍受着小孩子的汗酸和脚臭，激动时刻的鼓噪……饭桌上的菜肴清简了，有一回，姑婆自己买了新上市的蚕豆，用公账上的油盐，炒一碗，放在中央，碧绿的蚕豆就像怨怒的眼睛。他们三个早早离席，留姑婆一人享用。自此开始，隔三岔五地，姑婆便吃一回独食。他心里到底不服，下班路上买来精致糕点，送到父母房里。祖父母去世，父母亲移到西边统楼，与他住对面。三个人关起门悄悄嚼吃，仿佛偷嘴。本以为机密，不然，次日早起，经过天井，与姑婆走个迎面，姑婆说：昨晚有老鼠的窸窣声，要不要买些鼠药？他到底盛年，压不住火，赤红脸问：什么意思？对方很无辜地眨着眼睛：我说的是老鼠，并没有说你们！他追问："你们"是指什么人？一下子问住了，恼怒道：你当什么人，就什么人！祖一辈孙一辈两代人，一句去一句来吵嘴，父母躲在房里，不敢出声。他倒不怕了，话已说开，索性摊牌：姑婆你既嫌我母亲不会当家，菜式不如意，不妨各过各的，回到原样。老太婆说：要分要合，不由你说！一边说一边向楼上看，期望他大人出场周旋，然后顺风落篷。楼上连窗户都关起来了，一点动静没有。陈书玉则又紧逼一步：不由我说，由姑婆你说——看着面前的人，方才发现他从来没有正视过这张脸，白皙的皮肤，没有一丝皱纹，双颊微微下垂，流露了年纪，金丝边眼镜后面，浮肿的眼睑，也是年纪，与年纪不符的是，瞳仁里聚焦着光，锐利地射向对方。他走神了，想这老宅子里孵出什么样的物种啊！又老又嫩，仿佛活化石。最后，姑婆说：分就分。他惊了一跳，醒过来，侧身从旁边走过去。

　　正应了"分久必合，合久必分"的历史规律，但周期短促许多，也不是简单的重复，每一轮都有不同。原先几分天下，多边关系，是可将对立平均分配，消解能量；如今双边关系，他们三个与姑婆一个，两相对峙，冲突集中了，变得紧张。灶间里只一张八仙桌，他们要用，姑婆也要用，本可以先后排序，因为负气，非挤在一处。于是，他们一个角，姑婆一个角，那情景很尴尬，也很滑稽。四个大人退到孩童，争夺地盘，将碗盏推过去，移过来。十五支光的电灯泡昏昏地照着头顶，投下晃动的人影。他先吃完，起身离开，站远了看，又觉得凄凉，想起大伯临走说的话：没有千年不散的宴席。赶紧走开去，上楼回进自己房里。绿灯罩下，圣母脸颊的轮廓浮现出来，是一种姣好的庄严，他感到了愁苦。

和平的日子往往也是沉闷的，日复一日，难免要生倦意。七月里大虞来过一回，带了一只羊腿，说乡下人时兴吃伏羊，还有一捆甜芦秫。不好意思家里留饭，因那饭桌的局面相当不堪，去老字号德兴馆点了酒和菜。内囊都尽上了，可在所不惜，这是他唯一的交游了。半杯酒下肚，头垂到桌面，一滴眼泪滴进碟子里，多么颓丧，又多么脆弱。大虞并不劝他，管自己吃喝一阵子，说起当年，谭小姐一去不回，铁心不恋爱，不婚娶，可是，熬不过寂寞呀！两个人总比一个人好。他知道大虞的意思，摇头道：不敢造孽。大虞也懂他的意思：命里的业障，跑也跑不掉的。他却笑出声来：不知道我的业障在哪里呢！大虞觉得这话有趣，也笑：不来不求，来了不躲！两人参禅般几个来回，心中的块垒似乎化解一些，又苦笑一下：近日里常想大伯的话，千年宴席终有散的一日。大虞说筛子再密，也有漏不尽的几粒，比如我和你！他一想也对，端起酒杯碰了碰，转过话题。

大虞说：远远看去，你家的宅子模样还端正。陈书玉道：我都不愿意看它，恨不得及早抛下来，走出去，像我那些兄弟姐妹一样，苦于无处可落。大虞说我倒恨不得住进去，这宅子就是一本书，够读的了！陈书玉有些惊讶：真让你说准，这宅子有个名号，叫"煮书"。大虞双手一合：这不对上了！陈书玉说：好，你住进来。大虞手一推：不敢，我是个漏斗命，聚不住祖业，幸亏父亲将那些身外之物散了，才有今日的安稳。陈书玉说：你好了，我呢，怎么办？大虞正色道：人各有命，顺其自然！一拍手：又对上了！对上什么？有一个人说过同样的话。谁？大虞问。陈书玉说是"弟弟"。大虞沉静一会儿，说一句：你的命大约就在此人身上。

一顿饭下来，酒菜所耗有限，话却说了不少。大虞走过，再回到日常的琐细里，就添些耐心。学校放假了，有一日走在路上，遇见跳水池救生员，问他还去不去游泳，他坦言告之，换了泳池。救生员是个明白人，晓得是手紧，就说正招募暑期救生员，可免费游泳，还能挣一点劳务，聊胜于无。当即定下，第二天就去应卯。他值班在下午三时至晚上八时，于是，白日里一半时间在泳池度过。戴了墨镜坐在池边，太阳将伞顶照得透亮，看一池蓝水，五色的泳帽起伏荡漾。来这里度夏的多是常客，身体晒得黑亮，箭似的在水面底下穿行。真是大光明的世界。夏日里昼长夜短，八时许暮色还未低垂，罩一层薄亮。冲过澡，穿上干净衣服，领了劳务费，途中吃一碗面。天色终于暗下来,并不使人消沉,而是感到安全,仿佛受呵护。撒开车把,坐直身子,从乘凉的竹榻间穿行。风迎面吹来,头发干了,扬起来。他听见自己的口哨声,美国电影《魂断蓝桥》的插曲,《天长地久》。他的抑郁症完全好了,归功于充足的光照,游泳,规避不愉快的情景,还有大虞——从命运的筛眼漏下来的机缘,虽然一个江这边,一个江那边,可不是有轮渡吗?汽笛在耳畔响起,不是咽声,更接近,管乐中的低音号,在弦乐里忽隐忽现,忽近忽远。讨什么娘子啊!娘子有什么意思啦!那娘子,即便是采采,终有一日也会老成姑婆那样,鹰隼般的鼻子,一双鹰眼;或者成母亲,做婆婆的年纪,却保留着童养媳的表情。回到家里,晚餐时间已过,厨房暗了灯,人也走尽。姑婆为省煤气费用,拾断枝枯叶烧柴灶,灶眼里的余烬一明一灭,如同诡黠的眼睛,在嘲弄世人。

这一天,去游泳池值勤,隔十来米距离,看见冉太太领三个小孩走在马路沿上,一手提包,一手牵小的,小的牵二的,二的再牵大的,就这么走成一串。倘遇见对面人过来人,或者后面人上去,冉太太便侧过身子,走成纵队。三个孩子都长高一头,穿西装短裤,衬衫束进腰里,冉太太穿白底蓝点的布旗袍。一家人干干净净,整整齐齐,没有一点落拓相。不知什么时候,下来自行车,推上人行道,跟过两个街口,离开了游泳池的方向。不得不向自己承认,所以不讨"娘子"的真实原因,那就是,他不相信世上还有第二个冉太太。下了街沿,掉转头,骗腿上车,穿过马路,骑走了。

暑假就在悲欣交集中过去。他晒得漆黑,同事们都喊他"非洲人"。四肢的肌肉出来了,脸上不见胖,额头和下颌两处撑起,轮廓就有改变,变得轩朗。开学几天他才知道,原先的校长,后来的教导主任已经辞职回家,理由是身体,需要长期休养。立志小学的教职工在中心校处于边缘状态,走与不走都引不起太大的注意,所以少有人提及。听到消息,难免心有戚戚,想起当年校长手下入职,迟迟疑疑的,不曾想到日后成安身立命之所。填写表格,成分这一栏,也是校长建议,写"城市平民"一词,从此有了身份。与校长交集不算多,但重要的事情都与校长有关。于是,择一个周日的下午,买一篮水果去了校长家。

校长家住西区,旧名金神父路上,一幢公寓房子的底层。开门的是校长太太,他就叫一声"师母"。校长听见声音,从里间出来,一时竟不认得。校长穿一身睡衣,戴一顶睡帽,罩住白发,就不像了。临街的一排窗户拉起白色的线钩纱帘,遮挡了天光。陈老师!校长叫他,方才回过神,看清楚眼前的人。这边落座,那边师母已斟上茶,退进去,带上房门。略作环顾,见这套公寓设施齐全,自成天地,但极为狭小,只一里一外,大约当年看门人所住。方才进入的一条短廊,一边厕所,一边厨房,然后就到客厅。他被安置在沙发,抵膝一张方桌,蕾丝桌布上压着玻璃板,放一盒粉笔和英语初级教材。对面墙上，悬一块小学生黑板，板上的书写还未擦净，残留几个英文单词，底下用绳牵着黑板刷。看起来，校长在做英语家教。隔玻璃门，传来小孩子说话，争辩着什么，然后就有大人参加进来，显然是母亲在打圆场。适应了室内略嫌暗淡的环境，逐渐觉出一种暖色，仿佛从四下围拢过来，让人安心。校长坐一张扶手椅，侧对着他。戴了压发帽的脸显得圆胖，五官的轮廓变平了，慈眉善目的，同时呢，又有点庸俗，与他认识的睿智的校长仿佛两个人。但也许，居家的生活，自有驯化的能力，他自己不也是这样？

喝一会儿茶，叙几句客套，问校长身体如何，休养得怎样，看起来很是不错啊。校长伸手向周围画一个圈，像是展示给他生活的场景。他指指黑板，说：开小灶呀？校长笑道：贴补家用，也解些闷气。他"哦"一声，再想不出话说，默下来，轮到校长问他了。教学如何，与同事相处融洽与否，学生们的成绩上还是下。他一一作答。这就像回到过去，在立志小学、楼梯、走廊、弄堂，甚至灶披间里，遇见校长的问答。那时候，学校小，抬头不见低头见。后来，并进中心校，见面稀少，就生分了。不由感叹道：居大不易！校长说：大总比小好，原先弄堂小学，楼上拖地板，水漏到天花板下，只好撑雨伞上课，漫画家也想不出来！两人都笑了。笑过了，他说：那校长你还辞职？校长道：你别称我校长——不称校长称什么？他问。校长说：称名字，王钧志。他称不出口，僵持一时，想到校长称自己"陈老师",自己又称校长太太"师母",就说也称"老师"吧,王老师!校长说很好,从此定下。说来也奇怪,称呼一改,双方关系也有转变。上下属依旧上下属,还又是同道中人,亦师亦友,名实之间的互相作用就在于此吧!近午的时间,主客在门前街上告辞,日光从树叶里洒下,校长,如今的老师,脸上又无数光斑跳跃,他又看见了熟悉的眼睛,从更深远处亮出来。他想起"弟弟",发现他们又像又不像,似乎是,他们有同样的品质,但在"弟弟",是袒露的,面前这一个,则是藏匿的。

分手后,骑出两条马路,方才想起,究竟也不知道老师身有何恙,以至于退职回家,依稀仿佛,更接近归隐山林。很快,不消年半时间,他的直觉便得到证实。倒不是出自什么先验,而是,早已有征兆。一种悸动蛰伏在日常的表面底下,蛰伏着,正等待时机突破。课余的学习加时了,甚至延长到晚上,食堂额外开伙加餐,灯火通明。以往都是上面听,下面讲,现在反过来,下面讲,上面听。再接着,单是讲不能够满足,于是增加了写。有一点让他想起立志小学时期,石库门房子的前客堂的讨论。那些日子里,人都是新鲜的、天真的,现在,却世故了,于是,渐渐不安起来。在这席卷整个社会的热情里,他却看到危险,就像肾上腺素激增,过度消耗能量,透支了体能。依然不是出自先验,也许只是常识,或者还有老师,老师什么也没有说,可是有一种奇异的感应呢,那就是,事情不会简单地重复。

十二

四处都是开明的气象,大字报,大辩论,大鸣大放。话都说得过头,近似攻讦和泄愤。他真的害怕了,开会时总是坐在角落里,低着头,生怕受到注意,喊他发言。走过大字报栏,也是低头速速地走,看一眼就会受到蛊惑,加入进去似的。这一场全民狂欢节,没有他的份,因是个暧昧不明的人,合法与不合法的夹缝里,所以能够安然无恙,全凭借某一个忽略。等到形势反转,正负交换场地,两股力量一升一降,本该放心,庆幸没有卷入是非,可是不然,更惶恐了,因这一轮的斗争更像冲他来的。无产和有产,革命和保守,进步和落后,左和右,他哪一边都不属,又哪一边都属,就看怎么解释。他想学老师称病退职,又不敢,时机不对,招人猜测。并且,家庭的财政也不允许他赋闲。全家的用度都从他薪金里开支,祖父身后分配到各房的一点遗存全被父亲掌握,他不便过问,为他们想,除这棺材本钱,还有什么进项?每日上班原是让他欢喜的,可以脱离消沉的家,如今则成苦役,胆战心惊去,失魂落魄回。楼上的靴子又悬到头顶,他日日等它落地,它日日不落。他患了失眠症,无论多么困倦,一旦躺下立时无比清醒。睁着眼睛,一幅幅图画从黑暗中浮脱出来,鲜明极了。提篮桥的红砖房子；三轮车油布雨帘上的破洞，溅进水珠，沁凉沁凉；轮渡行在江面，船下两股水向后滚动；老师公寓里，幽暗的光，光里面小黑板上模糊的字迹；还有小龙坎的半山坡上，花丛中女同学苍白的脸，小小的，就像一个人偶……实际上他已经入眠，但不自知，因醒来比不睡更疲倦。他消瘦下来，夏日里鼓起来的肌肉松弛了，变成水一样。看着镜子里的面容不禁生畏，以为消瘦也是有罪的。他想去川沙看大虞，又不敢，怕连累人，还怕被人连累。他从老师公寓前走过，进一步退两步，最后转身离开。老师所以退职，就是不愿被人斗争，更是不愿斗争人，他不能把世外人再卷入世内。

事态突飞猛进，陡然收势，结果始料未及，却也在意想之中。立志小学原书记，现中心小学副书记，被定为右派。承认不承认，都有些欺生的成分。说是合并，其实中心校为主，"立志"为次，更像是收容和投靠。人们私底下议论，也是副书记为"立志"揽罪，因其错误中有一条，对旧思想旧人员纵容。不日之内，惩处的文件就下达了，返回原籍改造。陈书玉最后一个听到消息，已到副书记上路的前夜。这一段，他过着闭关的生活，与人不相往来，若不是那个曾经对他有意的女同事告诉，就要错过最后一面。女同事说：副书记对你很照应的！显然，是在意副书记介绍妻妹给他的那一桩旧案，所以记到现在。下一日天没亮，他便起身赶往副书记家。早点铺里，豆浆锅刚煮沸，郊区的菜农踩着黄鱼车，车上的蔬菜挂着露水,路灯下的柏油路面也是湿漉漉的。头班电车开出车场,车顶上的电缆溅出火星,"吱"一声响。自行车从盘亘的路轨上骑过去,小小地颠簸一下。

副书记,他还是习惯称"副校长",副校长家住虹口一条新里房子,占底层一大一小两间,将完整的一层拆零了。如他们这样从山东南下的干部,还不了解上海民居的格式,是一方面;另一方面,则以为暂时,不定什么时候开拔。从战争中出来的人,对和平的日子缺乏概念,事实上呢,至少有一部分,证明是对的,这不,又转移了。所以,陈书玉并未看见想象中的凄厉一幕,倒是一番杂乱的热闹。前门敞开——副校长恰好选中带院子的一间,大约中意那巴掌大的一块泥地,不像通常人家种夹竹桃月季一类的花草,而是栽了一棵枣树,几架瓜豆。豆棵倒伏在地上,丝瓜来不及摘尽,老成筋缕,就有左右邻来剪去用作洗碗和擦澡。后门也是敞开,送行和帮忙的人贯通往返。屋内的橱柜腾空,留在原地,一律白木,钉着铁皮牌,上面印了编号,都是向公家租赁,此时倒省去搬运的人力物力。床板上的被褥卷走,沿床帮一溜坐四个孩子,在搪瓷碗里吃粥。忙碌的人中间有一对穿工装的年轻夫妇,指挥调遣,前后照顾,做妻子的身材苗条,举手投足,姿态美好,似有些眼熟,走过陈书玉身边,回头一笑。过去后方才想起是副校长的小姨,曾经为他作伐,如今结婚成家,不必随姐姐一家回乡了吧!心里仿佛有一点安慰。忙碌中,一辆卡车停在前弄堂,路灯灭了，晨曦微明。他看见人丛中有几个"立志"的同事，提着糕团，竹篮上封了红纸，是沪上习俗，祝福上路人高升团圆。他懊恼自己想不到，空着手来。

副校长在的时候，他们有意无意地躲他，此时，却是不舍得很。生长在都会里的，心性多少是浮浪的，变故中领会生活的严肃，变得沉稳了。卡车驶出弄堂，向西再转北，他们一行人，骑车尾随。太阳离开海平线，跃到这城市的楼宇中间，从墙缝里射来光芒，刺着眼睛。他侧过脸，避开光的直射，只这一瞬间，卡车越过红绿灯路口，脱离视线。同事们有的跟上，有的落下，很快看不见了。他一径向前。路越来越宽，两边建筑越来越低，天空变得广大。不知什么时候，身前身后都换成载重卡车，轰隆隆压着路面，大肆按着喇叭。他骑到旱桥上，下面是交错纵横的铁轨，无数汽笛鸣起来，汇成巨大的声响。不知道哪一响来自副校长搭乘的列车，心里生出一个念头，他这一生，总是遇到纯良的人，不让他变坏。

自此，立志小学的正副校长都退出，余下旧人，零星分布各处，纳入到中心校一统化的体系中，互相很难见着，那一段来历隐匿起来，变成稗史了。以教学论，陈书玉更倾向中心校细密的分工，不像"立志"的时代，身兼数职，风马牛不相及，实际是野路子。年复一年，能感觉各项课业趋于完整，方法更科学，学程紧凑，尤其算术，到高年级，已经涉入数学。批改作业，有几回看到学生用代数方法解算题，不由想起刚入

"立志"的情形，不由莞尔一笑。他给算题打了一个五角星，以示奖励。曾有中学来调他，思忖之后，还是婉拒了，生怕适应不了。世上专有一种念旧的人，大概就是他这样。到中心校，念"立志"，到别处，又会念中心校。或多或少，还有对新环境的惧心，他已经不是当年鲁勇的年轻人了，说去重庆，拔腿就去，说要回，万水千山，掉头就回。但他接受区里的培训辅导，业余向民办教师开课。为满足普及教育就学人口激增，各街道建立民办小学，师资来源大体两个方面，一是无业青年，二为家庭主妇。受教育程度以中等教育为多，上下两级则有天壤之别。高到大学毕业和肄业，低到扫盲运动的识字班。前一类重点在教学方法，后一类差不多从数数开始。他也很快找到入径，那就是用家庭开支作例题，因这类情形多是主妇，又多是贫民阶层。他的课，易懂且有趣，口碑传开，外区的老师都来旁听取经，或者直接请去开讲。每个晚上都排满日程，星期天，上下午奔赴几个补习班。

这个城市又变成不夜城。夜深的街道上，这里那里，亮着土制高炉的火光。锣鼓车队走过，人们从家中跑出来，夹道欢呼，小孩子追在后头，越聚越多，成浩荡之势。他骑车在热情的人群里，慢下速度，心里却跃跃然的。路边的颓墙，被推倒了，大锤子砸开水泥块，抽出钢筋，捆扎起来搬上推车，呼啸而去。锈迹斑驳的金属条从车板拖到地面，弹跳着，押车的人也弹跳着避开，夜色里看起来，就像一种原始的舞蹈，踏着鼓点远去。从大马路骑下窄街，喧嚣在了背后，灯光昏暗，断垣上人影晃动，时起时伏，原来在捡拾碎砖。激情平息下来，依稀仿佛，曾经有同样的画面，不等想起来，便推门进去了。

他的失眠症彻底痊愈。一沾枕头，立刻入睡，睁开眼睛，已是大光明。洗漱完毕，又骑车出门去。早出晚归，他与家中人极少见面，偶尔地，星期天有半日在家，料理内务，向父母交割生活费用，听几句抱怨——姑婆偷用他家水电煤，现在，他们分别安装火表水表，姑婆索性关闭煤气拆去灶头。姑婆扬言丢失财物，有宵小作祟，本来只当作耳旁风，偏偏张妈多心，想一宅子唯张姓外人，不对她对谁？于是起来对质，为证清白，将自家大小箱笼当院打开，陈列一排。东墙人家则推进蚕食，左右扩充，又加盖房顶，建一座鸽棚，鸽子屎满地皆是，腥臭不堪，喂食的饲料再引来鼠类……攘外必顾此失彼，而如今，顾此失彼，几近全线崩溃。

他嘴上应着，心下想的是，这样的家，散去也罢，破不破墙，就也不在意了。清晨，看鸽群从窗户前掠过，黑压压一片，仿佛压顶，忽想起来，夜晚后街里的那一幕。多年以前，独自一人，从西南来到上海，就在宅子前面，瓦砾堆上，无家可归的人拆了门板窗框，点火起炊。同样的，夜色里的一点火光。然而，此一时彼一时，早已换了人间。

夜校的学生里，有一位主妇，三十多岁年纪，看上去只二十七八。一头烫发，垂到肩处，两边发卡别上去，露出双耳,一对翡翠石坠子。平绒旗袍外罩开襟羊毛衫,天冷时再加一件宽肩收腰款春秋呢大衣。皮肤原本白皙,又敷一层薄粉,犹显吹弹可破,蛾眉淡扫,口红的颜色则十分鲜丽。以她中等学历的程度,其实可以免修,可却课课不缺,总是坐在靠走廊的第一排位置,认真写着笔记。看见她,陈书玉会想起冉太太,想她是不是也报名某个夜校里参加补习,然后到某小学任一名老师,说不定,谁能预料呢?有一天,某一个场合,遇见她,那时候,他们就是同行了。因为此,他对这名女学生格外关心,凡是她的问题,都加倍仔细地解释。他想,如她这样的人,出来做民办小学老师,总归有不得已的原因,就像冉太太。他们都是跨越新旧两朝的人,就像化蛹的蛾子,经历着嬗变。新时代总是有生机,旧的呢,却在坍塌,腐朽,迅速变成废墟。

夜校里的女性多来自平常家庭,过着勤俭的生活,忙完一日家务,身上带着油烟的气味,衣襟上则染了奶渍,还有带着孩子来上课的,下课时候,孩子已经趴在母亲膝上睡熟,拍醒了,迷瞪着眼拖拽着回家。这女人坐在课室,格外耀眼,同性们都有些躲她,一是怕比照出粗陋,二也是觉得非同道中人。年轻的男士则相反,十分地欢迎。陪护接送,茶水点心,还在桌面上放花。闲散在社会上久了,多少沾染些靡颓的习气。那华丽女子向四周辐射声色,任凭争先恐后剑拔弩张,终是浑然不觉,一派无辜的表情。渐渐地,补习课就有点像社交场。

陈书玉眼睛里只有一个冉太太，除此什么都看不见。他是一个天真的人，以为这世界脱胎换骨，他自己不就是吗？改几代人坐吃闲饭的传统，做了自食其力的公民。他没有察觉与女学生说话时候，教室里的静默，静默里的意味。他声音变得响亮，自己都有点陌生，好像另一个人在说话。他的手在课本上爬行，旁边是染了指甲油发出贝类光泽的纤手。他其实从来没有打量过冉太太的手，但不是她，还能是谁？终于，他注意到四下里的寂静，抬起头看一眼，看见人们的侧目。可他还在懵懂中，总是率先回答女子的提问，女子提问总是最积极，问题呢，有一股孩子的稚气，惹得他好笑。讲课中，不自觉地，会向她说一句：是不是啊？仿佛引她提问。她则吓着似的拍拍胸口：问我吗？我怎么知道！带着些委屈地环顾周围，就有男学生搭腔：我知道，问我呀！教室里纷乱起来，几个女学生拔起身走出去，碰上门，地板颤动起来。心里一惊，觉得要出事，却不知道事从何起。

班长是一位女生，年纪也不过三十几，不算最长，做母亲的缘故，还有天性使然，颇具大姐的风度。原来是自来水厂工人，因为连续的生育和哺乳，辞去工作，专司相夫教子，如今响应政府号召，走出家门，报名教师。她只读过三年书，开班之初，让每人自述受教育过程，轮到她，立起来背诵道："种豆种豆，爸爸种豆，种在园里，医生种痘，种在臂上。"满堂大笑，她也笑，并无瑟缩之色，他听出是开明小学的课本，也看出这女生的大方开朗。后来发现，她很聪明，而且勤奋，可惜基础有限，家务又拖累，总就差那么一段。私下以为，无论怎样，凭养育幼儿的经验，教一二年级的语算，总还是够格的。所以，并不苛求。这一天，下课时候，学生们散去，有爱钻牛角尖的，又激辩一阵，方才走净。夜校借地开班的，也是弄堂小学，但比较"立志"，规模大而集中，完整占有两幢三层楼房，外加一些零星的，间插在民居里。他从楼梯下来，隐约听见无线电里的报时，传递着日常生活的安宁。他走出门去，一盏铁罩子灯亮着，灯下站一个人，是大姐。大姐走近几步，站定了说：有一句话不知当讲不当讲。他忽就窘起来，想到什么，又不敢多想，说：讲呀！大姐一笑：陈老师要当心！心里别的一跳，手脚都有些凉，嘴上还逞强：不知大姐指的什么？当心那女人！大姐率直说道。脸上一阵火烫，避开大姐的眼睛，转身到墙边推自行车，却掏不出钥匙。

她是人家的偏房，吃饱饭没事做，读书解厌气。大姐的声音变得刺耳，陈书玉恼怒道：和我讲这些为什么，她与我有何干系？大姐说，知道陈老师不爱听，我也是随便讲讲。话毕，转身到墙下扶起一辆自行车。他自觉失态，赶紧补一句：谢谢大姐提醒！有这一句，大姐又回过身，脸对脸，正色道：陈老师是老实人，和这样的女人不般配！说完，骗腿上车，骑走了。陈书玉站了一会，定定神，掏出钥匙，解锁上车。车轮的辐条吱啦啦响，眼前电影回放似的，浮起一帧帧画面：女人娇嗔的笑容；男学生敌意的眼睛；一句去一句来的调情；众人的疏远……简直羞愧难当，比羞愧更不堪的是失望，失望冉太太的泡影破灭。再一次看见那女学生，不由心生厌恶，厌恶她玷辱了冉太太。

也许真出于一种超验的感应，不日，他竟然收到冉太太一封信。信寄到学校，传达室黑板上写着收件人的名字，先是好奇，有谁会给他写信？看着信封上小楷毛笔的字迹，手就颤抖起来。按捺住激动，小心揭开封口，抽出一张薄薄的宣纸。同样的字体，从右到左几行竖写，抬头两个字，"阿陈"，眼泪就要下来。原来，朱朱已于上年减刑出狱，这一年移居香港的申请又获批准，可谓"否极泰来"，近日即合家举迁，特告之，因阿陈是最关心我们的人。最后，冉太太写道："吉人自有天佑，后会有期。"

十三

宅子周围，纵横交错的巷道里，土制高炉相继点燃，通宵达旦。居委会一具，派出所一具，城隍庙管理处一具，邮电局也设一具，生铁就变得紧俏。这一片旧区老城，建筑多是砖木结构，有限几条新里房子，钢窗早已经换成铝制。小学生响应老师号召，回家搜罗铁器，一颗螺丝钉也逃不过眼睛，争夺的纠纷时不时发生。陈书玉收集大小铁锅两口，铜吊三把，大炭盆附带铜护网一套,香炉烛台各三对,烫壶餐盘镘铲若干,雇一架三轮拖车全拉到学校,学校也在炼钢。街道上又来征收,环顾周围,看见天井四角的窨井盖。撬起来,拿在手里细观,分明四幅铜雕,花卉人物故事,不像中国的风气,更接近西洋,就出了八仙的题材。心中有些不舍,于是送去三个,留下一个,收进房间。多少人来打院墙的主意,大势所趋,也奈何不得,倒是东墙下的人家,奋力捍卫,保住了。作为补偿,他拆下西侧的铁门,一时找不到合适的替代,七八日时间宅子是敞着的,也没有太大的担忧,因这些日子,全社会都敞开着,你的就是我的,我的也是他的,也让人放心。事实上,宅子里的生活,早已经收缩到有近于无,仿佛销声匿迹。外人常以为是一座废园,有路过的,好奇心重,探身进来察看。倘若遇上张妈,便大声呵斥,将人驱走。可张妈被调遣去里弄办人民食堂,早出晚归。有一回,来人一径走过轿厅、花厅、穿廊、月洞门,直抵内院,忽见一个女人在树底下晾晒衣服,两下里撞个对面,一并惊叫出声,各自转身,落荒而逃。煌煌日下,竟还有这么一个所在,出了时间和空间,兀自生存。

姑婆嫌这宅子阴气重,仅余几个人,多是老迈,唯陈书玉壮年人,却有戾气,非但压不住,还有折损,早就有迁出的心思。近日里联络上一位远亲,细论起来,可算作表姊妹,也是单身,住旧时西摩路、今日陕西北路。于是,便搬过去,二人做伴。少去人和口舌,清净是清净,但也更沉寂了。他请煤气和自来水公司将管道从灶间接进楼里,辟出一块地方,做厨房兼饭堂,如此,一应起居就都在内天井里进行,减省腿脚劳力,也缓解些空旷的压迫。父母和他商量,能不能和政府交易,宅子上缴归公,换两间住房,勿计大小,煤卫独用即可。一则节省开支,方便生活;二则——他们嘴上不说,私下里都在想,或早或晚的事情吧!他们虽然封闭隔绝,但也估摸得出时代的强硬度,那是纪念碑式的巨石,他们却是蛋卵的渺小脆弱,鸡蛋怎能往石头上碰呢?陈书玉何尝不懂这道理,又何尝留恋这宅子?只是苦于无从着手,还生怕没事找事,惹出麻烦。最好,他对自己说,最好被忘记,被时代忘记。其实是苟且的心,但是,"弟弟"说了:顺其自然。"自然"是什么?似乎真的就是被遗忘。

外面世界轰轰烈烈,宅子里的安静变得十分可疑。连东墙下的人家也暂停了侵蚀。鸽子饲料引来的老鼠,有时候从无盖的窨井口探出头,看见人又哧溜缩回去。鸽子屎养育了地砖缝里的杂草,偶有一日去到东院,只见茵绿一片,几乎淹没地坪。墙角泥地里的枯木救不回来了,随风吹来的树种却生根发芽,长出一株女贞。他都认不出来了,这座宅子处处颓败,回到蛮荒,却似乎无中生有,重新开始一茬。他站了一时,退到夹墙,日光收起,黑暗中走上后楼梯,却又扑面而来,睁不开眼睛。阳台里明晃晃的,望过去,连绵起伏的黑瓦,蒙一层氤氲,是空气中的水分,缓缓地流动。他仿佛站在昼和夜的分界线上，两重天地既近又远，咫尺天涯。那一边有故旧，这一边是新知，他在中间，哪边也摆不脱，舍不下，满心怅惘。太阳到中天，释放出强烈的热量，氤氲消散，黑瓦呈出一层蓝灰。这蓝灰过渡了光影的明暗，将二者连接起来。木阑干烫着手心，身上烘热。正对面的门楼，向两端延伸的龙身变成白炽的颜色，似乎要溶解在天光里。他感觉到一股力量，从四面八方围拢，还没有抵达中心，正在接近的过程里。他等待着，惴惴的，不知是凶是吉。他着急知道结果，可越急越不来，考验着他的耐心，因而透露出强悍，却不是原始的野蛮，而出于某一种理性。

生活继续着。张爸上了岁数，腿部静脉曲张，退出三轮车行业，正好，看弄堂的老山东回乡去了，就由他接任，一家人搬到前边弄口过街楼上。母亲央求张妈不要走，张妈嘴上敷衍，拖了一段，忽然人去屋空，不告而别。钥匙留在灶间的桌上，桌面蒙一层灰，许久没有人手的接触。张妈也抵不住宅子的空寂，外面传说里头闹鬼呢！张妈未必信这个，但是，谁说得准这宅子有什么下场，连正经主子都住不安稳，更何况借居的人。张家走了，余下一家三口，很奇怪的，他们说话行动都压着声气，蹑着手脚，空间的开阔没有让人自由，反而处处受制，约束得紧。陈书玉一早出门，入夜才回，经常地，连续几天和父母亲不照面。终于，这一日回家，西统楼闭了灯，门上挂着锁。他猜得到父母亲去了大妹妹家，除大妹妹家，又能去哪里？说是世家，源远流长，其实呢，当为遗族，孑孑然一身。自此，宅子里只有他自己，就像十数年前，从西南回来。那时候，他二十岁出头，如今已是中年人。望着天井月亮地里的投影，茫然地移动，仿佛清水里的一条鱼。

现在，他甚至感谢东墙外的鸽笼，每天早晨，鸽群在天空盘旋，时不时落在檐下的阑干。他有意放一点饭粒，引它们啄食，一眨眼工夫，米粒全无。鸽群盘旋在瓦顶，渐渐消失在天空，就像水鸟飞过海面。向晚时候，夕阳中，一片黑点从小到大，由远及近，就是它们，回巢了。领薪的那日，他找出备用钥匙，打开西统楼的锁，推进去，将生活费用放在书案上。书案收拾得很干净，整块瘿木面板经几代人手摩挲，油光锃亮，映得出人影。他看见自己的脸，又似乎是祖父和父亲的，他们彼此相像。他发现，无论祖父还是父亲，形容都停止在中年，之后的数十年不再变化，甚至于还有些往回去，越来越后生，他倒显老了。移来一具红木座的大理石插屏，压住案上的钞票。屏面的纹路和颜色颇似云烟，底座应势镂刻成山形，层层堆垒。这就是小世界，身在其中，自给自足。过几日，再开锁进去，钱取走了，知道父亲或母亲来过了。之后，即成定规，每到发饷日子，他将费用放在案上，那边来人取走，完成交割。有时会觉得，他们仿佛是一些幽灵，无声无息地活动。出去宅子，才有了形状，汇入人群。进来宅子，又脱了形骸。晨起，他站在阳台东南的转角处，望见鸽笼边上立了一个少年，大约是鸽群的主人,手里举一根竹竿,梢上系红布条,仰身向天空挥舞。不期然间照面,两人都惊一下,遥相而对,只一刹那,似有许多时间流淌过去。

这天下午,提早回家,途中折到街道居委会,办公室正在开会,桌边围坐一周人。推进去,说有事向领导汇报。人们面面相觑,从神情看,是认得他的,那宅子可说沪上独一无二,不知多少传言。站起一个人,引入隔壁小间,问他汇报什么事。他说,自家祖屋,足够开一间学校,他自愿交给政府。一口气说完,心跳得很快,耳朵里轰隆隆响,瞬间即要发生大事情似的。恍惚中听见领导在表扬他,不知道是哪一级的,只觉得人人都是他的领导——表扬他的觉悟,又宣传国家五年计划,工业赶超英美的决心,他家的祖宅,终于说到祖宅了——他家的祖宅,从人民手里来,理应回到人民手里去,事实上,区里正筹备建一爿工厂,厂址就在宅子地上。心跳渐渐舒缓,耳边的轰响退潮,听见自己的声音,多么陌生,仿佛另一个人,这个人正是自己,他说:好,真好,谢谢,谢谢!对方也在说"谢谢",两人互相道谢,手握在一起,热烈摇动,然后分开。

从居委会出来,骑上车,只觉身轻如燕,心里还在说:好,开厂,真好,终于——终于什么?他问自己,却茫然了,不知道。总之,所有悬而未决都有了结果。推进西侧的边门,铁门已经换成木板门,从灶间拆下的,暮色仿佛跟随身后一并涌进来，眼前霎时变了颜色，灰里添进橙黄，冷调子成暖调子，遮盖了院中的凋敝。将自行车停在轿厅，走到花厅，周遭的太师椅悉数搬空，祖父母大殡时候，各家带走一二对，说是留念。地砖上的落叶，风中划过来划过去，最后堆积于四角。现在，晚霞的雾霭染上绛紫，有一种幽静的璀璨。过廊上方的歇山顶内，彩绘的线条清晰了，几乎凸显出来，红绿色调和成统一倾向的中间色，像西方的湿壁画。那太湖石，月洞门，卵石镶嵌的图案，东一点，西一点的，有一些文人气，又有一些孩子气。这也是江南园林的通弊，一味以小见大，走管窥的道路。他学的是铁道，属现代教育，看世界是二元论的，从实证出发，大就是大，小就是小，不可等量齐观。想起祖先，难得地，他想起祖先，据传从一名归隐的朝官手里买下这宅子，可是，却让人怀疑。官宦人家，即便下野的，也当持谨严沉稳，哪来的这些琐碎花哨。说是皇恩特赐宫制样式，墙头卧龙，阶高七级，紫禁城歇山顶……未必是真，他宁可以为出于想象，好比那讽刺小品写的，农妇学样皇帝娘娘，午觉睡醒，喊一声，太监，拿一块柿饼来吃！看院落房屋，零散的模仿之上，是热闹鲜艳的世俗生活，那八仙可说仙籍中最接近凡间的一族。点缀装饰，多随心所欲，不入流派，却自有一路意趣。月洞门上，刻两个字："听蝉"，依稀印象，入秋时节，庭院里布一层蝉衣，小孩子的手轻轻一拈，放进纸盒，比赛谁集的多，交给各自母亲，到货郎挑上换刨花水梳头。蝉衣长了颜色，变得金黄，形状也变了，变成落叶，小孩子的手则幻化成大人的脚，落在上面，咯吱咯吱，转眼踏作齑粉，竹枝扫帚挥出扇形，露出青黛的地砖。再然后，青黛蒙了白霜，夜晚，好月光下，晶亮晶亮，一闪一闪。跨过石槛，进到天井里，天色终于暗下来，屋檐还停着一溜光线。他很少从正面的角度看这主楼，也是宅子的中心，二层的砖木建体，两边向后抱成一个"回"字，两面侧翼三步一跌，抵到北面房屋就要矮数砖的地位，就成一个斜势，将前排屋推举上去，显得巍峨。屋顶的瓦当齐崭崭一列，滴水间隔和连接，雨天里，水珠子落地，时而一条线，时而一颗一颗。原以为天地的声音，其实来自于它，人工的营造。瓦当和滴水也有图案，一小幅一小幅，就有活脱出来，余晖收拢，隐没了。他没有开厅堂的正门，从夹墙进去，不开灯，摸着黑，觉得走在宅子的心脏。什么都看不见，又都明明白白。登上楼梯最后一级，走在阳台，开了中门，暮色接踵而至，一下子灌满二楼，再从门扇和窗棂的雕镂里流出去，一格一格的薄亮，菱形、梅形、云纹、回字……小眼睛流萤般掠过，叫喊着：我在这里！追过去，扑一个空，声音在别处响起：我在这里！再扑过去，再闪开。于是四面八方响起来：捉住他，捉住他！他真的被捉住了，定在那里，动不了，任凭小手爪子推搡拉扯。

这宅子实在太老了，里面的人，一出生，就是个故旧。孩童的年月被压缩，压缩到没有。如今，不期然间，回来了！活泼泼的，历历走过眼前。看着它们，就像看着别人的日子——小男孩穿着西式吊带短裤，长筒白袜，褐色牛皮鞋；女孩子的短旗袍下，是白袜子黑皮鞋，头发编成辫子，火钳卷了发梢；倘若族中有嫁娶，就是黑洋装和白纱裙，手提花篮，变成墙上一帧帧照片。照片渐渐发黄发脆，生出皱皱的细纹，照片上的花童就作了正中间的男女新人，又变成新照片。小孩子咚咚的脚步声从楼梯口下去，消失，寂静围拢过来，包裹住他。天黑到底，花形、菱形、枝形、云纹、回字，林林总总的小亮片，回到床上门上。他回到现在，一个中年人。单身的禁欲的生活，上班下班，一周一休，促成起居的规律，进食的清简，适当的运动，使他显得后生，没有发福的迹象，发际线也没有后退。人们却也不会以为他在青年，某些方面，透露出时间的痕迹，是一个过来人。

这一年，也就是一九五八年底，工厂开出了。一爿瓶盖厂，占据宅子的东西两部，以及后楼一排北房，将主楼的南面留给他家，其实也就陈书玉一个人。西侧的轿厅和花厅连接起来，作第一车间；后天井搭进北楼作第二车间；东院的改造动作最大，先把东墙外蚕食的部分推出去，升高后加盖顶棚，为第三车间。如此一来，东院回复原有的占地，又获得制高权，鸽笼就无存身之地。灶间作食堂，无论柴灶的烟道，还是煤气的管线，都是现成，面积也够大。西侧的门扩成两扇，重又换成铁铸。张妈的住处设一传达室，和仓房隔离。仓房里的旧物推到墙下，大部空间存放原材料。原材料——一张一张白铁皮从西门进来，落地仓房；然后到一车间裁成长条；长条送入二车间压成圆形；再往三车间冲床上，最后完成瓶盖；最后一道工序是打包，就在三车间的尾部进行；成品从北门送出，全线贯通。

　　工厂开班早他一个钟头，下楼推车时候，工人正陆续进厂，走了对面，两边人都偏一步。有在天井里吸烟的，看见他，掐了烟头走开，他想说一声"请便"，人已经看不见了。很快到了寒假，镇日坐在家中，有一回，听楼下喊"爷叔"，喊过几声方才觉悟喊的是他，走出门去，扶栏往下看，见天井里站了食堂里的女人，手提开水壶，问"爷叔"要不要灌热水瓶。他以为客套，谢绝了，女人却很固执，站着不走，于是便屈服了，转身拎两个空瓶下楼。过几日，楼下又有人喊"爷叔"，这回是个少年人，邀他下去吃中饭，时间已在午后一点。工人们开饭结束，厨房的人才得空进食。他又谢绝，又拗不过，如此回合一轮，便下楼去了。他家灶间也经过改造，大柴灶铺设成案板，切菜和面。各房里的杂碎全清空，壁上贴了白瓷砖。一面墙下排煤气灶眼，一面墙则大小两具水斗，其余的空地支起桌凳，供人用餐。炊事总共三名，女人、少年人，还有一个老的，有些岁数，态度也矜持，点点头算是招呼了。女人话多一些，絮叨着：不过添双筷子，一个人的饭又不好做，多了浪费，少了不够，等等。少年人，他发现并非少年，而是智力缺陷,言语动作都迟钝粗拙,力气却大,又舍得出力,却不得法,一个人捧起一箩筐碗盘,煤气和水斗间来回挪移。女人终于喊停他,喘息着坐下吃饭。菜有两种,青菜和笋片炒肉,每人一份,饭和雪菜土豆汤不限量。看得出,那老的掌厨,女人和少年人对他很恭敬,碗里方一见底,便抢过去添加。他盘里菜的量也大一些。下一日,再被邀过去,那老的手边多了一盅酒。喝过酒,便有了些话,说曾经进过这园子。他倒也不吃惊,这宅子都能让闲言碎语淹了去了。老厨子说,当年跟父亲进来办宴,也是这厨房,柴灶上坐着高汤的瓦钵,昼夜不熄火。老厨子用筷子根夹起自己盘里的虾,送到他盘子,似乎感谢有人听他说话,不是别人,正是园子的后人。谁想得到,会有一日,面对面坐着吃饭。女人和少年人在一旁听,有借他光的意思。老厨子的讲述,渐渐出了园子,进街坊巷里,左绕右绕,来到江边码头。那时候,万舸争流,南北汇通,有暹罗国来的商船,曾经运来一种奇异的果子,叫作"榴梿",船舱打开,臭过几条街,海关、卫生部、巡捕房、工部局董事会都出动了,最后怎么办?送回去!

机器声隆隆响,厨房里则充斥一股慵懒的空气。讲的人和听的人都要入眠的样子,陷在瞌睡中。老厨子是个讷言的人,受内心的激励,打开话匣子,说一句,停一停,再说一句,停一停。女人的头垂到膝上,一惊,醒过来,继续听。少年人忽地站起身,仿佛要驱赶倦意,将地上的重物再搬动一遍,然后提水拖地,拖着拖着,拖到院子里去了。

再下一日,他带去些香肠,女人放在饭上蒸了一起吃,老厨子没有起来话头,似乎,该说的都说完了,一餐饭很快结束。他没有离开,而是多停留一时。江南潮冷的冬季里,厨房却是温暖的。灶火和饭菜的热量,浸润了冰凉的水泥地和瓷砖墙。还有气味,油烟里夹杂了淀粉发酵的酸甜,给人饱足的心情。女人在池子前洗碗,水龙头开着,哗哗地响。少年人将凳子翻上桌面,推到这边,再推到那边,最后推到原位,凳子又重新翻下来。他有着无穷的力气,还有积极的上进心,就停不下来。灶上的水沸滚了,突突地顶着壶盖,女人转身提了,冲进老厨子的大搪瓷缸,搪瓷的内壁染上褐色的茶垢,白色的外壁红漆印一行字,大约是上一个服务单位的名称。女人继续洗刷,少年人继续搬动,老厨子喝茶,他,闲坐着。终于,厨具收好,灶台案板擦净,大缸子里的酽茶喝到底,少年人无数遍地拖地、桌凳翻上翻下、重物推来推去,被叫停收手——厨房关门了。他似乎也有一点少年人的不得已,走出门,身后叮当的上锁声,在冲床的撞击的轰鸣中,清脆地穿透出来。

旧历年来临之际,大虞来看他,携半爿肋条肉,一只风鸡,两棵黄芽菜,用根木扁担挑着,形容完全是乡下人,见门敞着,走进去,吓一跳,真以为走错地方。沿旧路寻到天井,大喊一声,陈书玉从楼上探出头来,两人一上一下,都是一惊,仿佛万物皆非,唯有人是。这一日,大虞没回浦东的家,在陈书玉处宿了一夜。从西统楼移过来一张高几，立在房间中央，布一些酒菜，对酌很久。工厂下班了，院子里格外的静，随东墙上鸽笼迁走，老鼠也搬家了。只些许风声，从窗台上溜过去。大虞打量充饭桌用的高几，红木嵌大理石圆台面，评价道：黄花梨木不算上乘，但这梅花雕刻却很不凡，拥簇在石台面周围，瓣和蕊层层叠叠，收束起来一捧，然后向下延到四足，如同落英缤纷，又在底座堆垒，仿佛积雪，年代应在晚清，是一件近古的物件。陈书玉记得祖父向是抑明扬清，就问从何辨识。大虞答道，插榫的方法不同，这是匠作的区别，还有风气不同。明代重理学，讲求谨严庄肃，走中庸之道；清朝二百六十七年，武功十全，版图最大，库里的银子简直溢出来，又是蒙古族人当朝，凡事凡物都喜繁华奇丽，有点像欧洲洛可可时代，尤其乾隆以后，越演越烈，直至奢靡，多少有盛极而衰的兆头；民国是共和主义，财富平均，政治平权，自然就收敛起来。听这一番侃侃而谈，方才想起大虞现代艺术教育的背景。眼前浮现起红木铺子，他和他，还有谭小姐，各据一隅，埋头活计：钟表的齿轮传送，毛线的单双边，木贴面上的曼陀罗图案……操的是新知识，新手艺，人却是旧时代的人，多么无奈啊！

　　大虞喝一口酒，说，进院子时候，看地坪的青石板，有几块碎得厉害，大约是机器运送碾压，过廊上的歇山顶也损了好多片，这木质的建造，到底抵不住铁物，五行里不是说"金克木"？陈书玉自己丝毫没注意，在他眼中，这宅子早已经颓圮，都可以上演《聊斋》中的鬼戏。倒是工厂开办，充斥进人气，活过来似的。大虞点头，说的也是，成败皆萧何，唯有如此，宅子才得保全也未可知。忽一笑：现在睡得着了，楼上那只靴子总算落到地上！他也笑，酒意蒙眬中，对面人有点不认识，不是老朋友，而是乡下的术师，通天地，知未来。

第二日天不亮，工厂未开班，大虞就动身上路，要赶头班轮渡。凌晨的暗黑中，两人下楼走过天井，沿过廊出西边门。粪车哐啷啷轧着石卵路。看赶路人的背影远去，渐渐染上一丝晨曦，眼前也有微亮，破开夜幕。那人反转身招一下手，于是举手回应一下，挥别之间，东方大白。

第四章

十四

　　饥馑的日子是一点一点逼近的。春节过后,瓶盖厂就停办伙食,午饭自理。工人们将家里隔夜的饭菜装入统一配发的铝制饭盒,送到厨房。炒菜锅盛一半水,架起竹屉子,排齐了,压上大木盖,打开煤气火。中午歇工,按饭盒上的姓名和组别,分捡到箩筐里。这是少年人最快活的时候,端起箩筐,撒开腿,奔往各车间,一下子被围拢起来。他蹲下身子,双手护着饭盒,背抵住人群推挤,嘴里喊"排队,排队"。他不识字,但是有一种奇异的能力,就是将饭盒上的笔画和人脸比对,所以从没有错发过。厨房的活变得简单,老厨子转去看库房,女人除照应灶上,再加上打扫院子,少年人则各处打杂,凡出力的地方都叫他,他似乎没有名字,就叫"喂",叫久了,就成了"阿喂"。寒假正结束了,陈书玉又恢复上下班的常规,灶房里的午聚就此告终。

春暖时节本是万物复苏，欣欣向荣，这一年却显出萧条。巷口有一棵刺槐，花开时候一树青白，如今被竹竿子打尽。厨房的女人也扫了一簸箕，带回家去和在面粉里蒸馒头，这一季度的配给里有一部分面粉，南方人多半做不来面食，蒸出来的馒头是僵的，更不够饱了。许多不知名的花草，仿佛一夜之间捋光，下到谁家的镬鼎。唯有夹竹桃，孤零零在墙角开花，据说花叶皮均有剧毒，因此无人染指。它的茂盛并不增添繁荣，反衬托出周遭的荒芜。放学后，小孩子结伴往浦东田沟里捕捉泥鳅螺蛳，天黑尽方才回家，脸上身上带着泥水和斗殴的伤痕。菜场里，无论案上还是地下都十分干净，不留一片菜叶子。鱼肉的腥膻气也嗅不见了，这才发现其实是城市的膏腴，如今则变得瘠薄了。他本来一人吃饱，全家不饿，但也许受气氛影响，不禁疑从心来，粮食定量原来有余，如今却不足，这是为什么？母亲到学校找过他一回，额外索要费用，以后就成为制度，每月增加若干，因此，工资也紧张起来。街上的人脸日见黄瘦，偶尔下班早，回家正是女工哺乳时间，女工在传达室门口凳上坐成一排，敞着衣襟，婴儿的头直向怀里拱。母亲一律木讷了脸，身边站的婆母却表情生动，不自觉地嚅动嘴，仿佛帮助孙儿吸吮。厨房里蒸锅散发的气味变得可疑，不知由什么组成的食物。少年人奔跑的速度在慢下来，腿脚沉重，在石板地上拖拉来，拖拉去。街上的乞讨者多而且彪悍，有的直接抢夺小孩子的吃嘴。四处都在排队，猪油菜饭，饼干的边角，豆制品厂的豆渣，饭馆的潲水，更为奇观的队伍是，深巷里，老者手持一支烟，一分钱吸一口，于是，排起长队——他退出弄口，情绪陡然间低落，放眼望去，满目凄凉。土制高炉早已经熄火，锣鼓声寂灭，红色的条幅上，标语褪了色，人呢，衣着邋遢，举止失度，神情惶遽，就像是一面面镜子，投射出他的形状。他们有着共同的相貌，一种动物觅食的相貌。

平心而论，上海城市，所谓的饥饿还只是相对，口粮的定量和辅食供应虽然不足，但不至于危及生存。可这地方的人向来有口舌之欲。地处物产丰饶的江南，再加上都会物质风气，三轮车夫的"包饭作"，都是酒楼宴席上的打包，食材和烹饪称得上头等。因此，"饿"里头多少有几分"馋"，到这年月更受煎熬。陈书玉自认是胃口小的人，其时却亢进起来。下班回来，在火油炉上自制"葡国鸡"，鸡是从黑市买来。入夜时分，村妇模样的女人，挎着竹篮，篮口盖着布，趔趄在后弄里，看见灯亮，轻扣几下窗玻璃，里面人推门出来，一对眼，心知肚明，遇到盘问，只说是走亲戚。杀鸡放血，除毛洗净，肢解成小块，钢精锅里放少许油，翻炒一遍，喷黄酒、撒葱蒜、兑清水，加盖闷炖。等待的时分，不由想起西南小龙坎的日子，也是这道菜，上海人对"葡国鸡"情有独钟，说是来自葡国，其实就是番茄土豆烩鸡块。那时候总比现在艰困，可是年轻啊，年轻抵得住一切。锅盖和锅沿磕响了，吐着水蒸气，差不多到火候了，于是，浇酱油、辣酱油、芹菜叶子剁碎，代替罗勒,多少是得小龙坎野芹菜的启发,最后加糖,再一轮翻炒,收干汤汁。木结构的建筑最盛不住气味,顿时,满楼生香,流淌到天井,漫出墙头。每每餐毕,他都用报纸挥扇驱赶,企图消除油烟,清洁空气。倒不是怕别的,只是心中不安。工人们简素的饭食,婴儿努力吸吮母亲稀薄的乳汁,厨房女人和少年人——特设一种蒸饭法,从家中带来生米,两份并一份,浸泡淘洗之后,滗去淘米水,将粉状的沉淀物合进,铺上前日的剩菜,蒸出来就有满满一小盆。有几次他看见两人坐在天井石凳上,女人的筷子在饭盆中间画线,谨慎小心,力求不偏不倚,少年人则吞咽口水,专注地看。几乎听得见,女人叹出一口气,筷子尖向自己这边移了移,让给对方一线阵地。

学校厨房为利用泔水——泔水也是宝贵的物质,饲养两头猪。老师发动小学生贡献菜叶和淘米水,自然课上关于家畜的理论因有了实例,变得生动。两头猪被严密地看管在厨房一角,生怕违反城市管理规定,受到处罚。城里人没养过猪,用砖木搭一座猪舍,门窗俱全,顶上还覆了瓦,看过的人都说大可充作中国建筑的缩版模型。刚开始,对猪粪不免手足无措,嫌它腌臜,但很快找到出路,施肥农作物。于是,原先的花坛改为菜圃,小学生又添了种植课程。猪圩打扫干净了,猪也是干净的,就像爱国卫生的标兵,可就是不长膘。菜圃里却生了虫,一夜间吃尽叶子,头一季无收获还赔了菜籽,第二季改栽瓜豆,南瓜结了纽,毛豆挂了荚,师生都激发起农事的热情。

那猪呢，在人们的冷落中悄悄长了骨架子。

与此同时，陈书玉发现，他家的院子里也出没着一头猪。这头猪的吃食待遇大不如学校里的同类，女人在刷锅水里切进山芋头、青菜皮，煮成半汤半水，是唯一的供给，离温饱相差甚远，还需自觅食路，基本上处于散养的状态。也因此，它是自由的。假如猪也有精神生活的话，那么，它就有另一种富足。这头猪在宅子里四处游荡，出于对制度的遵守，或者规避危险的本能，它从不涉足生产重地，多是漫步于天井和庭院，有时则踱出门去，闭门之前准回来。似乎进一步尝到开放的乐趣，外出的频率越来越密，时间也更长，继而夜不归宿。很难知道遭遇了什么，如何度过，看身上的污泥，甚至血迹，可判断经历了激烈的事故。比较之下，学校的猪可称作"温室里的花朵"，这一头呢，是粗糙的人世间的生命。生活的差异反映在外形上，同样是瘦，前者是孱弱的，停留在稚嫩的童年；后者呢，身躯和腿脚发达有力，行止有风，似乎不是瘦，而是收紧，正在迅速成长为成年猪。现在，女人开始管束它的活动，怕的不是卫生管理，这样的时日，似乎倒退到蛮荒，有什么卫生不卫生的！怕的是被人掳去杀吃。白日，决不让走出她和少年人的视线，晚上，则锁进厨房。可它性子野了，稍不留神，一溜烟蹿出去。一天、两天、三天过去，不见踪影。女人像失了魂，在街巷穿行，"啰啰"叫着。少年人朝另一个方向，手提拖把杆，也是"啰啰"地叫。声音里带着哀告，仿佛召唤走失的孩子回家。陈书玉下班回家,看见两人垂头坐在门口,面色沮丧,就知道搜索无果,那猪大约早已成别人家的刀下肉。

夜里,忽传来一声钟鸣,哐地穿越几重壁障,渐渐收尾,最后聚成针尖的一点,钻入耳内。惊起来,梦境退潮般远去,不留痕迹,他不明白被什么叫醒的,睡意全无。镂雕的窗棂上印着一枚枚的亮,投在床前地上。他想起寡居的人捡拾分币催眠的传说,其实不是分币,而是月亮光。起身下床,探头往外看,透过木阑干的间隔,天井就像盛一池清水,有一条鱼,银箭似的斜射过去,是那头猪。他不禁兴奋起来,想这猪突破多少险阻,终于回来了。紧接着却生出疑窦,它如何进得门来?宅子里除了他,还有谁在?就在此时,耳边又一声轻响,针落地一般,方才的梦境依稀显现,随即散开,一池月光。他出了房间,扶栏四下看一周,那猪复又现身,左右顾盼,步履犹疑,仿佛寻探着什么,朝西门的方向踅摸。他怕猪再一次逃跑,追下楼拦截,眼看它出月洞门,看不见了。他站住脚,真以为梦回来了,寂静一片,不知什么时间。墙外那个嘈杂喧嚣的世界在沉睡,空气中有轻微的颤动,一波一波,是它的呼吸。夜已经深了,正在黑白交替之际。他突然获得超感,觉着有一高频率,就像刀锋划过,分裂了静夜。针又落地了,"铮"一声响,四溅开来。他走在歇山顶下的过廊,夜虫在光赤的脚踝扑翅,这生物的种群认真追溯,大约可到史前,繁衍至今,机器时代的缝隙里,伺机而动。他也听见这宅子的呼吸,一吞一吐,一起一伏。所有的呼吸最终汇集起来,形成巨大的脉动,那高的频率还在,属于超声波,昼夜交接处,是异度空间,进化的基因返祖,万物一并喧哗,涨得耳朵疼。他走出过廊,从厨房门前绕过,门下卧着那猪,一只耳朵撕裂了,垂下来,遮住一只眼睛。

他看见仓房的门开着,一张白晃晃的纸,泛着光,仿佛有水在上面滑动,底下呢,长了脚,从里向外移动,正好和门框一般大小,于是,侧一侧——露出一张脸,是老厨子!纸不是纸,是铁皮。老厨子的脸光影斑驳,看上去怪异得很,这时分,什么都是怪异。戴着白线手套的手,拎着铁皮,真就像拎一张纸,是个有力气的人。送出铁皮,返身再进仓房,他赶紧后退,贴住厨房的侧墙。老厨子的眼睛锐光一闪,就知道被看见了。原来,原来,老厨子有一双鹰眼!平日里总是半垂,打着盹。他的心跳得很快,因为心虚,还是事实如此,从这眼里,看见了仇恨。他想起煤油炉上焖炖的"葡国鸡",那鸡骨头被小心包裹起来,扔到两站电车路外的垃圾箱;又想起曾经送去共享的香肠,还有半瓶竹叶青;再有,老厨子还是小厨子的时候,进院子办宴,天晓得,那情景不用说看见,听见都没有!说是院子的后人,并没有享过多少福分的。他背靠墙站着,一动不敢动。仓房那边传来"叮当"的挂锁声,然后,铁铸的西门"哐啷"碰上,钥匙在锁眼里"夸夸"转两周,放肆的动响里有豁出去的意思,也是示威。车的胶轮压过路面,吱嘎叫着,渐渐远去。他浑身冰凉,手脚麻木,几乎动弹不了。月亮移了一点,眼前是光,人却在影地里。

他开始躲人,不只是老厨子,连同女人、少年人、男工、女工、女工的家属,凡和工厂有关联的人,他都躲。更早地出门上班,拖延下班回家的时间。暮色浓重里,看见铁门关闭,知道人都走净了,心里方才落定,舒出一口长气。可是,一个院子进出,总不可能彻底避开。有一回,是他走晚了,还是老厨子来早,两人迎头撞上,只一瞬间的对视,他几乎脱口说道:放心!这两个字暗地里翻来覆去无数遍,对面的人却垂下眼睛,仿佛又盹着了。擦肩过去,他动了动嘴,以为说话了,其实没有出声,还是在肚里自语。还有一次,送货的卡车迟到,正在他进门的时候,停在街边。暗黑中,工人们来回卸货,戴了劳防白线手套,拎着铁皮,铁皮抖动,发出"空空"的声音。夜里的一幕陡然出现眼前,背上沁出冷汗。低头走过去,并没有老厨子的身影,不由抬头四下里看,身后忽然冒出一句:走路当心!正是老厨子。接着,杀猪的日子到了。一大清早,就见院子里站满人,里圈是几个壮硕的男工,中间是持刀人老厨子,脚穿胶鞋,橡皮手套深到手肘。地上躺了个东西,麻绳捆扎着,发出沉闷的哼声。他从外围绕过去,不料人丛忽地闪开,只见手起刀落,一下子扎进去。他加快脚步,落荒而逃,就觉得这一刀子是扎给他看的。

这一天下班回来,未进门便闻满院肉香,还有油酱的甜酸。穿过月洞门,进到天井,灰蒙蒙的光线里,有个人影,沿楼上栏杆移动,听到他来,俯身向下喊道"爷叔",是厨房的女人,手里端着茶缸。他问:有事吗?阿姨。女人手里的茶缸朝他方向送一送:今天杀猪,小弟伯伯给你留一份。"小弟伯伯"是人们对老厨子的称呼,听起来有点奇怪,但也见出从小看到老的历史。他说:不要,阿姨你带回去给小孩子吃吧!如女人这样的年纪,家中必有着一串萝卜头,嗷嗷待哺。女人又说:小弟伯伯给你的!他又一遍说:真的不要,我们学校食堂也发肉了!他的话有真有假,学校确实将要分肉,但时间未决,分配的方案也未决,肉还未到锅里。女人不再推托,从后楼梯下去,两人在夹墙的过道口碰面。女人将茶缸揣进怀里,感激地看着他:爷叔,谢谢你了!不用谢,阿姨。他想起厨房里的时光,午后的慵懒,温暖和饱食,还有闲聊,东一句西一句,动情道:吃过你多少饭菜啊!阿姨低下头,紧紧怀里的茶缸,欲转身又停住,叮嘱一句:不要和别人说啊!他应道:我不说,我不会说的。这话看是对女人说,实是对着老厨子,有谁能传给他呀!

可是,光靠一个人嘴紧有什么用?事情从多方面漏风,最大的破绽是进货单上的数量与实际不符。从白铁皮出产厂家查起,追到运输,库房,再到一、二、三车间。陈书玉也受到讯问,即便如此,他也没有吐口。最后,在销赃处突进,打开缺口,真相露出水面。老厨子在上班时间被带走,戴了手铐,押进警车。事过几天,陈书玉从女人嘴里听说,庆幸自己不在场,躲避了尴尬的场面,老厨子一定以为他告密,恨不能有一千张嘴,说"不是我"三个字。真是困窘,人是困窘,事是困窘,世道皆为困窘。

十五

难堪的日子里,有一桩事转移了注意力,多少排解些心情。学校传达室交给他一张包裹领取通知单,未注明寄件人姓名地址,但是从邮电总局海关发送看,来自境外。心中列数一遍海外亲友,有一个堂叔早年去了美国,四九年之后就断了音信,祖父母去世发丧给他寄了信,不知地址有误还是别的原因,没有回复;同辈中有一个堂兄,和他算得上亲近,少年出游,常一同出入舞场冰场玩乐,后来定居香港,开始尚有书信来去,渐渐疏淡,终至全无,倘有亲情念及,也应向大伯那边去才合情理。这一位也排除掉了。还有一位母系的表亲,随夫家去了台湾,更谈不上有互往。再要辐射开,往枝蔓上追溯,便陷入茫然,没有去向。这时,心里浮起一个念头,立即又闪开,不敢再触碰。觉得不可能,又生怕是冒犯,本来的可能也变成不可能。就这样,惴惴地,骑车去了。

邮电大楼坐落在北苏州路和四川路交会的口上,正对内白渡桥。早上,刚开始上班,从大门进去,寻到海关柜台,已排有十几人的队伍。站在队尾，不一时，身后又续上两位。队伍行进的速度时快时慢，证件不齐的立即打发走路，合格的就慢了。核对，填表，签字，先翻找包裹单，再进里面货柜上搜寻包裹，包裹在柜台上打开，一件一件查看……他注意到，所寄邮包绝大多数是食品，铁听装的猪油、白糖、维生素、鱼肝油，还有肥皂、布料、毛线，摆杂货铺似的摊开，然后一样一样收起。恢复到原先的包装显然不可能，合理归置压缩的物品一旦拆散，膨胀无数倍体积，加上收件人的急切和慌乱，更耗费了手脚。比较有经验的，自带了袋子，稍显从容。后边的人，包括海关官员，此时都格外耐心，看着罐头、纸盒、油纸卷、玻璃瓶，纳入囊中，这些物件散发出富庶的气息。最后的杂碎，可能只是用来填充固定的袜子、毛巾、零头布、小孩子的奶嘴，全收进去，柜台上空空荡荡，才又轮到下一位，队伍向前挪动一步。

他很快被打回票，缺少学校公章。通知单上确有身份证明的条例，他以为工作证即可，不知道是需要所属单位过目，然后敲盖印章。白跑一趟，又白白排一路队，耗去半天时间。但他并不十分懊恼，因为可以继续保持悬念，人啊，不动念头还好，动了念头再要消除，就不那么容易了。骑车回家，经过虹口港，多年前，与冉太太去提篮桥监狱，正是从这里走的，不禁心潮涌动。这一个邂逅，并非简单的巧合，而是其来有自。他兴奋起来，将车踏得风快，仿佛回到年少时代，他们几个，一色英国兰令自行车,塌着腰懒在座垫上,伸长腿蹬一下,溜出去老远,或者将身子伏低,双手并握车把,耳边呼呼的风声。现在,车还是那车,人还是那人,车已成老爷车,人呢,变成了"爷叔"。

到学校盖章的手续,让他多少有些生虑。中心校的上层他极少交道,这就是大有大的好处,一辈子在领导之下,却可能一辈子也看不见领导。校长书记的办公室从未踏入过,这张邮包通知且来历不明,凡境外的人和事都是起嫌疑的。心里打着鼓,去敲书记办公室的门。门打开了,露出一张脸,门里门外都有些吃惊。书记未必认得他,他虽认得,但都是远望,或者从拉线广播里听讲话报告。书记是个女性,此时面对面的,才看出,书记的年纪与他相仿,面目也清秀,可惜被装束搞坏了。蓝卡其布干部服,男式的衣领一直扣到下巴,剪齐的短发用发卡别到耳后,戴一顶也是男式的干部帽,说一口绍兴腔的普通话,有这点乡音,官腔里就有了一点人之常情似的。看见她,陈书玉难免想起立志小学,儒雅的校长和颠顶的书记,怎么看都不是一路人,可就是投契呢!带一众古怪精灵,有长衫客,有西装客,有像上海滩上的白相人戴一顶铜盆帽,还有一位教图画音乐兼操行课的,终年一身骑马服,因原先就是一名驯马师。想起来又好气又好笑,如今,全汇入人群,面目难辨。女书记接过他的邮件通知单,并没有询问什么,从抽屉里取出印章,蘸了印泥,对准一块空白,很用力地压下去,摇了几摇。他看见女书记空旷的衣领里,细瘦的后颈。

不几日,陈书玉第二次走进书记办公室,邮电大楼海关又打回票,因包裹单上的名字为"陈抒玉",和工作证不符,再要单位出具证明信,"陈抒玉"即"陈书玉",验明正身的意思。门虚掩着,他叩了两下,里面叫一声"请",便推进去。办公桌上铺一张报纸,上面放一堆烟蒂,女书记剥毛豆似的剥出烟丝,投进广口瓶里。这场面有些尴尬,女书记倒很坦然,将报纸合起一半,再从抽屉里摸出公文信笺,草书般几行字,言简意赅,说得很明白,字体也端正,出乎陈书玉意料,想这书记并不是那书记。接过证明信,转身要走,忽停下说:我不吸烟,配给的烟票给书记你吧!他的烟票都是在黑市换鸡蛋。女书记摇摇手,笑道:这烟头是自己抽剩下,不是捡来的!这时节,地上要有一个烟头,转眼间就不见了,多少双眼睛看着呢!说话和态度显得豁朗,又有些天真,陈书玉不由也笑出来。书记将合上的报纸揭开摊平,继续剥烟头,说:鲁南突围时候,几天几夜行军,就靠吸烟提精神,人人都成瘾君子。陈书玉说:书记是从战争中过来的人,有功之臣!书记说:我们这些小鬼轮不到上前线,打扫战场才派上用处,都是贼大胆,在敌人尸体上爬来爬去,翻口袋,找香烟,那可是美国烟,骆驼牌!陈书玉想不出那场面,只觉得恐怖和震惊,还有一种折服的心情。很奇怪地,眼前现出一个人,冉太太,站在外滩石砌建筑的夹弄里,手托银烟灰盒子抽烟。全然不同的人生。告辞书记，走出办公室，带上了门。眼保健操的音乐响起，太阳从玻璃窗涌入，照亮每一个角落，朗朗乾坤！他走过去，带着上个时代的拖尾，很快，白灼的光和热将他融化其中。广播里领操的女声有一种金属质地，铃铛般地，穿行于旋律。

第三次去到邮电大楼海关，第三次排队等待，终于领到包裹单，只来得及看见寄件人的名字"朱冉蕴珍"，就被柜台里人接去搜寻邮包。那四个字映进眼睛，又清晰又模糊，再无疑问，正合他的猜想，不是猜想，除她还有谁？冉太太的名字他是知道的，但从没有称呼过，前面加上夫姓，是香港人保留下来的旧俗，让他知道，他们夫妇生活在一起。当然生活在一起，除此还有别种可能吗？那些焦愁，牵挂，心心念念，绫罗换布衣，小萝卜头长成大萝卜头，背井离乡，漂洋过海，不就是为一件事，生活！他胡乱想着，包裹已放上柜台，又一次看见"朱冉蕴珍"的名字，写在白色的包袱皮上。包袱皮里面是纸箱，大约四十公分长，三十公分宽和高，海关的人用裁纸刀划开边缝，接下去的情形令柜台内外的人都瞠目结舌。那检查员变成古彩戏法的魔术师，纸箱的收纳仿佛无穷无尽，什么样的一双巧手，能够使用空间到这般程度。大小，长短，厚薄，软硬，组合拼接错落镶嵌，一封封的香肠肉脯；一瓶瓶猪油牛油；一听听沙丁鱼、午餐肉、花生酱、蛋黄酱、果酱；一袋袋白砂糖、巧克力、老婆饼、可可粉、咖啡、奶精、奶粉……最后还有半轴白线——他看见这双手缝合包袱皮最后一针，打个结,咬断线头,要是可能,这枚针也会别进去!幸好,学习前人经验,带了旅行袋,鼓鼓的一袋,加上原来的纸箱和包袱,肩背手提,在众人眼馋的注目下,离开海关的柜台。

驮着大件小件,沿北苏州路骑去,风迎面吹来,吹得泪眼婆娑。这条路是叫人流泪的路,行走在上面,就要伤心。身后的负荷,又轻又重。轻得都能飞起来,车阵里蛇行,身后喇叭一叠声地按,骑车人也骂他抢道:什么车?强盗车!他才不管那些呢,他摇身一变,变成幼年时读物中的英国小孩彼得·潘,永远长不大,永远在孩子淘里。重的是,沉甸甸的中年,阅历无数,悲欣交集。车轮底下光滑的路面,都印着呢!一层沥青铺上去,印一层;再一层沥青铺上去,再印一层,就像考古层。

晚上,车间和仓库,人都走净了,他打开包裹,取出惶遽中草草收拾起来的物资,摆在书案上。绿灯罩下的光,圣母的大理石的眼睛,慈悲地照亮着。都是吃食,供口腹之欲,多少的体谅与同情。他试着重新纳进原先的包装,无论如何做不到,他一双笨手,感动和感激使它更笨了,磕碰着,摩挲着,拿起这,放下那,最后,他决定写一张清单,逐一登记各项。先用钢笔在备课簿子上写,觉得过于随便了,有辜负之嫌,就往西统楼取毛笔和宣纸。祖父母的房间基本保持原样,父母亲居住的几年,并未作改变。他们就像影子,到哪里都不留下深刻的痕迹。他何尝不也是?他的印记很可能更浅淡。这宅子里的人,好像一代一代地蜕壳,蜕到后来,终于什么都没有。

打开祖父的书柜,翻出一卷宣纸。宣纸这物件看上去绵软单薄,骨子里却极坚韧。经过许多时间,朝代都更替几轮,它倒还在,匀净光洁。笔筒里插满大小毛笔,笔架上也是,笔杆裂了,稍一碰,笔头脱落了。让他想起冥间的故事,楼台亭阁,日光之下顿时化作灰烬。他一把掳起,连笔筒笔架扔进字纸篓,心里忽又冒出一句话"历史的垃圾箱",真是再恰当不过了。拉开抽屉,看见有几个织锦盒子,里面是未用过的狼毫湖笔,制作算不上名家,因收藏得当,尚可使用。又在床底下翻出几块方砚,挑一具外形可爱且小巧方便的——荷叶状的砚池边坐一只青蛙。其他几具推回去,触到一个报纸卷,顺手抽出来,透过积灰看见字样,写的是当年妓女谋害嫖客的新闻,就想起奚子带他们听庭审的往事。索性拆开报纸,可看得更详。旧《申报》里面裹着竹席,已经黄脆,草梗洒落一地,又滚出几颗米粒大小的樟脑丸。拎起来跺了跺,这就有纸页从边缘露出,小心抽动几下,一个薄册子到了手中,蓝色的簿面,总共三页,一页空白,写"房契"两字,下一页即正式文本,墨黑的字迹和红漆印章,竟还新鲜,未及细看,便合上了。想起电影和新小说里地主私藏地契,被农人搜出,点着了烧掉,然后围着火堆歌舞,就像夏季篝火晚会。他抖索着手,再揭起封面看一眼,那旧式的文言拗口难懂,脑子又阻塞住了,几乎理解不了,落款的日期,"道光丙申"四个字,倒是很明白,可却换算不成公历,就又恍惚了。在床前蹲得腿麻,就地坐下,青白的日光灯照进床底,看得见蜘蛛结的网,灰絮慢慢地滚动,仿佛正启开尘封。一时上,他决定将房契送交政府,过一时,又觉得错了时机,早不来,晚不来,为何现在来?或者继续缄默,维系现状,会不会越陷越深,终不能自辩!坐在地上,周围的家具更显得高大严峻,从四面围拢,压顶而来。自从迁进瓶盖厂,他逐渐从这宅子的压迫下解脱,不期然间,它又陡然显现。古词中说:眼看见起高楼,眼看见宴宾客,眼看见楼塌了——可它就是不塌呢!就像天地间某些永远不转化的物质,顽固地保持着固有形态。不免想起"弟弟"的话,顺其自然,问题是,什么是"自然"!要他说,这一切都不自然,很不真实,可是,确凿就在眼前,身前身后,囚禁了他,他逃不出去。他颓唐下来,将房契铺平在竹席上,原样卷起,送进床底,就当没发生过,他什么也没看见。站起身,掸去身上灰尘,收拾笔砚和纸,关灯——房里家具活物似的,跳回四壁,寂灭于黑暗。

十六

将书桌整理干净,铺开纸,研墨捺笔,列写清单。他有些诧异，曾经的练习并未荒废，小楷竟还看得过去。湿墨在牙白的纸面上，欲洇开又托住，有细碎的晶体闪烁，渐渐熄灭，沉作烟紫色。他体会到祖父临摹书画的心境，笔墨的精微趣味，年轻时不懂得，一心向外，新奇、活跃、喧腾的大世界，如今略有所感，是不是意味着老了？他到底道行尚浅，注意力很快转移到笔下的内容，食品的名称和数量有一种丰饶，同时呢，激发起口舌欲望。种类二十几项，横排尺半篇幅，最后一项为"白线，半轴"，当属日用，又有些精神生活的寄寓，就空开一竖行，单立条目。尽数写毕，还觉不足，不知如何接续，停了半刻，写下"悉收"两个字，然后年月日，结束。

自此，他拾起纸笔，再从祖父橱柜中找出一本《隋人书妙法莲华经》，每晚临几行，他不信佛，也不读经，不解其意，只是照虎画猫，一笔一画，心情平静下来。

如今，学校里的学习和报告大大减少，课外活动降到最低限度，多少有节约能量保存体力的缘故吧！社会上开始流行水肿病，肝炎和肺结核也起来了，都是源于饮食匮缺、营养不足，从何补充？唯有休息。区和街道的补习学校相继停办，民办小学倒起来了，因是学习苏联英雄母亲运动，一波婴儿潮，到了就学年龄。人丁兴旺本是喜庆景象，可生不逢时，更显捉襟见肘。满眼嗷嗷待哺的黄口小儿，补丁摞补丁，手上生着冻疮，夏天是满头热疖子，学费半免和全免的申请增加，欠缴的日期越拖越长，由班主任负责催讨。班主任多是由语文老师担任,可是老师生病请假的一日多于一日,不得已让他顶缺。学校逼他,他逼学生,有老师施行"廉耻法",上课前或下课后,令欠费生立起来示众,或留晚学,等家长来领人,当面交割。还有的派出眼线侦查,但凡得取挥霍的迹象,所谓"挥霍"不过是修葺房屋,增添家用,或者亲戚走动,礼尚往来,立即上门索讨。他学着尝试,很快便放弃了。那罚站示众的学生,性情更加顽劣,有的索性逃学,来也不来;留晚学的,家长迟迟不到,眼看天黑,他倒要回家了;去到学生家的经历则不胜凄然。自建的房屋一半地上一半地下,风从油毛毡顶的破绽里一股股灌进,四壁泥墙,剥落处可见竹篾草苫,一盏五支光的灯泡,一圈小人头埋在碗里,筷子头噼里啪啦打架。有些家长态度卑下,一味苦求,也有蛮横无理的,脚架在凳子上,握一瓶烧菜的料酒,桌上是萝卜干和豆瓣酱,喝红的脸讪笑着:莫要说学费,饭费也付不出了,老师看看,有喜欢的,挑一个回去,替你倒洗脚水!无论卑下还是蛮横,他都害怕与嫌恶,唯有逃跑。他想过自己掏钱垫付,所谓垫付就是一去不回,也只是想想,其实不可能,一来不宽裕,二是自觉有一种伪善,帮得了这个,帮得了那个吗?帮得今天,帮得明天吗?他是经历过饥寒的人,在西南小龙坎的时候,想起小龙坎——多么困窘啊,可是,年轻啊,年轻。而且一个人,什么都不怕!眼前又出现那蘑菇中毒身亡的女学生,花草藤蔓中的苍白的小脸。年轻的困窘都是美丽,等上了岁数,就是潦倒。

他，即便潦倒，也只是自己，他自己不堪，也尽够了，何苦带累其他无辜？

将冉太太寄来的猪油搅一团在米饭里，撒一撮细盐，拌匀了，小小的一碗。多么美味啊！学校食堂里的晚饭早不知道跑哪里去了，他等啊等，听着咕噜的肠鸣，直到夜深，人们都睡了，解决饥饿的妙计之一就是早睡，夜猫的脚爪都消声，一个短觉醒来。这时候，他蹑足起床，享用宵夜。这宵夜是冉太太的馈赠，就不只是物质上，还有精神的意义。他暗中笑话自己是真正的"饮食男女"，拜世事所赐，退化到人之初，省略去多少过剩的需要。用完宵夜，洗净锅碗，再点一小截蚊香，驱赶油烟。多少地，有罪过之感。哺乳的女工一律奶水不足；老厨子判三年徒刑，正在坐监；欠费的学生们受着凌辱，正是他和他们，向小孩子施加凌辱。蚊香的苦涩逐渐充斥房间，等最后一星余烬熄灭，才放心上床，继续就寝。膏腴滋润的胃肠舒展滑顺，四肢肌肉松弛，睡眠潮水般涌上来，温暖地卷裹，一夜无梦。

临帖的功课每日进行。他学工出身，与儒释道皆无关系，那一本《隋人书妙法莲华经》，一路临下来，先是喜欢那字，接近祖父一生向学的"瘦金体"，边写边读，不敢贸然断句，连成一气，到底难解其意。日子久了，却自有发现，那就是其中有许多数字，极大的量，时不时"三百万亿""五百万亿""五百四十万亿""千亿""千万亿"；

或又减下来,"二万亿""万亿""八千";再上去,"二万亿""八千二百万亿""百千万亿"。在这庞大的数字后面,往往是"诸佛"的字样,也有"阿僧"字样,浩浩荡荡,排山倒海,佛就有如许阵势,人呢?以数学里的概率论计,佛当是不可能事件,为"零",人则是必然事件,为"一"。"一"可是了不得,道家不是说,一生二,二生三,三生万物,"零"则是"无"了。还有一些小数字,"十""二十""二十四""一百八十",用于"劫"的计量,这"劫"更不是开玩笑的,若干万年一"灭",若干万年一"生",方才一"劫",类似"光年"的概念,大约就是"无量无边"了。

陈书玉简直有惶恐之感,脚下的地悬浮起来,人变得渺小,小到一粒尘埃,带着一点光,无数次折射余下的一小点受光体。他赶紧合起字帖,移到一边,于是露出玻璃板下压着的食品清单。这些俗世里的物件名称斤两全是可感可测,心里渐渐踏实。一行一行默念,驱除了方才的虚无,感官的知觉回来,口舌生香。他又从抽屉里取出包裹皮,本白夏布上,毛笔书写着收件人名字,还有寄件人的,"朱冉蕴珍",地址是香港北角几号几幢几楼几室。他想不出那地方是什么样的,但知道里面有一个冉太太,还有朱朱,三个萝卜头,就觉得亲切起来,同时呢,又是隔阂的,不是地方,也不只是时间,更是世事,简直是三生石上的人和事。他想过写一封信,上款都写下了,思忖再三,称"冉朱伉俪",却没有继续,说什么好呢?一肚子的话到这里全止住,回去了。他感到瞌睡,再过些时间,市声再静一些,宵夜就来临了。

尽管万分节约,物资依然不可阻地减下去,猪油最先告罄,因为食用方便,之后是香肠、肉枣、肉脯,这些都需要与米面佐食,黑市大米还有火油消耗了有限的收入,所以,他甚至比之前更手紧。人也吃馋了,日常的饭菜完全不能满足。上课时思想都会转移,一时间不知身在何处,醒过神来狼狈无比。接下去,他开始动用白糖,和进大米粥里。煤油炉上锅里的咕嘟声,就像小儿的歌谣:"笃笃笃,卖糖粥,三斤核桃四斤壳,吃你肉,还你壳,张家老伯伯在家吗?"心头不由一沉,他想到另一个老伯伯——小弟伯伯。情绪黯然并没有遏制食欲,反而有亢进的作用,滚烫的甜糯的粥,一勺一勺送进嘴,咽下肚,食道里的烧灼放射到前胸,上颚起泡了,可就是收不住。他自知失态了,行为也变得涣散,包装纸袋扔在弄堂的垃圾箱,被拾荒人的铁叉钳出来,拖在卵石地,粪车里的污水滴上去,他骑车轧过,车轮卷起来,粘住辐条,脸面前一转一转,苍蝇在身后追逐。他是个爱干净的人,单身生活又免去许多冗杂,几乎称得上洁癖。此时此刻,对自己生出嫌恶,觉得他在堕落。被煽起来的口舌欲望越来越旺盛,食性有所改变,嗜好味厚,那一包蓝山咖啡被抛在脑后,完全想不起来了,有些东西是在温饱之余,带有奢侈的意思,咖啡就是。

他明显地胖了。去理发店，镜子里的人，两鬓推高，露出浑圆鼓胀的双颊，敷了一层粉似的红润光泽，在周围黄瘦的脸中间，格外显得颜色鲜艳。在院子里遇到厨房的女人，会说一句：爷叔气色介好！不乏恭维，却也是实情。同事们半认真半玩笑：陈老师油水很足啊！他便一惊，似乎被窥破什么机密。曾经在路上看见过校长一回，隔着西餐馆的玻璃窗，面前是罗宋汤的空盘，摊开手帕，将两片面包夹黄油包起，想是带回给孩子的。有一时冲动，给校长送两盒罐头，或者一袋牛奶饼干。回家清点一番，存货已不多，热情退潮了。他变得悭吝。夜间的独食将可数的朋友减得更少，他几乎没有交际了。也不止他，似乎所有人都自顾自，社会生活也是奢侈的。给冉太太写信的计划拖延越久，越动不了笔，看着日益消融的存货，觉得写信有索讨的嫌疑，内心深处，又何尝没有半点想头呢？所以，写信这一件事，会让他感到羞耻。从此搁下来，接续的联系中断了。

存货见底，他非但不节省，反而挥霍，进食近乎强迫症，有一晚，他一口气吃下半斤太妃奶糖，咀嚼使腮帮酸痛，味觉也有些麻木，就是停不下来！他听过一个说法，七颗大白兔奶糖等于一杯牛奶，太妃奶糖的脂肪含量应和大白兔相当，那么，他至少喝了三到四杯牛奶，大大超出人体所需的热能。善后处理早已经粗疏，一张糖纸赫赫然在天井中央，溜溜滑行。这些物资似乎成他的负担，来不及地消耗，留下白茫茫大地真干净,他想起《红楼梦》里的这句词,紧接着却是大观园里的螃蟹宴。这一天终于来到,只余下那一袋咖啡。奶精和白糖早殆尽一空,拌在白粥里,或者涂面包片——他学校长,也到西餐馆点一份罗宋汤,喝完汤,面包黄油带回家,另行配套,这种胡乱搭配其实有一种潦倒。乐口福用勺子直接舀到嘴里干吃,自觉是破落户的腔调,也顾不得了,快快快,快结束一切。好了,只有咖啡,蓝山咖啡,他拆开封口,苦涩扑面而来,他发现,咖啡竟然是苦涩的,就像药材。他重新封好开口,收起了。彻底没想头了,被食欲激荡的急切、焦虑、亢奋,一扫而尽,平息下来,心静如水。

生活回到俭朴的一日三餐。夜里,饥肠辘辘中醒来,一地月光,清洗着体内的膏腴,还有原始人荒蛮的粗鲁的欲望。空明中,想起许多往事:"西厢四小开"的结缡,如今人不是那人,事不是那事,他和大虞之间隔了一条江,套用一句古诗,君在江那边,我在江这边;从奚子连带出"弟弟";再是校长、副校长——如今不知在了哪里,他那小姨子,身形颀长,骨肉匀停,眼前一闪;接下来是现今的学校书记,肤色白皙,眉目清爽,普通话里的乡音,眼睛一眨,干部变村姑,手里剥的不是毛豆,是香烟头;由香烟这物件,引出冉太太,手里托着的小银烟灰盒子,腮帮上的泪痕,为朱朱流的,于是,朱朱也来了,坐在长桌对面啼哭,长桌这面是三个萝卜头,一个冉太太,又是冉太太!思绪停顿下来,抵达漫游的终端。食物尽馨，余下清单一张，取消了物质性，纯粹的精神世界，那就是相思。不是吗？他的贪食症其实是相思病。他想，倘若要给冉太太一个定义，是什么呢？忠诚，不像；坚强，也不完全是；情深，有一点，但那是对朱朱而言，不是他；终于，他想到一个字："义"。是的，这就是冉太太，义！采采，他竟然想到采采，可见思绪多么自由和轻盈，天地间上下飘忽。采采是个豪爽人，但出身处境所限，不得不为衣食谋，就生功利心了；谭小姐，应不是无情，也不势利，却软弱了，诸事顺遂或可相守一生，但世道这回事，又是谁能预料的？大虞的家主婆固然不错，委身于一无所有、下坡路上的人，凭一颗质朴心，不像冉太太多思，多思而后行，行而不悔，方才为知遇。

失控的进食遏制了，仿佛有过历练，饥饿似也不如先前的折磨。他的脸型和身形消瘦下来，成清癯之相，也见出岁数，这一年，他整四十。

十七

这年寒假，轮他值班，独自坐在空旷的办公室里，泡一杯清茶，收拢一堆报纸，打发半天时间。他的办公桌临窗，稍转头，看见有麻雀停在窗台上，然后飞走，尾翼扫在玻璃上，嗖的一下子，那禽类明显长了力气。他呢，生出闲心。于是发觉，胃肠的空虚感缓和，肌肉松弛，行动起来轻捷了。转回视线,翻阅报纸,茶的苦香弥漫,和着报纸的油墨的辛辣,嗅觉变得敏锐,可辨别细腻的差别,也令他惊奇。目光从大标题掠过,再从小标题掠过,最后到了报缝。陈书玉看报向来只看报缝,自嘲为"穿后弄堂"。许多报纸没有报缝了,仿佛开大马路平掉弄堂,偶尔地,晚报的骑缝处,还可见到一些文字,黄浦江水位,船闸开闭,电影排片,无线电节目,寻人寻物……他倒爱看这样的琐细,从中派生遐想,想这人和事其实就在自己身边,然而人海茫茫,世事沉浮,就像海底针,一眨眼就没顶了,于是又觉得惘然。

其时,"后弄堂"里一则启事吸引他的目光,其中几个字,千真万确,与他有关,这几个字是"闽桥山庄"。启事说,因市政建设计划,闽桥山庄墓园要平地开路,请墓主于月内前去拾骨迁移。闽桥山庄这地方,他去过一次,就是祖父母大殓,出殡到此地。印象中,所谓墓园,只是一片荒坟,野草蔓生,掩着土坟头,有一些石碑,也多是断残,仿佛被遗忘许久。当时听大伯说过,祖宗们的棺柩,起初存于福建人会所,伺机移回原籍,直至上个世纪末,有福建闽桥水果商人开辟此园,方才落葬,所以,数起来,不过三到四代。他家故地并非闽桥,但从大处说,不出一省,就算同根同源。祖父母的棺木落土,还未及做坟立碑,只扎下一柱方石,粗刻名姓,填进红漆,日后再从长计议,修葺完善。无奈世事多蹇,且岁月如梭,稍转瞬,十年的时光倏忽而去。

他将报纸抽出来,折叠成方块,等轮值的老师接班,便离了学校,骑车往大妹妹家去见父母。大妹妹家他只在送亲时候到过,说起来算作通家之好,仔细追究却不知所以然。祖上大约也做过船运,可追溯的几辈人,则都在洋行里领薪俸吃饭。有说做杂役,也有说跑街先生,但到妹夫一代,倒是都受新式教育。妹夫读的化工,学以致用,毕业后进家用化工企业任工程师,公私合营后一直享用保留工资。当年,亲戚们都以为大妹妹下嫁,如今却最有福,收入可观,又归属无产阶级,经济政治都保证。大妹妹家住昔日租界区英国人的公寓楼,电梯厢四壁铁栅栏,裸着缆索和滑轮,流露出早期工业时代的粗犷气息。电梯在三楼停下,哗啷啷开门,走出去,脚底下的大理石地砖尽管磨损,依然气派豪阔。他在大妹妹的门上按了电铃,听见里面有小孩子奔跑的脚步,门开了,一男一女两个孩子仰头看他,不晓得来人是谁。大妹妹跟着出来,顿一顿,也不叫哥哥,就直呼大名"陈书玉",倒是教两个小的喊"舅舅",先是沉默,然后便争相大声叫喊起来。大妹妹穿一件织锦缎夹旗袍,烫一种翻翘的发式,弯腰取一双棉拖鞋放下来,让换鞋的意思。低头解鞋带的时候,他想起冉太太,本来,冉太太也应该过着这样的生活,于是,又感到惘然。大妹妹引他进到客厅,落地窗前的沙发上坐着妹夫,看一张报纸,此时合起来像才知道他来,动了动身子要起来,他速速招呼一声,即走过去,妹夫便坐回去了。他们郎舅向是疏淡的,保持敬而远之,先是妹夫对他,然后呢,就反过来。他自知是个不合时宜的人,又不能供奉父母,新规旧矩都失度,内心卑微得很。

母亲和父亲对坐在一张圆桌两头,母亲手里织着毛线,耳朵凑着收音机,听蒋月泉的评弹说书,声音开到最低,避免打扰到小辈。父亲面前也铺一张报纸,戴了老花镜,手里握一把镊子,很像修钟表,走近去看见是在剥瓜子仁。难免有寂寞之感,但这不就是晚景吗?闷是闷,可也安详平和。房间里光线充沛,窗前的梧桐树落了叶,枝条疏淡地划过无云的朗空,天显得格外地蓝。就像一个从暗处走到亮地里的人,睁不开眼睛,视野略微变形。长辈逆光的脸上,没有什么表情,分明又可见出期待,他们以为他送生活费来的,不是还有几天就到日子了吗?陈书玉懊恼不曾想到这一层,此时口袋里也没有足够的钱。同时呢,不禁好笑起来,他和父母之间,只余下赡养的义务了。

很有些难为情的,从口袋里掏出来一张报纸,送给父亲,指点看骑缝里的启事。父亲看完,推回报纸,继续剥瓜子,说出一句:不知道要不要费用。或许是自己心虚,这话在他听来,带了讽意。其实未必,父亲是木讷的性子,不会有这样的机锋。这时,大妹妹推门进来,送一杯茶,凑着他手看一遍启事,说道:徐家汇一带地势低,每年七月一场大水,屋脊都淹平了,不要说坟头!大妹妹的话道理不错,但却有些情薄,再加上妹夫的冷淡,他心里不悦,回道:自己家的祖宗,难道看都不看一眼？大妹妹笑了：你去看过几眼？这话将他堵住了。从小，大妹妹就是不饶人的，像他们这样的大家庭，往往兄弟一淘，姐妹一淘，所以，他们兄妹接触很少，这一回，领教了厉害。妹妹丢下这一句，飘然而去，反手轻轻带上门。他纵然气急，也没有对驳的人了。停一会儿，母亲说话了：问问你大伯吧！是打圆场，也不排除有一些醋意。他与大伯走得近，尤其沦陷的一段，他与大伯家一处搭伙，隔阂就起来了。与大伯书信往来，至少一周时间，就超出启事中规定的期限，就也是一种推诿。他闷坐片刻，起身要走，正和大妹妹撞个对面，妹妹手里端个托盘，托盘上三碗银耳莲心羹，叫他吃点心。他不理睬，径直出去，听见身后妹妹的声音：我得罪他了吗？母亲说：没有！经过客厅，妹夫还在看报，又来一遍起身不及的动作，他早已经到了玄关，换上鞋，走了。

电梯轰隆隆上来，有些像左翼电影里矿工下井的情形。他走进栅栏门，下到地面，不一时，就站在街上。推起自行车，骑上去，忽然有一股银耳莲心羹的气息，好像反刍似的，进入口鼻。生活在好起来呢！再看路上，人们的脸色多有光泽，衣着也齐整许多。西点店送出奶香，弄口合作食堂的平底锅上翻炒着两面黄，焦的焦，脆的脆，牛肉汤的咖喱味满街皆是，三分钱即可买一碗清汤。这城市显然走出茹素的斋期，开戒了，荤腥气回来了。他渐渐平静下来，想到这些年经历的种种遭际，够活着的人应付的，哪里顾得上死者，长眠地下不谓不是一份福气,所以,父母和妹妹的淡然处之算不上大错,至于大伯,远在他乡,鞭长莫及,即便有心也无力。他决定,自己走一趟闽桥山庄,至少打听一下,有什么善后事宜是可行的。

下一个周日,他骑车去了,路上想到大虞,倘大虞在上海,会和他做伴同行。他们"四小开"驱车前往南翔虞家老坟的情景,就好比隔代隔世。四个少不更事人,说是扫墓,实是踏青游春,又骑羊又骑马,又划船又捕鱼,学做渔樵,桃花源亦不过这般无忧。今年暖冬,三九四九尚未"冰上走"和"难出手",况且已到"河边看杨柳"的九九天。和风拂面,回顾往事并不叫他伤感,反是欣悦的。抑郁的日子过去了,尘埃落定,中年其实也算得上黄金期,放下奋争,与命运讲和,虽是向晚,却还有充盈的时光,供从长计议。远远看见徐家汇天主教堂两座尖塔,街面房屋渐趋稀少,换成农田,隐约见出绿意,麦种正从冬眠里苏醒。河塘还有一些薄冰,冻住几条罱泥船,等着开春作业。迎春花几近爆发之势,黄亮得耀眼。棉袄里的身子出汗了,背上热烘烘的。很快,他就辨不出方向,记忆本来淡泊,火辣辣的日头里,会得溶解似的,烟消云散。到一个南北路口,停下车,一脚拄地,等对面一个荷锄的乡人走近。看起来距离不远,可却走了很久,就知道天地广阔。终于来到对面,发问道,闽桥山庄走哪条路,那人不知道是问他,险些要走过去了。放大音量又问一遍"闽桥山庄",声音让风吹得很散,自己都听不见似的。那人倒停下脚步,疑惑地左右看看，仿佛不相信是对他说话。于是第三遍说出"闽桥山庄"。对面的表情更困顿了，停一时，反问：你要做什么？他去繁就简，说两个字，"迁坟"。荷锄人恍然道：说的是老坟山啊！然后侧转身，向南边遥遥一指。再问详情，人已走过去，踏上向南的岔路，走几步，又回身，再遥遥一指。他复又上车，循指示骑去。路越来越狭窄，又有车辙交叠，形成沟壑，自行车轮轧来轧去，哐啷啷响，都要散架，最后只得下车推行。走了一段，前方起来几间平房，土墙上张贴了布告，和报缝中启事同样内容，知道来到地方了。平房里外无人，门前一方水泥地坪，立着电线杆子，还有自来水斗，窗户看进去，有一张帐子床，堆了被褥。看来，人是有的，但走开了。

正如大妹妹所说，山庄其实已成平地，荒草没膝，断石横陈，约略辨出路径，用脚探索着，分开缠结的枝藤，一步一步走进去。可是，老祖宗的坟在哪里呢？四顾茫然，祖父母落葬时候的路线和方向，以及周围带有标志性的物件，完全消失印象。日头接近正午，阳光下仿佛雾起，是草木的碎屑，小虫子的羽翼，尘和土。机械地起落脚步，一身热汗，站定了，脱去棉袄。四周看看，均不见边际，原来走到纵深处。他放弃了寻找，拣一块方石坐下，将棉袄叠放膝上。耳畔有虫鸟的啁啾，再细听，则是人语，小孩子的叽喳。极目远望，看见有绿衣红衣起伏移动，渐渐向这边来。大约七八人，手里挽着篮子，篮子里盛着草。这一来，他地理位置有概念了，徐家汇北有牛奶棚,向周围居民收购牛草,山庄在徐家汇南面,现在就是南北交界处。据说,当年山庄是从东往西开辟,他家是属早入籍的一族,如此推算,就当居于东缘。他立起身,眺望一番,向东去了。

草木依然杂芜,但疏阔些,坟头大多陷于地表,但高处有几座墓冢基本完好,弯腰辨认,碑上所刻年月,距今远矣,为清廷的年号。想是草创时期,雄心勃起,开局颇为壮大。越到后来,时运不济,就衰萎了。粉蝶飞舞,嗡嗡一片,又像在空中画花,缭乱得很。来到山庄的边界,他却也不能断定,因着边界其实是一道地沟,或许从墓园里穿过,那一边早作了农田。也应了妹妹的猜测,这一带地势低,年年淹,开渠即为引水。沟渠两边的坡地种了瓜豆,大约就是人民公社提倡的"十边",田边、地边、河边、浜边等等,土地紧凑人口密集的城市郊县的耕植策略。那粉蝶就是替瓜豆授粉来着,白色和黄色,还有一种淡紫,组成蝶阵,扫去荒凉,景色变得明媚。他还是找不到祖父母的坟,更不要论及老祖宗。这一回,真正泄气了,坐倒在地,也不知谁家的坟头。附近有一个墓穴,墓主已经起棺迁走,可见出家族传承有序,源源不断,而他们家,数典忘祖。仰头看天,高朗阔大,伸展到无边处。似乎只一上午时间,地面上的绿又绽开一层,割草的小孩看不见身影,但传来他们的歌唱,又近又远。他摘着毛衣上的刺球,发上也有,手上扎了细齿,一阵痛痒。闽桥山庄果然成荒冢,所以人称"老坟山",新鲜的地力拱出来,将坟头挤没,石碑呢,东倒西歪,他家的上人在哪一处?他想起基督教里的一句教义:尘归尘,土归土。站起身,折过头,循来路走回去。

十八

市面重新兴旺起来,有一些票证取消了,油粮虽还是原先定额,因为副食供应正常,就不那么显得匮缺。总之,熬过来了。这一日,收到大虞一封信,算起来,他们至少有四五个年头断来往,各人应对各人的事,无暇顾及其他,如今又有闲情。拆开信封,短短数行字,请他去川沙赴儿子百日酒,就知道大虞添丁了。他们同年,四十出头的人,中年得子,可谓大喜。当日就到老凤祥银楼,买一个金手镯,锁扣上吊着生肖牌,到日子,骑车往轮渡码头。渡船突突斜过江面,对岸的油菜花黄辣辣的炫目,眼看到了跟前,忽一偏,几座乌黑的钢渣山迎头而来,又猝然闪开,让出那一岸油菜花。上回来川沙差不多也是这个季候,经历了薄瘠的日子,犹觉得景象丰饶。推车上跳板,依前次印象左转,沿土路骑去。沿途人家的竹篱笆垂着青葫芦,底下是南瓜纽,几株不知什么名的树正逢花季,枝头上起雾似的一蓬紫一蓬白。水塘边有一座鸭寮,是原来就有还是新营造?黑棚顶,清水流,仿佛从宋人的画中走出来。没有迎客的人,但那铺到路口的席面,米酒的香,人声喧哗,远远就在招手。他的自行车方一接近,就听叫嚷:上海爷叔来了!胯下的车被推走,人在簇拥中,眼睛里是大虞的笑脸,他差点不认得,穿一身自织的土布,完全是个乡下人。在乡下,是祖父的年纪,方才做父亲,不知有多么开心。那新生儿也是乡下人打扮,虎头帽,虎头鞋,捂一身红绿棉袄裤,额头鼻头都是细汗珠子。边上人,吵着要"上海爷叔"抱一抱,他接过来,掂在手上,横不是,竖不是,有点害怕,又有点害羞。边上人叫一声:上海到过了!接回去,往别处献宝去,不见了。他想起,冉太太家的萝卜头,现在应都长成少年人了。

吃饭时候,他被让到主桌,桌上有大虞的岳家,生产队的队长会计,虞姓家族中年岁最长的叔伯,还有女方两个表亲,都是钢厂的工人,穿蓝卡其工作服,肤色神态与举止都有了城里人的样子。乡下的风俗还是老派,男宾归男宾,女眷和小孩另开桌面。镇上请来的厨子,带几个小工,露天地里搭了棚子,砌灶头,架案板,早几日采买,备料,制高汤,调酱汁,此时开了油锅,烹煮煎炸。全鸡,全鸭,整个的肘子,整条的鱼,斜开片,倒提进热油,皮黄肉白……桌上客都夸大虞有劲道,秋后下种,还有得收成,也是年景好,倘若早二年,走路的力气都没有,莫说上床滚!这些话,陈书玉半懂不懂,一是口音隔,二也是他一个童男子,未开蒙呢!大虞只是笑,当老丈人的面,不好回嘴,怕显得轻浮,就要撑着。碰一碰老朋友的酒杯:乡下人口粗,把耳朵盖起来!人们这才注意到"上海爷叔",将话头收起来。

家酿的米酒总是后劲足,饭后,他又睡倒了。几个人挟着他上楼,放在主人的卧床里。隔着夏布帐子,一堂紫彤彤的木器,风吹帐幔,飘忽飘忽,洞开一条隧道,很深很深,尽头一小片亮光,水波荡漾。是大虞家的红木铺子,跟着人走进去,两边堆垒的木器合拢过来,似乎要来埋他们,前面的人回过头一笑:我有儿子了!睁开眼睛,大虞站在床边上,撩开一角帐子,两人一上一下对视,那个说:做什么好梦?这个说:到你家铺子里。那个在床沿坐下:我倒从来没有梦见过回去,看见那里有什么?这一个就猜,问的是有没有谭小姐,说:没有。停一时,床里的人说:在你这里,特别睡得好。床沿上人说:来到第一天,全家倒头大睡三天三夜!床里人叫了声好,喝彩似的。江那边传来轮渡的汽笛声,他该走了,却不想动,身上懒懒的,心里很平静。大虞也不动。一里一外,一躺一坐,又是一些时间过去。房间里有一股布的浆水气,还有小儿的乳臭。楼下灶间涌上来米香和烧柴的烟味,正在煮粥。

光线渐暗,大虞的身子像一幅剪影,土布衣服里,宽阔的肩背略有些驼,剪成平式的发茬子,被余光照出一层花白。抬手点点楼板:他十岁,我五十三,他二十,我六十三!他知道话里的"他"是谁,就说:乡下人娶亲早,你一定抱得孙子!大虞"嘿"地发出一声笑,陈书玉知道"乡下人"三个字说到痛处,又收不回,补一句:乡下空气好,人都长寿!怎么又说到"乡下",越躲什么越撞到什么,索性闭口不说话。大虞这回真笑了,站起身:下楼吃晚饭!

饭桌已摆好,粥盛在粗瓷碗里,当桌一大盆碧绿的青菜。捧起来,也不怕烫,呼啦啦吞下肚,这才彻底醒过来。他没让大虞送,自己骑车去码头上轮渡,渔火点点,江鸥贴着水面飞掠,赶着回巢。不禁生出伤感,是情绪在高潮之后通常的回落,还是为方才说错的话?都有一点,又都不是,更像来自一种整体性的消沉,仿佛走在下坡路上,眼前的盛景只是一瞬间,顷刻就会泯灭,然后是长久的低垂的时日。

年景真的好起来,物资供应回到困难时期之前,甚至更丰。调他去中学的旧话重新提起,依然谢绝了。有一个念头,变得越来越固定,那就是,事情不求它好起来,只不要坏下去,所以,保持现状即可。他对现状是满意的,这样很好!陈书玉谈不上有多么喜欢小孩子,因为单身,他还有些对小孩子生畏,可是已经习惯了,连这生畏也是习惯的。他上岁数了,再有若干年,计算一下,还有十数年,就退休了。不算则已,一算才觉得很漫长,不知道需经历多少事,不由想起校长,他明白校长退职的原因了。后来,他又去看望过,家中正开课,学生是小姐妹俩,大的三年级,小的刚入学,一个梳髻的保姆模样的女人陪着。课程临到结束,校长唤出师母,教唱字母歌,他才知道,师母是音乐老师。这一幅图景带着旧时安闲生活的气息,他惊诧,经过这么些变故,它竟然完好保存在某一隅。

他给孩子带去一盒雪茄巧克力，告别时，两个孩子专从里间出来，向他道谢，大孩子隐约显出父亲年轻时的轮廓。不免想到，这一盒巧克力抵不上当年两片面包有价值，就感到羞愧。赶紧走出去，校长送到门外，站在街沿，步道上的梧桐树发枝很旺，日光穿透，无数金银针落地，弹跳起来。上一次辞行也是这样的情形，可又分明不是上一次，多少时间流淌过去，忽然有些激动，说道：倘不是校长您收留我，哪能有今天的安居乐业！校长竖起手指按在嘴上，提醒他关于称呼的约定，可就是改不过来呢！校长笑着，挥一下手，以为告别的意思，推起车要走，却听身后人说道：教育是一桩好事业，你来对了！他收住脚步，回头问：您为什么离职？梧桐影下的人一直笑着：我还是做教育！他想想也对，可不是，窗户上的纱帘后面，传出小孩子的字母歌，似乎有一种庄严。他点点头，骑上车，走了。

夜里，天阴下来，本已入眠，又被雨声唤醒。那雨点仿佛落在枕畔，清晰入耳。开灯起来，发觉窗框上的顶角线往下滴水，湿了小半边书桌。将桌上书籍杂物挪开，找出一条旧床单，绞成麻花，沿墙铺设，复又上床。这一觉，醒来已是天白，日光在远处屋顶瓦楞上波动，昨夜的雨像是梦境。看见桌上的床单，伸手摸摸，似乎有些湿潮，又不是梦了。推开窗户，碧晴无云，不禁疑惑起来。再一抬头，天花板与墙壁交接处，一片水渍。他出了房间，下楼搬木扶梯来，架稳了，登上去，双手托住一方顶板，很久没有移动过了。摸索四周，平衡两端，屏气发力，举起来，渐渐倾向一边，搁住了，再一点一点推去，终于敞开天门。

三层阁上，一片漆黑，他定下神，慢慢攀上去，立起来，碰一下头，让开些，站在两个斜面的中间，方才站直。斜面上有些细小的光亮，渐渐扩大，扩大成灰蒙蒙三角状空间。幼年时，听大孩子说鬼怪故事，天花板上的脚步声，想来出处就在这里。他小心挪移脚步，感觉楼板厚实，漆面还很光滑。胆子大起来，移步加快，头撞在硬物上，嗡的一声，晓得又到坡面底下。伸手摸到木椽，一根一根数过去，数到头，发现有一扇小窗，拔开木销，推出去，光线一涌而入。他这才有了方位，小窗所在东面山墙，山墙下是瓶盖厂车间的玻璃钢棚顶，看得见底下的人字形钢架。借小窗透进的天光，他看到南面楼板上的水迹。看起来，渗漏已有时日，过去的日子忙着喂嘴，无心旁顾，就关注不到。瓦爿动过了，大约是夜猫的脚爪，可见孔隙，摇曳着草茎的细影。他想着，等周日休息补瓦，然后关闭小窗。一些余光在楼板上流连，洇染，瓦隙里的针尖似的亮，生长着锋芒，上下穿梭。简直是一个光明世界。

接下来的几日都是晴好，顶角线的水迹淡去了，补瓦的事暂且搁置。下一个雨天，风向调了，这一处倒无事，滴漏换到楼梯口，放个水桶接着，叮叮咚咚响一夜。然后是祖父母的西统楼，正在床头，他试图移床，却移不动，也只能搁一个桶。

他知道，老屋在继续颓圮，一己之力恐怕难以维持。他不想去大妹妹家，计算了父亲索生活费的日子，候在家里，果然碰着了，就商量修葺的事务。刚开口，父亲就借故有事折返下楼。父亲穿一件蓝布中山装，底下是灰色舍味呢西裤，牛皮鞋，很奇怪地戴一顶也是蓝布的干部帽。算起来，应是近七十的年纪，形状举止却有一种幼稚，就像长不大就老了的孩子。他们家的人都有些怪呢！上次在母亲房里，看她绒线篮里放了一本连环画，赵树理的《小二黑结婚》。妹妹呢，穿了织锦缎旗袍，淑女的样子，说话却像市井妇人，刻薄泼辣。也许，自己在别人眼里，也是怪的。父亲急煎煎迈下最后一级楼梯，逃跑一般，没了人影。大家都在逃走，连姑婆，照理最无处可去的人，都出去了，只剩下他。他仿佛被这宅子下了蛊，走不脱了。

陈书玉静心追溯一遍宅子的源流，追到曾祖一辈便到头了。那么，就从曾祖向下，分成祖父和伯祖父两系，女眷除外，总有五门，伯祖父三门，祖父这边两门，大伯和父亲。伯祖父先离世，家财归到祖父一系，祖父过世时候，那边三门没有人来奔丧，可视作放弃继承权，同时免去义务。如今修葺老宅，应由他们这一系承担，然而，事情先就在父亲这里碰壁，大伯那头更不好说了。平心而论，家中人坐吃惯了，凭些死钱度日，都拮据得很。何况，如今都不居住在此，满可以推诿。想到这里，便放弃家族内部群策群力的尝试，另开思路。

这期间，他又上了一次楼顶，巡梭长条板上。是习惯了环境，还是瓦隙开裂加剧，漏进天光更多，总之，不是前一次的漆黑，而是幽暗着。他沿着屋脊底下最高的一条踱过去，到山墙的小窗前，拔开木销，推出去。透过瓶盖厂车间的玻璃钢顶，看见底下几何形的钢架之间，进来一只麻雀，左冲右突，最后站在一根横梁，正对着他。人和鸟对视有几秒钟时间，各自走开了。在这几秒钟里，他产生一个主意，让瓶盖厂负责维修。民宅改作工业，加盖车间，安置机器，很可能动摇结构，地基沉降。眼下是他家屋顶破损，紧跟着就会波及厂房，俗话说，牵一发动全身。即便不以原委论，只说互利互助，瓶盖厂皆借地开办，除代缴地皮税，并无毫厘补偿，看人情面上，也当伸一伸援手，帮帮忙。想好了，他即找厂长；厂长让找上级单位，街道；找到街道领导，让找区里负责工业的科室；找到区委工业部门，则说瓶盖厂为街道集体制企业，专有对口管理；于是，回到街道，被指使去下属委员会。往复周折中，春转到夏，又下了几场雨。他将书桌从窗边移开一尺地，靠墙排放桶和锅，祖父那边的床上拆去帐幔被褥，铺上油布，楼梯口也安置盆碗。家中盛器本来有限，这时更不够用了，就向厨房女人借铁锅和腌菜坛。现在，滴水的叮咚不再是噪音，更成催眠曲，伴他入睡。随之，补瓦的急切也舒缓下来，直至有一天，他到祖父房间搜检字帖，看见墙脚长出菌菇。弯腰钻进床底，手电筒的光里面，一丛丛的，仿佛奇异小世界。于是，挪出箱笼，又摸到那卷草席。打开来，房契安然还在，又逐字看一遍，再原样卷起，却没有留下，而是带去自己房间，竖在立柜的角落，修房的决心就又起来了。

气象台开始预报台风，形势变得刻不容缓。他重启一轮奔走，原先的机构或撤销或合并，所以就要新起炉灶。摸索，寻找，辗转几遍，最终被推荐去区政府辖下的新立机构，全称叫作"集体经济大跃进生产后勤处"。狭长的走廊上，错敲开几扇门，方才在尽头杂物间紧邻处，看见半间办公室，门上的牌子将名字缩写成"集后处"。门里坐着一个干部，穿一身没有领章帽徽的绿军服，显然从部队刚转业到地方。生一张团脸，细细的单眼皮，唇上的软须还未经剃刀刮过，是个年轻人。听陈书玉讲明来意，问出一句：房子在上海吗？他倒一怔，回答：当然，不在上海在哪里！年轻的转业军人带着不相信的表情，说道：耳听为虚，眼见为实！一时不能明白对方的态度，又一怔，说：看了就知道！那干部一拍桌子，以为发火了，不料说出这样一句：必须看，共产党最重事实！普通话里带着口音，猜是苏北那边的籍贯，也一拍桌子：看嘛，又不怕的！谁怕谁！对面的人瞪眼鼓腮道，就像小孩子对嘴，一句顶一句。他意识到场面的滑稽，收住口，问：几时光临？对面从桌上移过纸笔，让写地址。写好了，推回去，说：平时要上班，只星期日在家！自己觉不到有点欺负人呢，看他年幼，外地人士，说话又天真。那孩子说：奇怪了，家里就你一个人啊，老婆呢?他说:没有老婆!这一回,轮到对面怔忡了,看着他:这么大个社会,怎么找不到一个老婆!他说:查户口吗?对面人梗起脖子:问一问家庭情况不可以?两人又开始对嘴,他想自己怎么变成小孩子了,赶紧转身退出,休战。

十九

"集后处"的干部姓汪,陈书玉听他口音苏北,有错也不全错,安徽休宁县人,靠近江苏界面。看起来像小孩子,实际已经三十,娶妻生子,是个拖家带口的人了。老婆孩子尚在老家,等他这边安顿,再议迁移。休宁是徽商聚集的地方,历史上有过相当富庶的时期,看建筑就知道。走近村庄,即看见白墙黑瓦,深宅宽院,这也是家人迟迟未动身的缘故,一旦注销户籍,土地和房屋都要归回生产大队。汪干部在上海警备区当兵,然后提干,从参谋至连级,自许对这城市有了解,不是有"十里洋场"之说?还有"南京路上好八连",吹来的风都是香的。在这抽象的概念之下,实际上呢,过着军旅化的大院生活。来到地方,认识多少有所突破,看到纵横交集的街巷,低矮的平房,说是上海,倒像是他老家的县镇,甚至更贫穷。突然间,平地而起一座"古建筑"——那一个陈老先生这么说。陈书玉在他眼睛里,就是老先生,不全在年龄,还在风格。在他们乡下,也有这样的先生,就像古时候的人,汪干部所谓的

"古时候"，也不过三四十年的光景，不过，这个陈老先生有一点好玩，像小孩子，而他们乡下的老先生则是威严的。他决定去看一眼，妻儿都在安徽，星期日也是没事，老先生不是说，星期日"古建筑"里才有人吗？

早晨，陈书玉刚起床，在天井里喂鱼。缸里养了两条鲫鱼，已经有一尺长，扑哧扑哧地甩尾，就为了听它。休息天，机器停息下来，宅子显得空廓，墙外边的声音趁机涌入，虽是聒噪，但细碎嘈杂，反显出宁静。脚步嗒嗒，车轮辘辘，小儿鞭下的陀螺，滴溜溜地转，铁环滚过石卵路，"得勒得勒"，鸡们咯咯觅食，猫脚爪落地一弹，女人激昂的叫骂，和金属的铿锵比起来，都称得上温柔。两条鲫鱼在水下绕行，首尾衔接，激灵起水花。这时候，他听见门响，以为厂里人送取东西，自有钥匙，并不理会。那门却响个不停，就知道有人找，将手中的鱼食全撒下去，穿过月洞门，沿过廊到西侧门下，掀起邮箱上的盖头，向外看去。先是疑惑，不知来人是哪一位，细看之下，认得又不认得。"集后处"的苏北人，装束全变了，军帽除去，厚厚的黑发梳成分式，抹了发蜡，锃亮。脚上的皮鞋也是锃亮，覆着笔直的毛料裤管。上身是拉链夹克衫，米黄色，腋下夹一个黑色公文皮包，脸洗得干净，敷一层增白的雪花膏，香气扑鼻。他发现，原来小伙子是个标致人物，乡下人的标致，这一身浮华的行头，没有盖住反而衬托出村气，就这村气，让他变回淳朴了。

他赶紧拉开铁闩,司伯灵锁拧两转,拉门请进客人:想不到,想不到!猝然间想起来人姓汪,又添加一句:汪同志,言而有信!汪同志有些腼腆,因为自己的新衣服,还是对方的恭维?两者都有吧!侧着身子,避开对方眼睛,兀自走向院子,又站停了,左右看顾,很茫然的样子,不知该往哪里举步。这宅子几度改造,加建和隔断,格式大变,入径就模糊掉了。

他抄前几步,引汪同志走上过廊,穿月洞门,进到宅子的主体部分,方才见得建构的方位与序列。再要引进楼里,来人又站住了,从公文包里取出一个钟表式的玩意,平托在掌心,原来是一具指南针。汪同志抬头看看太阳,眯缝着眼睛,说:这院子不是正南正北嘛!陈书玉争辩道:确是正南正北,夜里对北斗星便可检验。汪同志一笑:上海这地方,看得到北斗星?他反诘:为什么看不到?汪同志又一笑:楼房都遮成一线天了,哪里来的星星?陈书玉不服:如你所说,建筑密集,就当改变磁场,你的指南针未必准!听到这话,汪同志收起笑容,看定陈书玉:你是做什么的?老师,他说。大学老师?汪同志问。小学,他回答,态度软弱下来。本以为对方会看轻,事实相反,那汪同志顿生敬重:我小学的图画老师也是上海人,写美术字不用打格子,画得下一部《三国》。收起指南针,添一句:你可以的!像是对他作了肯定,同时也放下院子朝向的争议。他倒不好意思了,想自己这么大一个人,和小孩子拌嘴,不依不饶的,就也让一步,和缓道:上海这地方,在河滩上建城，上海滩，上海滩嘛！地块不整齐，街市房屋因势而走，真顾不得南北东西。汪同志说：我们那里，垒个鸡窝都要有规矩。他附和道：没有规矩，不成方圆！两人就算和解了。

陈书玉引汪同志上楼梯，指给他看漏水处。那汪同志的眼睛却兀自四下里游走，最终停在后排窗上，走过去一推，没推动。自瓶盖厂迁来，后进院落作第二车间，这排窗就极少打开。陈书玉过去帮一把，还是不成，焊死的一般。两人合力，喊"一二三"，"哗"一下，灰尘与木屑纷纷而下，地板都仿佛摇了一摇。汪同志说：房子变形了！陈书玉听出他有些常识，说一句：你可以的！两人就都笑了。后天井里不知什么时候盖半边顶，搭出披屋，将地方塞得很满，他都不认识。汪同志皱皱眉：你这古建筑不怎么样嘛！听他大刺刺的口气，陈书玉难免上来些情绪：这是正宗清代建筑，原房主官至尚书，主事修撰《四库全书》，隐退来到沪上，造这宅子，按宫内形制，非皇帝特赐哪里能够？汪同志禁不住哈哈大笑，伸出一个手指点着他：你就吹吧！当我小孩子！他心里嘀咕：你不就是小孩子！"小孩子"笑道：我是来看房子，不是听故事！他说：这不是故事，是历史。汪同志煞住笑，正色说：这算什么历史？井底之蛙，不晓得天大，我们家乡，三步一牌坊，五步一祠堂，全是皇上封诰，都不敢说"古建筑"，上海人有胆量，说话大！听这一番话，陈书玉不得不收口了。汪同志继续说：单我们家房子，土改时候分的，天井中央一方池子，接雨水沉淀，吃用都在里面；前后厅堂，左右厢房，围水池而建；四角楠木立柱，终年不生虫子，不出霉斑！见陈书玉出神模样，又一阵大笑：傻眼了吧！告诉你，天外有天！陈书玉再被激将，也笑了一声：是的，天外有天，你没读出这房子的学问，小朋友，看房子是要"读"的！"小朋友"一怔，不笑了，看他指了窗棂和墙板上的镂刻：读出来了吗？好比读文章，老师有没有教过，一篇文章的主题，这幢房子的主题是——是什么？"小朋友"问。他得意地发现，对方老实了——八仙！他说，然后将祖父和大伯说给他的全兜售出去，逢到"小朋友"傻眼了。

这一大一小好比武林里比武，一招过一招，就这么走遍整座宅院，连屋顶都爬上去了。从顶阁上下来，陈书玉替汪同志掸身上的灰，抱歉说：糟蹋了新衣服！汪同志又露出羞赧，脸红红的，抬手挡住掸子。陈书玉问：什么时候来补瓦呢？台风季一到，更不好收拾，小洞不补，大洞吃苦！和这汪同志说话，他变得有些饶舌，喋喋不休的，还来那么多俗谚。汪同志说，先回去汇报，研究以后，才能给到答复。这话里有一点官气，又回到干部的身份，陈书玉便不多话了。两人一前一后循来路走出，陈书玉站住脚，目送来客跨上一辆簇新的自行车，骑走了。

经这段时间与政府部门交道，他算是受过历练，有了耐心。一旦涉及"汇报"和"研究",时间就不好说了,除去等待,其余什么也做不了。但汪同志上门一趟,到底给他鼓舞,生出一些盼头。当街道通知他维修房屋,既在意料之外,却也是情理之中。事先请好一天假,与同事调了课,候在家中。说一早来,其实直到午后,方有两个人,提一桶水泥,一捆竹篾,晃晃悠悠进门。站在二楼过廊里,仰头看一下破漏处,他问如何操作,并不回答,而是点一支烟。吸完了,烟蒂向楼下抛去,只见其中一个先跃上木栏杆,脚一点到了车间玻璃钢边缘,再一点就上了瓦顶。紧接着,第二人也上去了。随之,吊桶、竹篾、瓦刀,一一上去,原来,早已用细麻绳系在腰间。两位上去屋顶,便换了个人似的,稀松慵懒全没了,工装帽转半圈,反戴着,帽檐底下的脸露出来,看见了年纪,一老一少。老的与他差不多,少的则明显低一辈,眉眼轮廓很有些相似,猜度大约是一个家门,父和子。他问尊姓为何,也没人搭理,自此不再多嘴,只是仰头看。看他们揭去瓦爿,将原先的破绽扩大些,铺排篾条,敷上水泥。心想有些像牙医补蛀齿,钻头修齐蛀洞边缘,再施补料。原理如出一辙,工程则不可同日而语。听见老的叫小的,"小把戏",苏北口音,不能全懂,意思总是让学着点。还听见"套瓦"的字音,指的是瓦列的形式吧。

大约有七八爿瓦碎得厉害,左右拼不成形,老的嘱小的,回去取瓦,自己就坐在屋顶仰头看天。陈书玉拿一包烟,也是预先准备下的，叫一声：接！向上一抛，老的一低头接住。再抛上一盒火柴，也接住了。点上烟吸着，依然不说话。一支烟的工夫，小的回来了，竹筐里装一叠瓦，用绳子系了吊上去，人再三级跳地上屋顶。那瓦没有一片对得上的，原先的瓦不知什么年头的烧制，如今早已经断档。只能凑凑合合，相拼对接，这一道工序最耗人力，足有两个钟点，太阳就向西了。终于完事，收拾起工具和材料的残余，老的按原路下来，小的则直接跳到地面，一个蹲式，然后起身，腰腿上有些功夫，像是练家子，却招来老的一声骂，找死！二人从陈书玉前面走过，老的将烟与火柴朝他递递，他说：师傅留着！老的收回手，径直走去。他紧随着，走到门外。父子二人又回到早先的状态，仿佛没睡醒，又仿佛不情愿，然而此一时彼一时，看出内藏一种轩昂，手艺人的骄傲，走遍天下不怕。

日后，他还到过"集后处"一趟，向汪同志"汇报"，连带感谢，但走廊尽头那半间办公室换了牌子，向人打听，知道撤并到其他机构。问起汪同志，因说不出全名，就也问不出结果。倒是又一次，在街道办事处交割卫生费用事宜，不期而遇汪同志，原来调到所属街道任副主任。再次邂逅，两人都有喜色，但汪同志即刻收起，显然自恃领导干部，上下有别，端起些架子来。陈书玉心想，比你大的干部也不是没见过，转身走开，身后传来一声：有什么事吗？回一声：办完了！身后人跟进一句：人民政府就是为人民办事的！他不禁好笑，好笑他新做官,还不顶像,到底是个天真的人。

屋顶修过,黄梅雨季来临,看着窗外潺潺雨丝,就想起那老少两位师傅,轻盈的腿脚,沉着的风度。他虽不懂营造和匠作,也看得出手底的娴熟。继而,汪同志的脸显现眼前,唇上的软须,单眼皮里的圆眼珠。他点了几支卫生香,香烟迅速泯灭在湿漉的空气里,看不见了。潮气渗透板壁,桌上的纸都卷了边,墨汁洇得很快,来不及提腕,已经漫出笔触。他觉得自己像佛堂里的老僧,青灯黄卷。抄完隋人的《莲花经》残片,开始临魏碑。因没有师从,便无章法可循,找到什么临什么,倒有随缘的意思。祖父的收藏,杂得很,翻检搜索,渐渐地,也分出喜欢和不喜欢。回头看去,无意间越推越古。有得意的,便动手装裱,也是无师自通,向书上学习。看见最初的字迹,是冉太太食品清单的抄录,细读几遍,唇齿尚有余香,当时的饥馑惶遽回来了,终究饱暖时候,隔着一层,是恍惚的印象。日子过得闲适,有时局的缘故,可谓国泰民安;同时呢,心境所致,人生中年,尘埃落定之势,清平如水,对外界的变化不那么敏于感受。

学习和报告急剧增加,几乎挤压正常的业务时间,可这不正是常态?如坊间的谐谑:国民党的税多,共产党的会多。他学会一边听报告一边打瞌睡,想心事,思绪不知跑到哪里去。官样文章的措辞总是单调和重复,就不怪他滋生疲意,忽略了变化。然后,学校开始动员下乡和下厂,参加社会主义教育运动工作组。他随大流报名,心里想的是,自己生活在厂里,天天接受教育呢!事实上,只有书记一个人被批准参加工作组,下乡了。生活照常进行,白天上课和开会,晚上在房间里临帖。他不像以前害怕和嫌恶这宅子了,多少是瓶盖厂所赐,机器的轰鸣,脚步杂沓,填充了空间,而他呢,是这喧哗中的一个静谧。周围的人和事,与他有关又无关,又近又远,有它们在,妨碍不到他,若没有它,他就要寂寥了。

这一日,里弄里发放灭鼠药,他到家晚了,所以下一日早起才动手分置。墙边,壁脚,床下,桌底,最后上到楼顶搁板,想那是最方便老鼠做窝的地方。进去之后,径直往山墙处窗户跟前走,他已经熟门熟路,楼板上布满他的鞋印子。曾经扫过一回,灰尘从板缝漏到底下,床铺桌面都是,此后就不再多事。推开窗户,光线进来,三角的屋顶显得空廓,椽子排列,漆色还在,散发着幽亮。这宅子还有精气神呢!他四下打量,然后望向窗外。车间的玻璃钢顶棚上,落了树叶,形成花案。他看了一会儿,觉得脸上痒酥酥的,有什么拂过去。回过头,看见窗户一角挂了蛛网,在风中飘荡。用手电筒挑了,一个大蜘蛛沿蛛丝下垂,终于没有并住,失足坠落。眼睛顺着自由落体下去,透过树叶枝条错落有致的图形,那蜘蛛仿佛穿透玻璃棚顶,挂在了钢梁,这一景象相当神奇,而且诡异。他定住目光,忽然间抖索起来,他发现,那不是蜘蛛,是一个人!腿一软,坐倒在地上,老鼠药撒落一片。在这惊惧之际,竟还很清醒地想到，鼠药会不会漏进楼板缝隙，到他房间。

只这一眼，他就认出了，那人是谁，是汪同志，穿一身军装，生绿的颜色格外具有穿透力，直入眼睑。为什么是你，又为什么在这里！过后的时间，他不停地问人和问自己，没有答案，没有人可以回答他。事情先是在封闭状态，人们都保持噤声，渐渐地，谁能关得住人嘴啊！有风透出来，越吹越盛，分成几路，向四面八方传播。他得知的消息，来自厨房女人，女人说：爷叔啊！你不知道——他当然不知道，也不方便打听的，只有静听：爷叔啊，你知道——女人改了说法，你知道，汪同志是大地主出身，乡下有一座大房子，土改时候漏划了成分！他不禁纳闷，因记得汪同志说过，乡下的大房子是土改分的，能参加土改分配，应是贫雇农才对。但他不好说话，只是沉默。女人继续说：他的手表，脚踏车，西装裤，都是从公账上开支，还养了一个女人……市井中的流言真是可以杀人的！他一径沉默，推了自行车过去，将絮叨的女人留在身后，却觉得眼泪都要下来了。翻身上车，一蹬踏板，飞射出去，顺势仰起脸，逼回眼泪。

第五章

二十

　　似乎就从这里开始,世风变得粗暴了。报上文章说的还是那些事,但声气却凛冽起来。平常人说平常话,都拣厉害的说,小孩子出言不逊,有一种戾气从四周起来,并不针对某一个,而是所有人,甚至彼此针对。自从车间里发生汪同志的事,照理已经成异己,不该称"同志",可是不称"同志"又称什么?人们大多不知道他的名字。一个外乡人,脚跟没有立定,年纪轻轻,疏忽而去。也是听烧饭女人说,老家来亲戚收尸,东西全充公,光手捧一坛骨灰走了。传说中的"红颜知己",被风吹散,也许从一开始就不存在,是坊间的创作。汪同志的踪迹很快抹净,但瓶盖厂却因此建立新制度,就是夜值。在仓房的进门地方,原先张妈一家的住处,重又隔出来,作值班室。守夜人是厂里一名工人,操作中断了两个手指。压瓶盖的冲床是一部危险的机器,稍不留神便成工伤,伤的总是手。开厂以来,发生过不少事故。他虽是学工出身,但对机器以及工业却抱畏惧心,几乎从未踏入过车间。那值夜人大约与他差不多年纪,作为操作工,已近退休,这一份工可谓美差,夜里在厂里睡觉,白天在家里睡觉。如此,下班以后,一大个宅院里,余下他们两人,奇怪的是,从来不曾照面。有一回,学校开家长会,会议结束又被几个家长缠住,也许是他反应过度,家长说话也不大好听,口气都很冲,应付完已九点出头。说早不早,晚呢,也不顶晚,但西侧铁门却从里边插上销了。只得叫门,也不知那人姓甚名谁,就叫"老师傅",叫一阵,没回音,拍几下门,方才有了动静。他停下来,里面的动静也息止了,又是漫长的等待,再拍门,叫"老师傅"。这时候,门突然开了,值班的屋里没亮灯,且在防火墙的影地,就见黑洞洞里一双人眼,不是亮,而是更黑。他一脚迈进,门在身后合上,不禁毛骨悚然。推车沿过廊一溜烟过去,仿佛有什么在追他。还有一次,他下楼到天井找砖头堵老鼠洞,这些日子,老鼠也在猖獗。下到楼底,月亮地里一条黑影,倏忽间又不见了,心中一惊,追到月洞门,沙沙的风声里,什么都没有。他也加强防范,将窗户的铰链插销更新,房门换锁,楼下的正门从里面上一道闩,夹墙的后楼梯是薄弱环节,虽有一道矮门,但锁不死,还容易引人猜疑,疑他企图藏匿什么。他变得神经质,杯弓蛇影,无端地紧张,最后,他决定在后楼梯上端装一扇门。问题是门从哪里来。仓房内还有些旧物,但现在是不方便去了，只能就地取材。在东西统楼两端来回穿互几遍，终于产生出方案，将祖父房里的隔扇拆下，移到后楼梯口，作一道门。下一晚，入夜之后，先到天井，比画一套太极拳的动作，细察周围，然后进屋锁门，上二层阳台，巡视一圈，方才进去西统楼。形神举止几近特工人员，而且是潜伏的类型，别人看来也许发笑，自己却相当严肃。

拆隔扇，装隔扇，既是力气活，又是技术活，不免想到大虞。要是大虞在，不过小菜一碟。他这点三脚猫手艺，也是当年大虞家木器店里看来的。俗话说，技多不压身，果然，这时候派上用场了。先将隔扇抽出套轴，道理很简单，但想不到隔扇的沉重，出几身汗也没抽成。那套轴与板壁连成一体，找不到接缝可以活动。这整幢楼都是一体，不用铆钉，全是插和套，所以，一百年不散架。他不懂，大虞懂，他想起大虞在院子里流连的眼光。然而，这样的时候，怎么好找大虞，找来了又怎样引进门？他觉得他就像一个囚徒，终日有人看守。有一时，他以为自己精神上出了差错，下一时，则认定自己一切正常，正常得不能再正常，四周确实都是眼睛。

折腾几个晚上，到底将隔扇拆下，推到后楼梯口。真重啊！他不识木，不知道隔扇的木材属什么树种。楼板也是好木头，如此负荷无一点破损变形，可惜了这房子。他不配住，他们一家都不配住。隔扇的横幅比楼梯口宽一指，就这么抵着，五金店买一卷铅丝，绕住上下两个轴，又在板壁上敲进钉子，系紧了。耐心在消耗，动作变得野蛮，他咬着牙，骂自己不肖，对不起祖宗，可还是眼下要紧啊！他急于结束工程，已经拖得太久，而且，响动甚剧，似乎，一定，引起了守夜人的警觉心。那深夜的寂静，哪里是寂静，分明屏住了声息，听着呢！封住后楼梯的入口，清扫现场。祖父房里去掉隔扇，一下子敞开，直通后窗，不由心惊，关了灯。月光穿堂而过，无遮无挡中，他孑然立于其中。心怦怦乱跳，赶紧退出，走到阳台，定下神来。这是晴朗的夜空，仰头看天，找北斗七星：天枢，天璇，天玑，天权，玉衡，开阳，瑶光——身上的汗收起了，心跳平息，想起和汪同志的争执，终于没有个仲裁。

临近学期末，中学停课，专司革命，小学保持原状，但学和教都难以继续。小孩子的心涣散了，老师呢，四顾茫然，无所适从。先是语文课程不了了之，因课文的作者身份都变得可疑，于是，通堂写作，批判《三家村札记》《燕山夜话》《海瑞罢官》，终究也不知道是些什么文章，只是向报纸现抄。算术、地理、自然、四年级初始开课的英语，照理免受形势变故的影响，进行无碍，可是纪律在溃决。读书多少是枯乏的，违背自由的天性，稍一放纵，便收不回来了。所以，形式上还维系上下学的秩序，课堂已不是原来的课堂。一些性格突进的学生坐不住了，日日吵着小学也要革命，期末的考试取消，草草收场，放了暑假。外面的世界在沸腾，放假其实是推他们走上街头，因为没有组织和身份，就又回到学校，要求小学成立红卫兵。他庆幸自己没有调入中学执教，可暂缓群众运动狂潮的影响，说"暂缓"是因为他不相信小学能守住一方，只是躲一天是一天。作为一种绥靖政策，学校里部分响应社会的呼声，比如"破四旧，立四新"，老师们将家里的旧照片旧书籍旧唱片抱来，聚在操场的沙坑里，点一把火烧掉。他也搜罗几双皮鞋，鞋尖的锐度不合朴素原则，报纸卷卷，挟来入伙。学生们簇拥着，叫喊着，走向操场。沙坑已成焚尸炉，风吹过来，灰烬飞扬。皮鞋这样东西不那么容易燃着，好容易燃着不一会儿又灭了，耗费大量报纸还折损一把破椅子。有同学握了椅子腿，拨弄火焰中的皮鞋，那动作带着些猥亵。他向那同学看了几眼，见是一名留级生，已脱孩子的形骸，接近少年，气质上也流于油滑。于是更感到中学的可怕，还为前途担忧，不知道这样的现状能坚持到几时。

这一个暑期过得很不安，教职员都没放假，在学生们强烈要求参加革命的压力下，书记带领着去往区委教育局请愿。女书记身高和高年级学生差不多平齐，他发现，这一阵子，小孩子都拔了个头，少年人发育是个尴尬时期，骨骼肌肉生长不平衡，动作往往笨拙失当，再又平添狂热表情，就变得危险。女书记在包围中走出校长办公室，走下楼梯，正与他照面，擦肩而过，书记朝他眨眨眼睛，流露出戏谑的态度，心里便轻松一些。想这女人在战场上从尸体口袋里摸美国香烟，怕谁啊！他转过身，目送一伙人呼啦啦走去，又沉重起来，他算得有阅历的人，可也意识到，这一回同以往不同，似乎没有人能够逃脱。

为安抚情绪，学校进一步采取折中主义，在校内小范围举行一场批斗会，对象是一名男性音乐老师，课余主持合唱团，成绩斐然，区里甚至市里都得过奖项，在一个小学校里，算得上权威人物了吧。合唱团的团员不只有歌唱天赋，同时兼备形象。小孩子没有太大的美丑差异，气色光润，衣着整齐，人才就突出了，也因此，合唱团员大多家境优渥。倘若用阶级的观念分析，便大有文章可做。他没有被通知参加会议，只少数师生参加，但是第二天学校上下都传开了。议论的焦点倒不在"权威"和"阶级"，而是私生活。传说他专挑美丽的女生，手把手教她们弹琴，人们连带想起他年届四十，依然单身，事情就变得暧昧起来。成年人的心思比小孩子不晓得复杂多少，晦暗多少，没有一句明白话，句句暗示，暗示又比明示空间大，任凭飞跃想象。于是，远远见他走来，便避让开，绕道走，生怕受玷辱似的。很快，这种洁癖传染到学生，他们可不那么含蓄了，起绰号，编歌谣，或者更直接，污言秽语。要论年龄，还是懵懂，但生活在市井，多少下水从耳边过，触类旁通，且仗着童言无忌，说出来的话连大人都不敢听，笑骂着呵斥，其实是鼓励，说话的人更得意忘形了。

陈书玉心惊胆战，只觉得那一声声辱骂对着他来。他不也是男性？不也是单身？不也有几个女学生受他袒护，小学生，总是女孩聪慧，男孩不是开蒙晚吗？到中学就赶上来了。因此,他比其他人更躲避音乐老师,避免归进同类,可这也是可疑的,"此地无银三百两"嘛!所以,有时候,他还会热切起来,紧接着又瑟缩了。就这样,他变得行为犹疑,进退失据,与人说话神情闪烁,走路则成蛇行。有一回,当头被喝住:找什么呀!丢钱了吗?抬头一看,是书记,不由大窘,说出一句话:谦虚使人进步!书记说:抬头婆娘低头汉,天下最难搞的人,陈老师就是个低头汉!他回道:书记是抬头婆娘吧!他意识到自己说话的随便,这女人的玩笑让他轻松,再有呢,多少地,也是受形势影响,革命使然,长幼尊卑界线全无。书记一阵笑,随即收起,正色说:送给四个字,不卑不亢!说罢,走了过去。对了书记的背影,小巧巧的,想不出她拿枪的样子。安定日子里,到底学会几分打扮,干部帽脱去了,头发上还留有电烫的痕迹,衣服也有了腰身,就显得纤细了。就是这么一个女人,独当一面,应付着狂乱的世事。

他也想"不卑不亢"来着,可做比说难得多,到底没有书记的底气,无论新一轮革命如何覆盖全局,最终还是会分出泾渭,他们在那边,你们在这边。不过,隔阂并不影响对书记的尊敬,甚至有一点点欣赏,"欣赏"这词汇不太适用对领导干部的态度,但真就有一点点呢!他从没接触过这一型的女性。他没有结婚,严格说也没有过真正的恋爱。一方面,缺乏感性认识,另一方面,没有让经验干预审美。所以,他评判异性更多从精神的向度出发,比如最早的采采,而后冉太太——冉太太到底不同，是共过患难的，就有些生情，但她们都是旧式的女人，书记却是新型的，这"新"又和"五四"的"新女性"不同，后者脱胎于"旧"，书记则有横空出世的意思，还有些"奇"。从征战中走过来，生就一股浩荡之气，昂然得很，仿佛世界都是她，也正是这一派风度，划下分界线，分成那边和这边。他很感激书记赠予的四个字，又觉得有所辜负，因为做不到。有一日，迎面一伙学生，呼啦啦逼近，他立即垂手站定，准备接受询问和斥责。来到跟前，才看见人群中挟裹着音乐老师。音乐老师长一张丝瓜脸，青白的颜色，表情却很倔强，不时转过身去，抵抗孩子们的推搡。交臂时候，两人的身体碰在一起，他感觉到背后的力量，是存心撞他。这一触及，让他起怒，臂肘一抵，趔趄几步站稳，人群呼啦啦地过去了。他发现，自己也有了戾气。

如此惊恐惶惑的日子，很奇怪地，终结于一桩事故，就是抄家。

二十一

这时节，可说遍地烽火。白天黑夜，不是这家，就是那家，敲开门，兜底翻个遍。陈年旧物，自家都不记得的，全掏出来，堆在露天。过路人围着看热闹，有趁火打劫，有顺手牵羊，也有无聊之辈，吃小姑娘豆腐的，群众运动，难免沉渣泛起，但是从进步方面看，则大可忽略不计。他们这一片老城区，多是旧人家，历史就复杂了。靠黄浦江，吃码头饭的要拜老头子，入帮的不在少数，现在落魄了，算作城市贫民，但稍事追究，大都不干净。抄起家来，实在寒酸，好比淘破烂，被抄的人家躲在屋里，不好意思见人。这地方历来笑贫不笑娼，穷是第一桩罪。如此环境中，陈书玉的祖宅，不抄一抄，怎么说得过去！他家祖辈赋闲，没有工作单位，如今又走散去各处，只剩一个陈书玉，小学校供职，明文规定小学暂不参加运动，于是，变成法外之地。这座宅子的平静很快引起了注意，北京来的红卫兵曾一度闯进来，机器声让他们退回去，到底人地两疏，不明就里，以为生产驻地，瓶盖厂真帮了大忙！可到底也骗不过在地的群众，遍地知情人，关于他们家的流言传播一个世纪之久，最终，是由近边一所中学的造反派打破局面。

宅子里，灌水样挤满十七八岁的男女孩子，他认出其中有东墙外放鸽子的少年。这木楼已经沉寂多年，每日里只他一个人进出，鬼影一般，突然暴涨的人气将它撑裂了似的，楼板、墙壁、门窗、天花板，都在咯啦啦响。他倒安心了，一直等待的一天终于等到。精神放松下来，不自觉地微笑着，这微笑让红卫兵们感到可疑，甚至有一点瘆人。领头的那一个，年龄稍长，也许是他们的老师，对他说：严肃点！方才意识自己在笑，赶紧收起来，引人进各个房间。仿佛接待参观，他介绍房屋的结构，雕饰的人物故事，家具的款式材料，领头的皱起眉头，叱道：不要啰唆！他又意识自己话多了，就像一个喝酒喝到微醺的人，身心轻快，难免忘形。他闭上嘴，动起手，帮助红卫兵移床搬桌，翻箱倒箧。这行为再次引起来人的警觉，当他使用障眼法，隐瞒机密，勒令停住，由两个男生挟他到房门外，站在阳台上。他问男生是什么学校，多少年级，家住哪里。两人对视一眼，达成默契，不回答。他很不识相地又问一遍，讨来一声呵斥：老实点！又一遍提醒他身份地位。可他就是控制不住呢，心情雀跃，转身扶栏，看天井底下，有瓶盖厂的人仰头看他，伸手招招，好像检阅群众，那些人倒不好意思，散开了。一些线装书和字帖从门里扔出来，落到天井地上，很快集成一堆。虽然不很多，但还是超出他想象。他们后人都是学工，对文不太有兴趣，祖上呢，似也不是进科入仕之道，虽然有"煮书"堂号，事实上，谈不上诗书传统。还有一些折扇、卷轴、盒香，纷纷抛下，灰尘和蠹虫飞扬开来，里外上下都在咳嗽。搜罗大小瓷瓶，装一麻袋，香炉烛台一麻袋，他简直大开眼界。抄家好比大清点，以为这个家没什么存物了，不料想扫扫还有一摊。他屋里的大理石圣母像也拖出来，两个女生合力抬着，一路磕碰，他又熬不住了，上前要求借一把力，依然被驱走。烧饭女人站在天井地上，喊一声：爷叔，大扫除啊！他朗声道：扫帚不到，灰尘不会自己跑掉！此时此刻，这番对话难免轻佻了，红卫兵冲着女人喊：什么成分？女人昂然答：穷人！像演一出滑稽戏，他又要笑，强忍住了。他装上不久的后楼梯门,三下两下卸下,门窗全推开,一幢楼通透明亮。三层顶爬上去过了,滚一身灰,竟也带下几口箱子,里面全是锡箔,不晓得哪个年代,经历多少黄梅天,受了潮,颜色泛黄,手一碰,即成碎片,真就像冥币。红卫兵嫌恶地合上箱子,甩到字纸堆上,一把火烧掉。

这一场查抄,午后开始,向晚时分结束。一扇扇门窗重又关闭,贴上封条,只留他住的一间,他也只要这一间。拖着几个麻袋,几件红木几椅,抄家人离去,瓶盖厂也下班了。宅子里空下来,等火堆的余烬熄灭,将灰屑扫拢,簸箕铲走,端去弄口的垃圾箱倾倒。来回几趟,每一次进出,开门关门,都碰得极响,仿佛发布宣言:就这么着,怎么样!如此之嚣张,那守夜人一声不出,缩在房里,这才叫赤脚的不怕穿鞋的。最后一趟撞上门,夸张地踏着步子,腾腾走进月洞门。天井地上一片漆黑,就又提了水冲洗。清水从方砖上滑过去,带了一片扭曲的月光。上弦月起来了,静静地挂在一角天空,耳边忽有扑哧一声,原来是缸里的鱼,竟然还活着,首尾相衔,沿缸边转圈。他丢下铅桶,上楼去了。

第二天,走进学校,径直敲开书记办公室的门,报告说:昨天我家抄过了!书记看着他,停了一秒钟,脸上露出一点笑影,觉得有趣似的,说:很好!关上了门。他不明白是赞许抄家的事,还是赞许他来汇报,无论哪一种,都让他放心。等候许久的判决终于下来了,也不是太难堪的那一类。自此,净扫焦虑，回复常态。事情似乎就在这一刻转变，他的处境明朗起来，文化广场举行全市批斗走资派大会，组织纠察队维持秩序，通知他参加。不谓不是一个信号，表示接纳入自己人。出发集合时候，他特别在队伍里寻找那位音乐老师，没有他的身影，于是松下一口气，更加振作精神。事实上，无论在这边还是那边，他最怕与那人为伍。

其时方才下午四时，他们列队来到会场，有人抬了箩筐发放晚饭，每人三个菜包，就地坐下用餐。来自各学校和机关的纠察队已经环绕会场一周，入口处又增加一重防守，有特殊装备，戴安全帽，手持短棍。他们只发了红布袖章，是核心的外围。五点钟不到，就有人向这边过来，因不到规定入场时间，便聚在路边等候。先只三三两两，逐渐汹涌，人潮开始波动，要求放行的呼声高涨。气氛变得紧张，几个入口互相通报联络，交换放行不放行的意见。坚持几十分钟，五时半光景，放行的命令下达，入口处的纠察队调排成纵向的人墙，层层验票。可是，放行并未纾解，反而压力激增。持票者迫不及待进场争抢座位，无票者挟裹其中，顺推挤之乱而入。有一处入口溃决了，再有第二处，第三处。戴安全帽持短棍的过来，急喊增援，他也被派过去了。入口处的形势真有些吓人，纵向的人墙已拥成横向，到底没有断裂，互相挽着手，拦截住狂热的人群。增援的队伍迅速加入，坚固防线。无票者多数少年人，年长的明显是混迹社会的闲杂，唯恐天下不乱，专为滋事寻衅来,激烈地叫喊:一,二,三!随着节奏,向人墙发起一波一波进攻。入口关闭了,持票者进不得,也在抗议,一并进攻。年长者托起少年人,往人墙上扔。几重人压在身上,脸对脸,他惊恐起来,感觉左右两侧的手臂在松弛,随时要滑出。队伍严重变形,一旦破坝,他们就都成了狂潮中的豆芥,转眼间没顶。他拼力紧着手臂,关节几乎脱臼。高音喇叭喊着,有票人往一、二号入口进场。新的指令稍稍疏散一些人流,又有戴帽持棍者掳走几个叫嚣的青年,小孩子毕竟胆怯,多少被震慑,攻势减弱下来,只是虚张声势地呼号:革命不要门票!他想撤退了。左右两位并不是本校的同事,彼此不认识。趁喘息之机,抽出手臂,先退一步,再退一步,退到围墙,掩在队伍的遮蔽下,溜墙角走半条街,到转弯处,灯光和人群都稀疏了,纠察队员甚至闲适地抽着烟,他站远几步,又站远几步,站到了马路边上,只见路口人流奔涌,源源不断。凑着路灯看表,还只六点半钟,批斗大会尚未开场。他扯下臂上的红袖章,团起来,扔进垃圾箱。转身钻进一条狭弄,走了。

他没有回学校骑车,而是步行回家。一路上,不时与情绪亢奋的人群相逢,他尽可能穿行弄堂,上海的弄堂都是连成片的,四通八达。与外面的沸腾相反,弄里黑着灯。走在盘互交错的窄巷,有一种被挟持的感觉,两边沉寂的窗洞分明是警醒的眼睛,看着他这个逃兵。他不由加紧脚步,走得风快,因为心急,偏偏走错岔路。夜里的街巷与白昼里的很不相同,他有一阵子茫然，不知道身在什么地方，从弄口望出去，望见前面喧嚣的一方灯火，就像被攻打的城池，不搭界地，想起诸葛亮的"空城计"。立一会儿，才发现回到原点。重新辨别方位，再从头来起。对面过来人，问道：找什么人？他说：不找人，过路的！那人说：我看你来来回回地走！他说：找不到路了。对面道：我说你找什么！对答间，两人交臂而过，是个老人，天刚入秋，却穿了件棉袍，背着手踱步。是个错时辰的人。他稍稍心定，背上已沁出一层冷汗。

新生进校了，毕业班却没有升中学，积压了一级，学生显得格外多，而且不安，没有课室让他们集中，又不能不让他们到校。这半年里，小孩子正长成大孩子，尤其女生，形状更为成熟，留在小学校变得不合时宜，表情显得落寞。根据教育局指示，学校组织下乡参加三秋劳动。他带一个班级，去的正是川沙，大虞所在的县份，同一条轮渡，但情景完全两样。渡船上挤满他们的学生，如鸭寮般吵嚷。去的生产大队与大虞家相反方向，在垃圾山的一端。正像俗话说的，看山跑死马，早早就见那一座座的黑漆闪亮，其实离码头尚有距离，班车停了几站，方才从底下经过，仰头望去，山势称得上巍峨。下车徒步十来分钟，方才到达目的地。农村到底天地大，人在里面显得很小，声气聚不起来，四下里扩散，被静谧吸取。渐渐地，都不说话了。秋日的农田，收成里藏着寂寥，棉花结了棉桃，秆子却是干枯的褐色；黄豆的豆荚下，也是褐色的枯秸；稻子割净了,裸露出灰黑的泥土;倒是杂草杂花绿着,跳跃着秋虫。太阳暖烘烘的,晒得额上起油汗。

学生们安置在农户家中,刚起新房,旧房腾空,空地上铺了稻草,灶头是现成的,入住即可起炊。当晚正是房东家娶亲,他硬是被拉去吃酒,万般推辞不得,临时包了五块喜钱,在本地算是礼重的,又是上海来的先生,就坐了上桌。新房和旧房只隔一条窄巷,听得见学生们敲锅打碗的声音,晓得对他不满,可入乡随俗,否则会视作城里人的倨傲,他还是坚持到散席方才回去就寝。农人们面对这一群孩子,显得十分为难,让做什么好呢？最后的决定是拔棉花秆,更像让出一块空地由他们玩耍。那棉花秆看起来细瘦得很,却长得很牢,一拔再拔都不动摇,就有三五人抱了腰,小兔拔萝卜似的,一旦拔起,一串人仰倒在地,滚一身泥。学生们多一半家庭寒素,农活虽不在行,其实比乡人以为的能遭罪。铺草很快压平贴了地面,寒气逼上来,褥子拧得出水,于是两个两个合起铺盖打通腿。吃的青菜白饭,灶里的烟倒回来,灌了满间屋。河塘边洗衣服,脚一滑落下去,再爬上来,受冻加受惊,起了高热,裹在被子里发汗,第二天又活蹦乱跳拔棉花秆去了。倒是他深觉难挨,事事还必带头表率,几个懂事的女生窥见他撑持的苦状,主动代他洗衣服,留热水,往他垫被下填稻草。就这么熬着,眼看时间过去一半,回家有望,却额外出来一件事故,丢了一个学生。

将同学聚拢，查问谁最后看见失踪人，七嘴八舌间，又一桩隐情浮上水面。原来男生们有一个游戏场，那就是钢厂的垃圾山。每日里，收工之后，呼啸而去，呼啸而来。他们说：不要他去，他非要去，去了呢，也不同大家合伙，而是自顾自。这是一个孤僻的孩子，手脚不像其他男生敏捷，据说家中只他一个男孩，又是最小，人称"奶末头"，乳名就叫"宝宝"，在姐姐们中间长大，无论脸相还是性情，就都接近女孩。以前未曾注意过，现在，形容渐渐清晰，忧虑也加剧了。信息累积起来，归纳和推测，走失的地点就在垃圾山，于是就要"搜山"。男生们很踊跃，争相报名申请，随老师同往。他选了七名年长又健壮的，又推一名成熟稳重者，委托驻地的事务。收集几把手电筒，出发了。

师生一行八人，沿着村路走一时，上了公路，有学生命大家关掉电筒，节约电池，留给找人时候用。手电光熄灭，并不见黑，反而亮堂了似的，月光照耀，露水潇潇下来，将路面罩一层晶白。孩子们围在左右，嗅得到他们的体味，多日未洗澡的汗酸，胶鞋的脚臭，生长的荷尔蒙分泌旺盛，使得这些气味加倍浓郁，很是熏人，却让他安心。脚步嚓嚓地响，形成小小的声势。走了约有三十分钟，来到垃圾山底下，面前一道漆黑屏障，天陡地暗下来。脚底下坑洼不平，而且坚硬，小腿的迎面骨被锐物撞着了，不禁叫出声。几道手电筒光柱摇晃着汇集过来，果然，这时候派上用场了！他惊魂未定，看着左右的人形，不知是夜色，还是烟尘蒙面，一个个都看不见脸，只眼睛亮着。老师，他们说，老师，你等在底下，我们上去！不谓不是个办法，他的岁数，实在不合适参加这样的攀登运动，除了添累赘，还能做什么？不禁苦笑道：那就辛苦你们了！孩子们护送他下到平地，找一块平整的钢渣，其中一个脱下外衣垫上，让他坐下。又围了站一时，似乎不放心离开，心里就有点悸动。他总以为学生野蛮和粗暴，不料竟是细心体贴，甚至温柔。一时不知道说什么好，挥挥手，意思让他们放心。一伙人转身上坡，半途中站住脚，商量着什么，大约是分配路线，然后四散开去，很快就隐没在浓重的黑暗中。偶尔有手电筒光掠过，极微弱的一划，也被黑暗吃进去了。这时候，遍地起来叫喊声，是那走失男生的名字。这名字是生分的，因他算不上优秀，也绝不是差劣，且缺乏特殊的个性，最容易被忽略，也正因为如此，在这静夜里，被殷切地叫唤，令人心生戚戚。有人叫了声乳名"宝宝"，于是，四下里都叫"宝宝"，这"宝宝"跑到哪里去了呀！忧虑笼罩，像这座垃圾山，覆盖了视野。叫喊声远去，直至消失，过一阵子，又在近处响起，就知道山路的崎岖与隔离。手电筒的光也是忽隐忽现，是坐久了，还是气温下降，寒意侵袭，站起来原地踏脚。抬头看见天幕上山的轮廓线，犬齿交错，堪称狰狞。上面跑着一个人影，简直就是跑在刀锋上。跑一段，停下来，手拢着嘴，伸长脖子，听不见声音，但看这动作的延迟，就知道叫喊的漫长。一个人影过去,又来一个,同样矫健的步履,在空中有一瞬停留,然后着地,再又腾起,就像善跑的小兽。

不知过去多少时间,先是摇曳的手电筒光柱接近,然后是喘息声声,最后,人都到了眼前。月亮升高,天开始下霜,钢渣镀一层亮色,散发着金属的冷光。他估计气温在继续下降,孩子们的脸上却冒着腾腾热气,汗迹划下条条白道,更显得烟灰的黑。他想自己的脸也是黑的,单看手就知道,一双黑掌。孩子们的眼睛看着他,明亮的无邪的眼睛,他心里其实没了主张,却必须保持表面的镇定,他是老师,还是大人啊!停一会,他说:我去派出所找警察,你们,他犹豫一下,先回去吧!不,一个带头,其余也跟着叫道,一起去,老师!他几乎感激地看着他们,倘他们真的回去,留下自己,可怎么办!

于是,师生一行,再往派出所去。所谓派出所,其实是钢厂的警卫。孩子们日日来山上玩耍,对地形十分熟悉。他发现他们具有超常的空间感,也可视作一种天分。沿垃圾山下的小道,绕行至背面,上到公路,就看得见钢厂正门,果然有一间亮灯的木屋。推进去,里面有两个男人,一个穿警服,另一个着便装,手臂上套红袖章,上写某某战斗队,警民联防的意思吧。两人守一个烟囱炉,炉上烤着山芋,暖烘烘的空气里弥漫一股甜香。陈书玉说明来意,回答说他们方才搜索的只是钢渣山的一角,简直大海捞针,不过一个小孩子腿脚再灵便又能走到哪里去?说不定找地方过夜去了,或者天亮后到村子里问问。这话让人丧气,挨到天亮不知会发生什么,同时也得启发,他想,会不会,这孩子一口气跑回上海?眼睛移到墙上的电话,就问能不能借用一下。穿警服的一点头,即走过去摘话筒,孩子们跟随身后,围成一圈。他拨了学校值班室电话,祈求夜班的人不要走开,万幸,很快接起了。这就是革命时期的好处,随时待命,准备应对突发情况。值班老师又正是与他同一级任,对班上同学也熟悉,就说立刻上那男生家里跑一趟,一旦有消息,就通知他。他嘱咐先不要告诉走失的消息,那边乱起来更不好办。对方老师答应着,来不及挂断了,话筒里传出嗡嗡的电流声。他搁上电话,心里稍定些,看墙边横几条长凳,让大家坐下休息。炉上的山芋熟了,火钳翻了翻,夹到簸箕里,手指头大小,让他们吃。他率先拾起一根,几双黑手就伸过来,也不剥皮,直接送进嘴里,香糯可口,大家都饿了。

警卫们问他们是上海哪所学校,几年级,家住哪个区,老师你又教的什么?问答中,他知道这些学生其实都住在他家附近,进来出去一定有过照面,却从来没有注意。他从来与学生保持距离,疏于往来,这半年以来,学业废止,就更生分了。孩子们正在变声期,小公鸭的嗓子,最终不知会成什么音色,他们向警卫说,老师教的是算数,水平可以去中学,却留在了小学。看起来,学生对老师的了解胜过老师对学生。这时候,他们都靠他紧紧的,坐成一团,不禁生出相濡以沫的心情。闲聊中时间过去,当电话铃声响起,都惊一跳,方才想起面临的处境。赶紧起来接听，对方传来的消息是，男生已经到家，睡得很死，是他母亲出来答问，所以知道这一路的详情。总之，孤身一人，乘车乘船，再从码头摸到家中，脏极累极，像个鬼样，他母亲如此形容。他吐一口长气，大家就知道结果，欢呼起来。向警卫道了谢，出得门去，夜风扑面，身上打着寒噤，头脑则无比清爽，跳着跑着，回驻地的村庄。走下村道，穿过房屋间的夹弄，忽从石桥上拥来一群人，原来，都没有睡，在等他们呢！

他的预感没错，次日，西北风起来，气温降至零下。再过一日，学校通知三秋劳动结束，全体撤回。

二十二

回到上海，毕业升学继续延宕着，这一届学生事实上已经停学。下乡日子里，建立起的亲密关系又涣散了。有几次在路上遇到，或者携了年幼的弟妹，或者提着铅桶买米买煤球，都已经帮衬家务。他想喊他们，他们也有迎接的意思，可是到跟前，又回避了，彼此都有些羞怯。少年人的心思是难测的，他呢，显然缺乏与孩子交道的经验，况且是正走入青春期的孩子。

这一天，下班的时间，他推车出校门，方要上车，却见路边站一个人，穿一件黑呢长大衣，双手插在口袋里，讪讪微笑地看他。他停住脚,眼睛被吸引过去,有点糊涂,又很清楚,想认不敢认,觉得不像,可不是他又是谁?好一阵子,方才叫了两个字:奚子!奚子点点头。好久不见了,奚子说。是啊!他应道,渐渐从恍惚中出来,看见奚子的变化。发际线退后了,梳成背头,脸型变得开阔,下颌角饱满,因为发福,还是气度所致吧。奚子,如今的季西涧,双手依然插在口袋,这也是大干部的架势,虽然,不知什么地方,可能是他看错,不知什么地方流露一种落魄。他遏制着自己的念头,说:其实,我们时常见你,在报上,接待外宾,出席会议啊什么的。边走边说吧!对面人转过身,迈开步向前走,他推车跟上,忽然想到,这位季领导怎么没有随从,孤零零的一个,而且手上什么都没有拿,就这么走在纷繁杂沓的小马路,于是明白"落魄"两字从何生起。路人行色匆匆,有板车迎面而来,嫌他不懂得让道,斥骂着。老虎灶的热水担子洒一路水,女工模样的妇人不客气地将他们冲散,急着回家哺乳和烧饭。都是忙于生计的人,无论世道如何变迁,总是三餐一宿,生儿育女。他想带奚子穿弄堂,那里清静些,又觉奚子与杂弄的环境十分不合,弄堂就像氏族部落,对于异质性的介入特别敏感。他意识到,奚子这不期而至一定别有原委。

奚子问他在小学工作如何,生活如何,家庭,停顿一下,有没有成家?他一一回答,生出好奇,问奚子怎么知道他在这所小学,回答是,"弟弟"嘛!其实"弟弟"与他经常联络。

可不是，他想起来，和"弟弟"邂逅就是通过奚子。而如今，他与"弟弟"更常见面，奚子呢，倒睽违已久。多年来的一个疑问此时涌上心头，当年说好去西南，为什么忽然间抽身？他并不是责怪的意思，由此认识"弟弟"，是他的福气。可是，不及开口，奚子先发制人，问道：怎么还是一个人？这问题很有些不好回答，奚子笑说：我们中间，你最有女人缘，结果却落单！他不同意了：朱朱才有女人缘，哪里轮得到我！奚子说：我以为是你！曾经的奚子回来了，可是，可是终究突然了，不会专为叙旧而来，也不是叙旧的时日啊。奚子朗声笑着，迈着悠闲的步子。暮色渐沉，街上的人略疏落一些。奚子说：阿陈，到你家住一夜如何？他一怔，站住脚，人已经走到前面，背影里似乎流露出茫然不知所措。好啊，他说，自己都觉着敷衍。奚子没再说话，两人一前一后拉开些距离，越过环城电车的路轨，电车当当驶来，紧赶几步，到对面人行道上。奚子回头说：我需要睡一觉。暮色忽又亮了，事物变得清晰，呈现细枝末节，眼前人的眼睛下方一片青晕，嘴唇起皮，两颊陷下去，瞬间苍老许多。他说：发生什么事了吗？奚子苦笑道：造反派夺权，上级领导让我回避一段，不要出现，兴许风头就过去了。要过多久呢？他问。面前的人又苦笑：没有人知道，总之，权宜之计。暮色迅速下沉，人脸变得模糊，又一列电车当当驶过，车厢里灯光明亮，里面的人，度着辛苦但平安的人生，正在回家的路上。奚子收起笑容，撑持不下去，软弱下来：在火车站过了一夜，纠察队走来走去，时不时盘问几句，过得很不定心，转移到长途客站，也是同样，戴红袖章的人来回梭行，也合不上眼，现在，我必须要睡一觉，只一个晚上。口气里透露乞求，幸好天光昏暗，看不清彼此的脸，免去难堪，他想起那些等待的时间，在各种门房和接待室，等啊等，等来的是一个小李。现在，没有任何预兆地，出现了。天可怜见的！事情怎么到这种地步。他的思绪混乱极了，一下子理不出条理，机械地迈着步，向前走。隔着自行车，那边走着奚子，穿着黑呢长大衣，就像英国小说石板印刷插图上的人物。走进引线弄，两边的房屋矮下去，层层叠叠，密集成一片。忽然，陡起一壁白墙，遮去天空一角，是他家宅子的风火墙。他猛地煞住，暗叫一声：不好！随即调转车头，走进一条侧弄。奚子懵懂地跟在后面，石卵路绊着脚，就踉跄着。穿出窄弄，站在了另一条街上。这是较为宽阔的马路，对面一所女子中学，围墙延伸半个街区，人迹便稀疏了。路灯亮起来，将人影投在地面。

他微微喘息，不晓得怎样向奚子解释，他家不能住！陈书玉终于明白奚子的处境，可怜！他又一次叹息。他家宅子，怎么说呢？不只他一个人，还有一个，一个什么人？隐身人！他忽觉得，身前身后都是隐身人，就像旧时好莱坞电影里的化身博士，消失形骸，视和听的功能却全在。他不敢出声，用眼神示意对方，神情忽变得诡异，使奚子大惑不已。尾随移向下一盏路灯，站一时，又移一盏，在这盲目的移动中，他渐渐冷静下来，有了主意。

将自行车推下街沿，跨上去，一回头，奚子立刻会意，分开腿，骑坐在后架，脚一点地，驶走了。他们都是自行车高手，四个人四辆车，呼啸来去，引多少眼睛，尤其女孩的回眸。当年的自己回来了，迎着风，后座上人的大衣两襟飞起来，仿佛一只大鸟，又仿佛侠客行。这情形有点怪，可颠倒的乾坤之间，都是怪人怪事。一骑二人，在车水马龙间穿行，到了江边。江风激荡，水鸟飞翔，在灯光里进出，忽有忽无。渡船的汽笛声呜呜地叫，沿岸的轮渡码头，隔几里一个，隔几里一个。视线推得很远，远到天边，黑泱泱的，神奇地留有一撇红。

推车上了轮渡，两人都没说话，耳边是突突的马达声。他紧张地盘算，直接去大虞家，还是一个人先去敲门，投石问路？谁知道呢，如今人人都不太平。转脸看一眼奚子，他凭栏而立，双手又插回大衣口袋，对着后退的浦西防波堤。透过马达声的间隙，听见一阵口哨，吹的是《土耳其进行曲》。便想起他们几个结缘在工部局夏季音乐会的草坪上，《土耳其进行曲》总是作为返场演奏的曲目。顺目光看去，英殖民时期的建筑，白色的石面受了些光，莹莹发亮。轮渡抵岸，踏上码头的一刻，他决定还是带奚子直接撞门，见机行事，应势进退。以奚子的装束与派头，在浦东这乡下地面，实在不适宜，轮渡上已经引来好奇的打量。于是,再一次,奚子跨上自行车后架,向大虞家骑去。

虽然只隔一条江,气温却差至少二到三摄氏度,风吹在脸上,犹如固体的物质,沙沙的,生疼。冬日的农田,覆一层霜色,篱笆上也挂了霜,树木的枝条疏落地划过头顶。一片萧瑟中,唯有柴灶的烟火气弥漫暖意。自行车龙头一拐,下了村路,就到大虞家前的空地上。屋里有灯光,一只鹅嘎嘎叫着,他喊"大虞大虞",门应声开了,露出一张脸,停了停,侧过身子,门外人相继而入。三个人面对面站着,腿缝里钻进来一个小萝卜头,额上覆着一片黑发,颈后编一条老鼠尾巴似的细辫子,仰极脑袋看过来看过去。背后响起女人本地口音说话:阿叔呀,赶紧坐下吃饭!大虞吁出一口气,按住萝卜头脑袋:叫人吧,一个大阿叔,一个二阿叔。

半个钟点以后,两个阿叔各吞下一海碗羊肉烩面,脸对脸守一个热水桶里泡脚。女人噔噔上楼收拾床铺,换被单枕套,抱两条新絮的被子,带孩子睡到另一间。这边厢腾出房子,那边厢擦干脚,趿着鞋子进来了。奚子躺在被窝里,下了帐子,大虞和阿陈坐床下矮凳,一盅一盅喝茶。喝一阵子,大虞小声说:末班船大概开走了。阿陈也压低声气:只好在你这里挤一夜。大虞向床里抬抬下巴:怎么搞的?阿陈摇摇头:两夜没睡觉。大虞道:那就睡吧!帐子里人忽然说起话来:此时倒睡不着了。大虞道:那是困过劲,索性说会儿话就好了。帐里人问：我们有多久没见面？帐外面的两个对看一眼，没回答。帐里又说：缺一个朱朱。帐外沉默着，里面人叹息一声：往事如烟！大虞忽然笑了：我们这叫作发财不见面，倒霉大团圆。里面人道：这是说我呢。大虞自知说差了，讪讪地：讲笑话！里面的很平静：你说得不差，不过有一条，朱朱一家申请去香港，我说了话的。阿陈打圆场：我相信，否则他们大概走不脱。大虞就说：你也不容易。里面轻轻笑一声：谁又容易呢？仿佛坐了起来，因传出枕褥的窸窣：说说看，这些年怎么过来的。于是，大虞说了他的，阿陈除了说自己，还捎带说朱朱和冉太太。奚子静静听着，有一时，以为他睡过去，停下来，不料传出清醒的声音：然后呢？就再继续。隔壁响起小孩夜哭和撒尿的动静，又偃息了。

听到冉太太一段，帐子里发出笑声，阿陈住了嘴，不知他为什么笑。终于笑够了，说：我看你喜欢冉太太！阿陈大惊，跳起来，连连道：不可能！大虞却也同意：有一点。真是百口莫辩，挣扎着说一句：她是朱朱的人！大虞安抚他：喜欢一个人没有错，并非怪你有企图。帐子里人还不放过：这才是至今未婚的原因吧！阿陈颓然坐回矮凳：不和你们说了，简直荒唐！嬉闹的情形将人推到过去，那时候，不也是荒唐的？大虞说：其实，从来阿陈都是朱朱的收容队，朱朱弃下的，阿陈收起来，不还有个"采采"吗？阿陈只是摇头：荒唐荒唐！奚子接着说：到了冉太太，朱朱不肯放了，就像摸牌，终于摸到杠头开花那一张！阿陈昂起头，激辩道：不对，是冉太太不肯放，朱朱就跑不了；冉太太一旦握牢，永远不会离弃！那两人怔住了，然后说：还是阿陈了解得深啊！阿陈没有反诘，沉默不语，有一节他没有说，就是冉太太寄来的包裹。

帐里人打了个呵欠，倦意上来了，问一句：你这里安全吗？大虞说：你放心。帐里人解释：我的意思，不会牵连你吧！大虞道：无官无爵，有什么牵连不牵连，倒是你家里那头让人担心事。阿陈说：明天一早我回上海，可以去你家看看。奚子说：谅他们不敢，有政策在，终究翻不了天！这一回，轮到外面两个人笑了，对看一眼，意思是如今世道，还会讲"政策"？同时也意识到奚子与他们不同。虽然相信政策，奚子还是将老婆电话报给阿陈，请他试着打打看。那两人又问，奚子的女人，怎样的人品，在哪里做事。一声"说来话长"，沉静下来。正等他从头道来，不料里面鼾声大起，就知道已经睡着。

在奚子脚后跟团了一夜，陈书玉不及吃早饭，赶到码头，头班轮渡过江。骑车胡乱穿几条后弄堂，在小菜场跟前一架公用电话前停下，摸出记下号码的字条。鱼摊头天不亮开始的排队，已到末梢，拎着菜篮的人们，晨曦中的脸格外苍白。地面腻着厚厚的鱼鳞，腥膻扑鼻。他发现人堆里有许多孩子，都是他学生的年龄，成帮结伙，大呼小喊。杀鱼的老太剪刀敲着铅桶，这卑微又利薄的营生，竟然还有争抢。肉档的买卖也到尾声，剔骨刀在砧板上刮着肉末。早点铺热气腾腾，光顾多是上班的男人,家庭经济的顶梁柱,吃相从容而且满足。他拨了电话,只响半声,对面就接起了,令他所料不及,传来一个山东口音的女声。女人说话有一种斩截,径直问是"老季"的什么人,姓甚名谁,又在什么地方。陈书玉想这当是他问她的,但对方口气颇似领导对下属,不由就驯服起来。他先交代自己的身份,再报告奚子——"老季"所在地方,投靠的人家,最后问道,要带什么话尽可以和他说。对方的回答又让他愕然了,山东女人说:相信人民相信组织。以为还有下文,等着,咔嗒的一声,挂断了。他付了电话费,就近坐进豆浆铺,要一碗豆浆一副大饼油条。紧绷的神经渐渐放松,女人托带的口信有点发谑呢,都确不定这场革命是不是玩笑。

先到学校点卯,再回家一趟。一夜未归,生怕那守夜人起疑,心里计算如何解释。推进铁门,没有任何人询问他,白费心思,分明自己吓自己。心里略放定,走进天井,又提起来,总觉着有些不对。走上楼梯,迎面一张大字报,从后窗上垂挂到底,遮了半边天光。大字报是一则声明,与剥削家庭划清界限,从此一刀两断,不相往来。落款人很陌生,并不认得,而后观照全文,恍悟到是姑婆。原来姑婆有一个娟秀的闺名,想她也是从女儿长大,由嫩到熟,老朽成这不识时务的样子。东西统楼房门都撬开锁,那一具梅花高几不见了,还有祖父床上的台湾席,两张红木方凳,一口樟木箱,丝棉被和羊毛毯,一并消失踪迹。他心中暗笑,事情演变到此,真成一场闹剧。

坐在床沿定定神，找来改锥修好门锁，取几件换洗衣服，就去浴室洗澡。泡在水汽迷蒙的大池子，想这一昼夜的遭际，如同做梦一般混沌。浴室刚开门营业，唯他一个澡客，水很清澈，师傅过来问他要不要搓背，他说没买筹子，师傅说可以再补，于是爬到池子边的瓷砖地上合扑着。毛巾裹了滚烫的水拖上来，浑身一震，昏昏欲睡，嘴上呢喃着，与搓背师傅来回几句，朦胧中身体被翻过来，翻过去，然后，滚烫的水又拖上来。只听噼里啪啦，脆生生的巴掌响，才发现自己睡过去了。走出浴室，日头正中，还有下午班的半天时间，他却没了耐心，直接朝轮渡码头去了。

乘在渡船上，望着江对岸，他觉得魂仿佛被勾走。大虞，奚子，他，又在一起，就少了朱朱。过去的日子，绰约回到眼前。动乱的年代，尽是丧失，终也有一点可得的。汽笛鸣叫，心跳得厉害，昨天让惊惧攫住，只顾着应对，此时，百般滋味涌上，情何以堪！船头乒乒撞击码头的水泥堤岸，铁链子哗啦啦拖曳，他骗腿上车，跳板在轮下咯嘤咯嘤轧过，转眼骑在村路，直向着大虞家去。门前的地坪撒着谷米，鸡们悠闲地踱步，门里边，两个人正在对酌。

二十三

自此，陈书玉的日程便是，下班，往往等不及下班，反正,课业停滞,到了下午,学校就空了一半,他骑上车即往江边码头,轮渡的汽笛声声召唤。下船,上岸,直奔大虞家而去。大虞的木匠活也歇下了,镇日里陪着奚子,到了饭时,必喝上几杯米酒。奚子已经上瘾,酒量尚可。那米酒喝起来甘甜爽口,后劲却很大,多数人不胜,包括陈书玉,每喝必醺,奚子却不,越喝越兴奋。这几日,眼看他长了肉,也长了精神。晚饭一顿,陈书玉到场,大虞的娘子也不下桌,要听这三人说话。有时轮着讲,有时众口齐开,成争抢之势,通常对奚子退让。一是年龄,奚子为长;二,更是身份,多少地,惮于他的权威,分别那么久,再聚到一起,有一些没变,又有一些则是大变了;还有第三,那就是,这两个的生活在常识以内,奚子的,可就大大超出去,是一个全新的世界。

奚子说起日本人进犯时节,他们在浙江天目山一带潜伏,也是一所学校,任课美术。师生鱼龙混杂,有国民党三青团,有降日的奸细,还有像他这样,共产党的人,说话行动必格外仔细。那学校在山坳里,靠山吃山,满坑满谷的毛竹,遮天蔽日。照理说隐蔽得很,却有一日遭敌机轰炸,削去半爿山,豁开口子,一下子大敞,眼前亮了一成。学校损毁十之七八,所幸无人伤亡,再重起炉灶,盖房建屋。同仇敌忾,士气都高涨,几日内恢复教与学。然而,回过头想,定是有透露消息的,否则不会直对着抗战学校而来。当时,有一位好友,倘不是党派分歧,就可做一生的挚交。其人原籍东北,教国文,与他商量——奚子沉浸在回忆中,眼神游离很远。他们为说话方便,去到天目山里,那一条古道,为几代僧侣所筑,一块一块石头凿下,搬去,铺上,总共一千二百级,石面磨得铜镜一般,是砍柴人还有采药人的草鞋底,再有行贩客商,从无路的地方走出路来,这就是功德!奚子忘了要讲的事故,思绪分开,沿不期然的方向去了——有一日,他们早起,走到山中古寺,那一座古寺,从宋代高僧来到,年年加建,代代增盖,以主殿为轴心,向纵深与两翼,繁衍无数配殿和经楼,少说也有二千僧人,诵经如松涛阵阵,响亮的磬声,这壁山折到那壁山,来回撞击,久久不散,太阳升起,光芒万丈,此情此景,终生难忘。奚子的话音渐渐低下,直至停止。众人都静着,好一会儿,大虞的娘子发问:那奸细到底查得谁人?奚子猛醒过来,方才想起说到一半的题目,回答道:无从查找,那流民学校,每每人来,每每人走,而从此之后,日本人的飞机越来越勤,倒都是擦边,只是那一座古寺未能幸免,炸成碎石堆,僧人们四散,但古道还在,仿佛寄身世外。众人又静默下来。静一时,大虞问:那一位挚友呢?奚子道:不期然而期然,有一日,留下一封信,走了,说恐伤了兄弟情分,及早分手得好!大虞说:真兄弟又有什么伤得情分的!奚子说:道不同不相为谋。大虞收住,不再问下去。陈书玉想到"弟弟",奚子把他交给"弟弟",自己去了浙江天目山,那"弟弟"究竟是什么人?又是否算得挚友?但还是忍住,生怕出言不慎,犯了禁忌。小孩子横在母亲膝上，睡得烂熟，父亲接过去，好让女人收拾饭桌，那两人离座，孩子却哭叫起来，仿佛不愿人散。

携茶具上楼，三个人围案而坐，接续话头。那一年，越过几重封锁，从浙江到苏北，新四军根据地，首先第一件事，就是调查甄别。奚子说，由于来自国统区，有无数个讲不清，一行人分开住起居，分头问讯，再将口供往一处对，对不拢的地方从头来起，人的记忆总是有差别，你记的这样，他记的那样，哪能像你们插榫，全插得准——大虞插言，插榫也不是随便任意，要核多少道，修多少遍——总之，奚子往下说，反反复复，同行有一对恋人，浪漫得很，那女的还是个学生，逃婚出来，是要找地方和心上人结合，带了绣花桌布、细瓷碗碟，等等妆奁，交通员一路要求轻减，就丢了一路，有一回，丢的是一面大镜子，镜面朝天，闪闪发光，又变成疑点，是否给敌机发射信号！终于，终于，通过查询，又都立据签字，方才进入腹地，一个小镇子，名叫"柳铺"，果然有许多柳树，沿着运河，风景极美，然而，所遇第一遭，你们猜猜看，是什么样的事？奚子笑嘻嘻看着这两个，这两个除了摇头还能做什么！

处决逃兵。奚子说，看见面前的人都震一下，更是笑得厉害。眉眼展得很开，嘴角一边高一边低，有些不像。这么多年过去，彼此面貌都大改变，大虞变成农人；阿陈则是教书匠，挣一口吃一口；奚子呢，说不上来，他还是个斯文人，可是，斯文里似乎有一股肃杀，那是经历过生死劫，就靠这股子心气,顶过刀山火海,活到今天。奚子笑够了,两手扶后脑,躺下来,靠在枕上——真吓坏了!原来根据地来不易,走也不易,渐渐明白,说逃兵,或许奸细也不定,草莽起兵,危机四伏!

这两人都不说话,想起曾几度造访奚子不遇,此时有些理解。女人送开水瓶进房间,本来是借故坐下听讲,但见气氛凝重,这兄弟仨好比下过金兰帖的,有多少私心话,悄然退下了。良久,床上的那个叹息一声:我一直想着你们。地上的两个相视一眼:我们何尝不是!床上的不无讥诮:听,"我们"两个字,我却是单数,"你"!阿陈即驳道:是你先说单数"我",再说"你们"!我投降。奚子举起两只手在空中,就这么停着,仿佛撑举千斤顶,然后颓然放下,又仿佛举不动了。

时间过得飞快,又到陈书玉回去的时间,出门向码头骑去,看见黑压压的钢渣山,那一晚上与学生们的历险浮突起来。下回也可以讲一讲,却又觉得没什么可讲的,比较奚子的故事,他的简直不值一提。次日早晨,照例与奚子女人打电话。通话总是简洁快速,他说"很好",那边也说"很好",旁人听着像暗语,就拖延一会,听见对面有少年人变声期嘶哑的嗓音,知道是奚子家的公子,再想拖延,那边已经挂断。到星期日,他专带洗漱用具,准备过宿。那边也雀跃得很,大虞家娘子备一桌冷盆热炒,蒸几屉米糕,酒是不消说了,醉倒好汉算数，过年似的。傍晚时分，来了一位不速之客，不是别人，正是奚子的女人。

奚子的女人身材高大，穿一件蓝布上绗线的棉大衣，围巾兜头包裹，猛一看，当是个男人。披一身寒气，进得门来，解下头巾，露出一张十分周正的脸。宽额方颐，大眼直鼻，黑厚的短发卡在耳后，与陈书玉学校的书记属同类发式，风格也有些类似，不同在于，书记有一种俏皮，这一位却是严肃，甚至刻板的。奚子女人眼睛只对着她男人，周遭事物一律视而不见。大虞娘子送来一张凳子，她坐下来，头也没有回，仿佛那板凳自动跑到身下。众人站在地上，都有些悚然，听她说话。她找她家男人"老季"，"老季"的表情露出尴尬，动了动嘴，意欲介绍在场人的身份名姓，女人的话头更急，容不得他出言，说道：组织上让老季你回单位参加运动——话出口又收住，警惕地环顾四下里，这才看见木胎泥塑的几尊人像。大虞作个退场的手势，转眼间，全隐去，余下他们夫妇二人，一坐一立。

女人带孩子上楼拿饼干吃，这两个龟缩在堂屋的后壁间里，闷头而坐。隔一层薄板，只听得那边厢唧唧哝哝，甚是机密而且紧张。大虞抬头努努嘴，阿陈一点头。奚子的女人原来是这样一个人，不是这样又是怎样？阿陈张嘴要说什么，大虞轻轻嘘一声止住了。又过些时间，听桌凳移动，似乎要走人，大虞赶紧起身，奚子正上楼，就打个照面。大虞问：走？奚子说：走！一人在前，二人尾随，看要走的人穿上大衣，复又停下，说：你的衣服——想起身上穿的是大虞的内衣裤。大虞一挥手，意思不必换下，又叫娘子送来奚子穿了来的一套，洗净叠好，扎成一个小包。奚子接过来，想说什么没有说，下楼去了。出门前，他女人终是对大虞说话了，问：有谁知道老季在这里住？大虞如实回答：邻舍都知道，家里来客人了。女人紧问：什么客人？大虞道：远亲，从南翔过来！不知早有准备还是应急，大虞确在南翔有亲故，榫头都对得上。这一番回来，颇像盘查，陈书玉想起奚子所说进苏北的甄别，大概就是如此这般。转眼间，一男一女从门里消失，外边已黑到底，月亮还没起来。门里人犹如做一场梦，分明发生什么，且了无踪迹。

惶遽的世事里，不期然的一段旧情邂逅，打个漩，又汇入滔滔洪流，奔腾而去。就在陈书玉兴头头往返江两岸的几日里，形势沿着既定轨迹极速发展，小学校也发动革命了。那一日，教室里坐满学生，好久不看见这景象，错觉中时间又倒回去，回去从前的日子。可是下一刻，下一刻会发生什么？女书记在有线广播里宣布，全线推翻旧制度，迎接新时代。每一段落都以四个字结尾：向我开炮！一切一切，都是我的错误，向我开炮！声音从门里传出，汇集在走廊，整幢楼都是嗡嗡的回响。很难说，没有故作姿态的意思，即便如此，也要有胆子，这女人不简单，就是有种！讲话结束，广播关闭，静默一时，仿佛处于犹豫中。然后，便开锅了。学生们冲进办公室翻找纸笔墨汁，开证明刻公章成立战斗队，又有从教研室搬走油印机刻钢板印传单，走廊上都是跑来跑去的学生。老师们赔着笑脸，帮着调糨糊，写标语，插不上手的则低头看报纸，互不对视。办公室的门时不时撞开，又撞上，乒乓乱响。就有老师索性用桌椅顶住，大敞着，来去自由。只听叫喊道：出来出来，看大字报去！屋里人放下报纸，站起身鱼贯而出。走廊两边已经扯起绳子，挽联似的垂挂着白报纸，上面墨迹淋漓。他们从夹道中走过，左右看顾，陈书玉看到自己的名字，不由一惊，定神望去，写的是下乡时候到农人家吃喝一事，不知道轻重如何，心里忐忑。其他老师也相继找到自己的罪行，脸色都不好看。一轮看毕，回办公室，坐下不久又叫回去，因新的大字报又出炉一批。这一回，他看见自己的那一张被覆盖了。暗中松一口气，犹有闲裕看别人家的。有的检举某老师带队春游，自备午餐竟然三个荷包蛋；又有某老师向工人子弟逼索学杂费；再是某老师用粉笔头投掷学生，恰也是贫民的孩子，等等。多是小孩子的气话，一旦以革命的名义，事态就不那么简单了。一个上午，无数次被驱赶看大字报，复又回来，复又再去。到午后，却安静下来，眨眼间，学生们都走净了。有年轻大胆的，门外侦察一圈，告诉说"小将"们到教育局造反去了。于是，松一口气，开始交谈和走动，下班的铃声响起，校园依然安静着，想来不会有事，便各自回家了。

　　下一日再来学校，发现新情况，有老师在写大字报。尤其让他惊讶,那一位曾经批判过的音乐老师,穿一身崭新的草绿制服,显然仿照军装款式,民坊裁缝的手艺,一看就是伪品,独自守一张桌子,也在挥毫。办公室的同事窃语商量,要不要成立战斗队,反被动为主动。他装听不见,暗想人不招惹自己就算得上乘,哪里敢招惹别人。但是也担心,一旦都有组织,自己岂不成"独立大队",也是危险的。这两难处境只持续半天,中饭以后,区里的红卫兵来租用教室,做大串联学生宿舍,令教师们全去打扫和布置,他即随大流,将课桌拼成通铺,向民政部门的造反派处打了批条,到被服厂仓库搬铺盖,往返运输,天就黑下来了。第二天,外地学生便蜂拥而至。开辟出一间,灌满一间,再开辟一间,再灌满,后来,等不及收拾,直接就在地板上张了油布单被,转眼间就睡上人。

大串联的学生,倘若从北方来,多是黑色的棉衣裤。南来的,就单薄了,有的甚至赤脚,穿一双凉鞋,为了取暖,用皮带或者背包带拦腰扎紧,看起来颇为潦倒。可是年轻啊!就什么都不怕。夜里围着被窝拉歌,房间和房间拉,此地和彼地拉,男生和女生拉,他听着都有些兴奋。现在,他负责供水,锅炉烧得通红,热水瓶站了满地,还有脸盆脚盆。这些来自各地的孩子,说着各自的乡音,不知怎么,引动他的心。看着他们的脸庞,受了冻又暖和过来,红扑扑的,那么快乐没有忧愁,很是羡慕。一周时间过去,又有一周过去,没什么事情发生,大约是平安了。同事们商量的议题不再关乎"组织",换成"大串联",他插嘴道:算我一个!那几个吃惊不小,转头看他,他也被自己吓着了。可是,为什么不能?他也可以革命的。做了这么多年的群众,终于群众运动起来了,他自然也是其中一员。

他们在上海站守了一日,人山人海,成年人挤不过学生,不只是力气的问题,还有身份,师道尊严的残余吧。火车也不论班次,上满一列开走一列,人群从这个月台奔往那个月台。傍晚时分,他们在月台尽头见有一节车厢,攀上去,竟无一个人,仿佛被遗忘似的。满车厢的空位,坐过来坐过去,最后靠窗坐定。直到凌晨,这节车厢方才挂上车头,也不知开往哪里,缓缓启动,离开灯火阑珊的站台,从盘互的铁轨上穿行。车灯扫开前方的黑暗,那黑暗是很大很大一块,夜行列车在其中奔突。他意识到,自从重庆小龙坎回来,二十五年、四分之一个世纪,再没有走出过上海,他实在拘束得太久,现在要去外面的世界看一看了。

第六章

二十四

时间到二十世纪七十年代中期，社会呈现平靖的迹象，来自两个方面。一方面是对新律法的驯服，人们多已学会顺势而变，知道拗不过世事，不如及时行乐。所以就有摩登兴起，是革命的面目，但隐含一点点颓靡，而且一波赶一波，生生不息的样子，生活又有了兴味。另一方面，旧的秩序在悄悄潜回，仿佛夹带的私货。中小学校从茫然不知所措走出，接续上普及教育的进度，在高等教育的门槛前，再度陷入犹疑——于是，中学生提前进入社会，务工或者务农；大学则从社会招生，称之"工农兵学员"。如此，小学在制度的底端，倒是最正常。陈书玉又回复教书匠的日子，额手称庆。当年要一时乘兴，调入中学，将是什么遭际，就难说了。而如今，可谓乱世中的平安道。其时，又有一件意外中的事情，向他显示吉兆。那就是香港来信，很微妙地称他"表兄"，底下寥寥数行，言辞简洁，内容却十分了得。意即港地政策开放，亲属可申请探访，以亲疏排序，再依具体条件调整，问他有无意愿。最后添一句，无论事由，只要入境，一切皆可通融。信是朱朱的笔迹，但他知道无疑是冉太太的意见，他家的事，向是女眷作主张。

尼克松访华，国门微启，境内外通信渐趋活跃，海关检查依旧，但不像过去严谨。这封信即便经过审阅，也无大碍。上海与香港有渊源，无数切不断的往来。他班上不鲜见父母在港的学生，上山下乡政策贯彻以来，陆续移民，走进另一种命运。朱朱的邀约在他却意不在此，他的年纪，瓶盖厂的工人们，在"爷叔"前又冠以"老"字，一个"老爷叔"，还有什么求变的心劲？然而，一份牵挂，茫茫人海中如同游丝，飘飘摇摇，断断续续，终于露出踪迹。这边，也是游丝一线，却是怯懦和瑟缩，含在口涎里，欲吐未吐。他没有回信，并不是忌惮什么，在一个"老爷叔"，连忌惮都没有了，也是生机委顿的表现。他也不是薄情，恰相反，他无比地重情，生怕一触手，将游丝触散，无影无形。他不会去港，集大半生的经验，都是一动不如一静。以静制动，不完全因为软弱，还有一点哲学的智慧，静就是动，动就是静，无论动静，人都是走向既定的归宿。过了半月时间，香港又来一信。这一回，没有半个字，只是一份空白申请表格，让他填写的意思。显然，冉太太在动呢！她一直在行动，相信行动改变命运，果然，确实改变了命运。他不得不服输，他总是膺服她的行动。但他所谓动，不是决定去香港,而是,他终于提笔写一封回信。

这封信延宕有十数年之久,事实上,从收到邮包的那一刻开始,直到如今,便在打腹稿,就是落不下笔。这么久长的心意,从何说起呢?又有十多日过去,再不能挨了,再挨真是辜负!结果,写成一纸,整篇写的都是"很好",形势很好,生活很好,教书很好,身体很好,同事很好,领导也很好;再有,大虞很好,奚子很好,大虞的太太——他将"太太"二字划去,换成"爱人",又觉不妥,怕对方以为没有名分,最后是"妻子"——大虞的妻子很好,奚子的妻子——他顿了顿,不也是很好吗?一切很好,所以,他不去香港了,谢谢美意。他的信寄出半月,即有回信寄到。信是冉太太的笔迹,起首第一句:见字如面。不知怎么,眼泪下来了。他好久好久没流过眼泪了,追溯起来,就是那一日,送冉太太母子四人上三轮车,自己走在提篮桥的红墙底下,那一流泪,似乎流尽一生的眼泪,想不到,一口枯井,又蓄满了!婆婆的泪眼,将字迹洇开,几乎看不清,却还是看清了,倒没有一个字说的"好",也不是"不好",而是居中,"尚可"。朱朱尚可,自己尚可,孩子尚可,到港后,二人再添一女,称得一喜,冉太太说,以此来看,夫妇也是尚可。"尚可"完毕,信末写了一句:阿陈你依然如故,只帮人,不让人帮你!他便摇头,仿佛冉太太就在对面,这才是"见字如面"呢!四下里寂寂的,窗开着,有风进来,是春风,温暖和煦,有窸窣的响,也是寂静,无边无涯,其中有他,渺小极了的一个欢喜。

他没有回复,回复什么呢?这些已经多了,再多就滥了。他越来越节制,攫取和消耗均适可而止,让自己贴世界的边缝,最不起眼,有和没差不多。大约就因为此,方才能够历经变更而以完身。

这一二年里,社会上兴起一股风,就是补课。总是有高考的消息传来,传一阵,又偃止,偃止了,又一阵传。起止之间,年轻人四处寻觅补习的渠道,以应不时之需。这股风也波及陈书玉,源自昔日的校长王钧志,校长将他的英语学生推荐过来补数学。方才知道,校长那边的英语课从来没有间断。再后来,学生带朋友,朋友带同学,前前后后,络络绎绎,集有十来个程度不同的男女孩子。其中一半插队落户返沪,另一半则是工厂或者无业,无论哪一种处境,都是一九六六年革命中辍学业,寄命运改变于重返校园,接续教育。他不收费用,但这一个那一个总会给予馈赠,有时一张电影票,有时一本内部出版的白皮书,也有时是吃食,有一位家长在纺织品公司工作,送一些限额分配的票证。前两项属精神范畴,后者为生活物质,可充日用,算得一份进账。其实他并不顶匮缺,方才说了,他耗费极其有限。重要的是,教与学中生出等待的心情,是他没有过的。他和他们,似乎共同等待着某一种变化降临,而彼此的双方,又正是这变化的成因之一。

晚上,或者周日,在他的房间,这木结构建筑,如今四壁漏风，顶上的瓦盖碎了无数处，不知向谁申请修葺。学生们爬上去，铺上油毛毡，用砖头压住，大风一刮，油毛毡带着砖头翻起来，危险得很，还是回到原始的办法，用水桶脸盆接漏。他支起一块黑板，讲解各种题式。程度好的，已达到高等数学，他就需要复习，师生变成同学，互促互进。高年级的争辩讨论，低年级的竖起耳朵听，黑板上的粉笔灰下雪般洒落。大时代的洪波中，他们这一间陋屋，好像《圣经》故事里的方舟，既随波逐流，又自给自足，等待彼岸临近，终有临近的时刻吧！他们是自私的人，只顾自己，不关心外面的大事情；他们也都是盲目的人，看不远去，只看着每一分，每一秒。可是，谁料得到呢？说不定，就是这些自私者，济人济世，也就是这些盲目者，领时代之先，新晋历史。一九七七年，他的学生们十之六七考入大学；一九七八年，又有三至四成上榜。自此，他的木楼梯几乎被踩破，在校的中学生和考研的本科生都来求教。他将课堂移到楼下厅堂，白昼时间，前后窗打开，光线涌进来，照在一张张年轻的脸上，这颓败的宅子就有了生气似的。瓶盖厂的人，看见"老爷叔"一下子走俏，格外惊讶，连守夜人都走到楼前面，探头看着，遇到他的眼睛，身子向后一缩。陈书玉终于见到了隐身人，实在是一副平凡的面相，略有些黄和胖。算一算，在那间平房里已度过十年光阴。大约也是年纪的缘故，变得温和，甚至慈善。晚上下课，学生们走出去，撞得铁门砰砰响，平房的窗户里总开着灯，照亮门前的路。等人走净了，出来锁门，方才熄灯。有时他送学生，会与他照面，两边都不说话，点点头，过去了，相逢一笑泯恩仇的意思。

星期日上午，万万想不到有一个人会来到他这个破宅子里。听见楼下有人叫他名字，走到阳台一伸头，简直不相信眼睛。天井的砖地上，站着校长，身边还有一个青年人，一并昂头望他。砖地上满是裂纹，晨光平铺，就像一幅现代抽象画，那两个人则是画中人。半个身子探出去，眼睛离不开了，定住一时，方才转身，走后楼梯，从夹墙里钻出来。陡地出现在面前，倒把校长惊一跳。拉了校长的手，跨过门槛，走进辟为课室的厅堂。黑板前，高高低低一排桌椅，校长笑道：蔚为壮观！每回去校长家，主人都是家常服，今天穿一件海军呢中山装，白头发稀疏了，剪成平式，显得年轻了。身边的后生，一直没说话，只是看他。这就发现，眼睛与校长像极了，细长的单眼皮，眸子很明亮，显然父和子，就问：大的还是小的？校长说：阿大在东北，招工到油田，已经结婚成家，这一个，先也是外埠，如今回上海，里弄作坊绕线圈，考了两年，没中，都败在数学，你知道——校长说，六九届的，说是中学，其实小学毕业班，别的好说，唯有数学，很难自攻，所以托到你门下！他在学校做事，当然算得出这一届是哪一届，正是滞留小学校一年半，然后分进中学，匆匆过去两年，便下乡去了。再看那后生子，眼睛是父亲的，风度也得一半真传，安然洒脱，体魄却茁壮许多,手脚粗大,出过体力的样子。当父亲的面,多少收敛了性情,言语简短,问一句,答一句。几个来回,估摸程度只在初级代数,心中规划补习的重点,约定好上课的时间,回转头与校长说话。

这些年,人们见面,多是述说遭际。日子仿佛翻过一道坎,将前后划分两部,需作诠释方能够继续沟通。也因为此,也都变得饶舌,非要说个一清二白方才罢休。陈书玉自觉过得平淡,波澜不惊,有愧于大时代的浩荡激情,又因对校长的尊敬,所以听的多,讲的少。校长的话匣子里,装的家务和儿女,这又是一件让人意外的事情。眼前出现,西餐社的玻璃窗里,校长将面包和薰油裹进手帕的画面。那时候,青年还在幼童,曾听见隔墙传来小孩子的唧哝声,如同鸟语一般,现在,这么长和大的一条,是转瞬之间,又是一日一日度来。校长说起,两个孩子相差一岁,正好相继两届"一片红"上山下乡,无一例外。事实上,兄弟俩全读的五年制小学试点,倘不是五年毕业,则可延缓一年毕业,至少有一个可留身边。校长絮叨着,有点不像他,变得琐碎,可也因此而亲近,一个家常的慈祥的父亲。两人插队,一北一南,不说其他,单两套行装,犹如两份妆奁——说到这里,阿小叫了声"爸爸",嫌说得不堪,于是,转了话头——大的走时,以为能留住小的,还剩些希望,待到小的要走,真就觉得,人生兴味全无!窥见父亲的软弱,年轻人又窘起来,别过头装听不见,父亲则一径向下说：儿女就是父母的软肋，所谓舐犊之情，非是亲历不可深知，他们的母亲，梦里都在啼哭，或者夜半惊起，说某一个在病中，真揪心啊！身为一家之主，怎样也要撑持着，怎么撑持？写诗。校长忽然害羞了，红着脸，就像个孩子。青年索性站起，走到门外天井，看缸里的鱼。

用英文写，写在线装书的内面，过后再看，仿佛情书！校长与他一并笑起来。那几年，家教收起来，全凭他们母亲的工资，先前有一些积蓄，存在银行，又不敢取用，生怕招惹耳目，以为生活奢靡，那阵子，人人自危，不晓得天从哪一块掉落头顶。然而，校长激昂起来，大俗话有一句，船到桥头自会直，两年过去，竟又有投上门来学习的，好比地下活动，夜深人静时分，悄然上门，还制作暗号，敲一下，停两下，窗户用深色窗帘挡住，开一点收音机，播送歌曲；开头用英语《毛泽东语录》作教材，然后，马列文章，渐渐大起胆子，家里有一套林格芬教学唱片，再然后，王尔德的童话，狄金森的诗，简·奥斯汀的小说，莎士比亚的戏剧……年轻人途径多，神通广大，也不知从哪里搞得来这许多违禁品，连新近美国《读者文摘》都有；还是渐渐地，窗帘布拉下，敲门的暗号也忘记了，大白天都开课，好比洞中一日，世上千年，这才发现，换了人间！日光从门外进来，照在校长的白发上，亮闪闪的。教书人的快乐，终还是教书！校长说，束脩只是副产品，忽停住，道一声：孺子当付学资，劳动社会的规矩！陈书玉从椅上跳起来：不可能，何况校长您，您是我的引路人！这话听起来有些浮夸，但在他和他之间，却是一万个真实。两人的手停在半空，没有接触到，又各自收回。都有些激动，没再说话，然后校长起身告辞，带走青年。

陈书玉随校长，称乳名"阿小"，阿小似有些不满，但也无奈，只是坚称"陈先生"，而不是"陈叔叔"，表示不凭借父辈交情，社会人对社会人的意思。"陈先生"为阿小单独开班，每周两晚，三个课时，总两个半钟点，中间休息一刻钟。头一堂摸底测验，让做一张卷子，全答对；升一级，答十之六七；第三张卷子，就只剩一二。阿小落笔极速，而且果决，对就是对，不对就是不对，对和不对之间无半点牵连。可见得做过海量试题，高考恢复的二三年里，社会上私印公刻各类习题，几乎成一个流动题库，青年阿小，显然从题库滚出来。但基础空虚，缺乏逻辑训练，就要回过头去，循序渐进。毕竟有解题的硬功夫，人又敏捷，所以，一堂课的内容大半时间就完成，余下来就聊些闲篇。

阿小这样的年纪，在父母跟前总是受拘束的，离开了，就获得自由，显出活泼的性子。他对面前的"陈先生"藏了无数的问题，此时兜底翻：为什么独自居住一大座宅子；为什么经无数次革命还保留私有；为什么终身未娶；又因什么与父亲结缘；再为什么往来疏浅却似深交？好比十万个为什么，将"陈先生"逼得无路可遁。那孩子的眼睛特别明亮，也许凡是孩子都有一双明眸，他虽是教孩子几十年，却并没有年轻的朋友，逐渐就忘记自己也是从年轻走过。对着这一双眼睛，他都有些胆寒，仿佛被看穿一切。同时呢，又生出喜欢。住这一所老宅，四周围都在旧下去，而眼前这一个，却是长起来。阿小央"陈先生"带着看宅院，月光底下，长辈们透露的鳞爪，这里一点，那里一点：皇帝恩准啦，《四库全书》啦，八仙故事啦，"半水楼"和"煮书"，也不管正史野史、八卦流言、断续和前后相冲的地方，加上诠释和虚构，最终连贯成情节。他有些唬这年轻人呢！他变得话多，不是课堂上的话，也不是和大虞、奚子，倘若朱朱在场，他们旧友说的那些，而是新鲜的，他从来不曾说过，亦不曾想过的话。他们两个，一老一少，在房子里攀上攀下，最后爬上屋顶的隔板，打着手电，曲着身子，不时地磕碰脑袋，走到山墙跟前，推开小窗。车间的玻璃顶棚，覆盖厚厚的落叶，落叶上覆了鸟屎，风吹来草籽，长出新的植物，月光透过去，白蒙蒙一片。他沉默下来，想起棚顶底下，从躯体里倏忽离去的生命，和身边这一位差不多年龄。

年轻人没有注意他的沉默，而是想到一桩更迫切紧要的事，急煎煎道：应该问政府取回房产，修复原状，这一幢宅子，在上海称得上文物，再不动手，就挽回不来了！他不由感到诧异了，一辈子都在苦恼，如何从宅子里脱身，它是它，自己是自己，原来，原来还有这样一说！他收回目光，看阿小一眼，仿佛第一次见面的校长，在那弄堂房子的亭子间里，穿一身长衫，桌上一本《韦伯大辞典》，白发飘飘下，俊朗的眉眼，同学少年——现在，一大半人生抛在了身后。

二十五

其时，政府正陆续落实运动中抄没物质的归还。因存放的困难，其中大部出售处理了，如钢琴、家具、皮草、药材、衣物，再找不回来，只能粗略核价赔付；少部则送入闲置的库房，物主们从单位出具证明信，前去认领。受气氛影响，阿小也一味撺掇，陈书玉就想起当初搜走的一些字画古籍，大虞寄放的那一座大理石圣母像也下落不明，不如有当无地寻一下。找一个星期天，两人各骑一辆自行车，出发了。抄家物质的仓储多设在郊区，按事先打听的线索，往江湾方向骑去，过虹口港不久，就看见农田。早春季节，乍暖还寒，但到日头高升，四野里寒露一下子收干，背上出一层薄汗。仿佛就眼前一瞬间，迎春花爆出枝头，柳枝也发新绿，心情悠游起来，仿佛踏青，主要的目的倒淡了。他对阿小说起早年，朋友结伴去到乡下玩耍，羊当马骑的一节。阿小便问那几个朋友何方人士，目下又在哪里，做什么事，他的问题就像鸡生蛋，蛋生鸡，无尽地繁殖。他说了大虞的遭际，又说朱朱，听到此，阿小就嚷嚷"平反昭雪，纠错改正"。他说，即便改了又如何？阿小道：

恢复名誉！他一笑：名誉有何益处？阿小就指摘他"历史虚无主义"，这句话让人想到他父亲是哲学正科出身，就笑起来。同行人再加他一条，"犬儒哲学"，"哲学"正式出台！他更笑了。问他笑什么，答道：真是父亲的儿子！这一句遭到激烈的反对：我才不要做父亲的儿子！为什么？他诧异得很。阿小的脸上露出不屑的表情：父亲他，过着隐居的生活，早已经被时代放逐了！他想争辩，又无从争辩，便作罢。对方忽想起上一个问题还没结束：那第四个朋友是谁呢？沉吟一时，说：追溯起来，我与你父亲认识，应从他而起，中间还隔一个人。谁？问题紧追着来了，他都后悔多一句嘴。这一段渊源说起来很费口舌，许多关节连自己都不甚了解，阿小不相信：我爸爸镇日不出门，哪里来这些社会关系！他终于忍不住，说道：你爸爸是我的引路人！神情的严肃影响了那孩子，沉静下来，最后的路程在无言中进行。货卡压过地面的轰隆声也妨碍说话和听话，有几次，彼此看见对方张合着嘴，却没有声音。

这一座仓库原先是重型机械车间，废弃下来，几十米高的顶上，遗留了行车的轨道。门口有临时搭建的简易棚，供守卫和检查用，手续其实简单得很，递上证明信，只扫一眼，便放行，让自己动手寻找。一旦走进，却气馁了。书籍纸张，包裹箱笼，堆得山高，由于翻检，又摊得遍地，纸屑、蠹虫、积灰、布绒，仿佛起雾，迷了眼睛。人在里面攀爬，影影绰绰的。走入堆积物之间的巷道，不留心触碰某一处，泥石流似的劈头盖脸而下,几乎被淹埋。四下里都在咳呛,咳一阵,停一阵,此起彼落。有一头却持续不间断,而且越来越剧,发出啸音。是阿小!方才意识到,这孩子有哮喘的痼疾,赶紧拉拽起来,向外跑去。惶遽中错了方向,越跑越往深处,再返身掉头,那人已经上气不接下气。慌得没办法,眼睁睁看他脱水的鱼似的大口喘息,一边挣手在口袋里乱掏,掏出一管喷雾器,对了喉咙压几下,总算缓过来,又像个好人似的,继续搜索。陈书玉的态度变得坚决,无一丝回旋,兀自向前疾行,阿小怎么喊也喊不住,只得尾随。又错了几个岔口,终于一柱光明投来,晃得睁不开眼,几乎是扑出门去的,站到太阳地里。心怦怦地跳,也要发喘似的,但凡有一点好歹,如何向校长交代!阿小倒好笑起来,笑蹲在地上,说,自小就是如此,已成常态,出不了大事!急恨之至,不看他一眼,推起自行车就走,那孩子跟着也上车,一前一后,向回骑去。

一路上,那小的一直找他说话,求和的意思,他只是不理,暗地里后怕,骂自己糊涂,听小孩子摆布,到这样腌臜地方来。事实上,他从来不留恋那些失物,任它去到什么人手中,都与他无干系。阿小觍了脸,说这说那,他其实已经消气,只是不知道如何搭话头。再走了一段,忽发声道:哮喘属"病残"一档,可免上山下乡,留上海等待分配。阿小听他说话,知道形势转变,紧答道:宁愿去死,也不要与"病残"为伍。一蹬踏板,趋前几米,再缓下来,等陈书玉跟上,并齐车头：奇怪的是，去到江西乡下，倒不发作了。他"哦"一声，觉得也不顶奇怪，有的疾患易水土即愈。阿小说，其实，并不十分厌憎务农，倒是对工业有畏惧之心，机器是无情的，看过卓别林的《摩登时代》？他想到的是瓶盖厂频频发生的断指事故，那守夜人终年在残手上戴一只白纱手套，心里难免发怵。对阿小的话，虽有同感，亦有异议。可是，他说，如何解释人人都要留城，将乡下当惩罚？阿小撒开一手，单手扶把，坐直身子，认真理论一番的架势：因为什么！因为城市一直在盘剥乡村，为了工业化的迫切目标，阶级划分中，又将工人阶级定为无产阶级，属先进行列，于是，农人无论经济还是政治，都屈居二位。他还是有疑惑：那么为什么要你们接受贫下中农再教育？阿小投过来一眼，很有些怜悯的意思：名和实之关系，"陈先生"你不明白吗？他只得说：到底是父亲的儿子！

这一趟出行，可说试水，探了深浅，照理说回头是岸，收手为好。但阿小并不这样看，他认为，那些抄家物资——他用了"浮财"两个字，在他的年龄，就是从土改小说中得来的概念，"浮财"不易析产，而"不动产"——这又是政治经济学的名词，可见得这一代人所受教育的混杂，在这混杂中，也会生出真知灼见呢！"不动产"，也就是"陈先生"你的祖宅，产权归属是明了的！陈书玉真有些后悔曾一时兴起，打开那卷席子，给他看了房契。他解释，从时间看，这宅子被占是在更早以前，性质上且不是收缴，而是征用，无法适用目下的归还政策。阿小不同意了，拨乱反正是相对所有的阶段，"右派改正"不就是证明，所以，还是在落实之列。他下定决心不再理这个茬，任凭絮叨，全当耳边风。

这一年的高考，阿小终于及第，入交大船舶系，如此，他们师生就成校友。相对而坐，有无限感慨。其实，当年在交大本部，求学只一年光景，然后到重庆小龙坎，再有一年，撑足了算不过半途，那时候，比面前的阿小还年少几岁。说起来，都是错了时辰的学生。他说，不喜欢工业，却报船舶专业。青年校友道，因船舶有一种辽阔的景象，与海洋联系在一起。他笑道，当年学的铁道，可一生中只出过两次远门，大部时间，都守在这座旧宅子里。话又落到宅子上头，他躲都来不及。阿小抬头看看顶上，四壁布满水渍，仿佛地图。并没有说什么，再回到求学的题目。他说起小龙坎，那误食毒菌的女生，躺在藤蔓编织的担架上，就像莎士比亚的"俄菲莉亚"。阿小则说起乡下时分，曾发生过的死亡，最多的是伐树放倒的时刻，青年们提了刀锯，嬉笑着奔跑，跑错了方向，那参天大树直压过来，生命真如蝼蚁。攀爬山崖失足，蚊虫叮咬发疟疾，还有一对男女，殉情而亡……他叹道：你们自己不惜命，哪晓得父母的痛楚。谈到父母，又生疑问：为什么不读外语，不正是父亲的所长？年轻人说：我不喜欢重蹈父亲的覆辙。欲为校长辩护，依然不知道从何辩起，辩又有何益，子一辈总是对父一辈不屑，以为能活出别一路人生，于是，便不说话了。

阿小上学去了，不再有人耳边唠叨房子的事情，可已然提起来，就有些放不下。屋顶的瓦碎了大半，时不时往下落。野猫直接钻进来，楼顶隔板上做窝，老鼠倒销声匿迹，可猫们却是另一种动响，叫春令人毛骨悚然，气味也很不堪。向房管所报修，回答是私房自行解决，悻悻然转回。学生们帮忙先用草席苫一苫，再将碎瓦拼起来，到底是凑合，雨水透过瓦缝，蓄在草席上，一汪一汪，再一并泻下，隔板都有腐朽的迹象了。无奈中，他想到"弟弟"，"弟弟"说，顺其自然，如今，自然趋势向哪里去，如何才是因循？好比心有灵犀，他想到"弟弟"，"弟弟"也想到他。这一届政协会议，他被推举区级委员，开幕式上，市里统战部门领导接见，正是"弟弟"。他意识到所以成为委员，正是"弟弟"保荐。坐在底下，看着主席台上一排领导，又近又远，如此，今后再不会有交集。不料想，歇会时候，"弟弟"专来与他攀谈，两人手握手，脸对脸。他看见"弟弟"口中的缺齿，面上的皱纹，精神依然轩昂，终究蒙了风霜。起初的拘谨过去，又回到以往，将眼前这人当依靠，于是，又问到宅子的事，归公好还是归私好。"弟弟"沉吟着，说一句：归公不易，归私也难。这话怎讲？他紧问。"弟弟"就解释：你要缴公，"公"要不要呢？修葺是个大工程，完毕后又作何用？归私的话，里边有一爿厂，让他们往哪里去？若干年免纳地皮税，要从头补齐，单这一笔就够你受的，莫说修葺这一项——一番话，说得他连连点头。"弟弟"又说，目前是个难题，谁知道呢？说不定峰回路转，天时地利人和，诞生新局面。他又一阵点头：我听你的！开会的时间到了，"弟弟"往主席台上走，又折回来，说：你知道当年去重庆的一众人里有谁？他摇头，这多年的谜案，临到破解时刻，却是木然。那个"妈妈"还记得吗？摇头换成点头，"弟弟"笑脸绽开，还是原来的样貌，岁月并没有伤到筋骨。是上海海关总务司长的夫人，因司长拒绝出任汪伪政权海关负责人，由我们保护，将一家拆成几户，各取道路离开沦陷地，到大后方去。如同施了定身术，他一动不动，醒悟过来，再要问几句，"弟弟"已让秘书接走，上了主席台。

其年，陈书玉六十岁，人生一个甲子。他呈上退休报告，学校挽留，他谢绝了。如今，学生已是孙辈的年龄，自觉得不合时宜，小孩子还是让年轻人教导更好。算起来，已经有三十多年教龄，早先的学生都是中年人了。按照惯例，胸前别了大红绸缎花朵，敲锣打鼓送他回家。队伍到了引线弄，看见那壁风火墙，他便无论如何不让继续进了。看着他的背影在窄巷中越走越远，孑然一身，人们发现，对于这个共事多年的身边人，错过许多了解的机会，谁知道他经历过或者正经历着什么呢？锣鼓歇了，正是上班和上学的时间，即便是再嘈杂纷乱的街区里，也是宁静的。

退休的生活，于他并无太多的不能适应，总是一个人的日子。将卧房移到楼下厅堂，从楼梯处隔断，辟作独立一间。随着学制正常,课外补习的热潮平息,学生渐渐少去。屋顶漏雨越来越剧,早晚会殃及底层,眼前却还安稳。政协大约每月一次活动,或座谈,或视察,或只是联谊聚会。在座多是一些旧人物,灯泡厂的业主,跌打伤的郎中,报纸的写家,地方戏演员,沪上名流的后人……谈资不外怀想当年,数点今朝,有许多感慨,又有许多诉求。令他意外,所诉事项有一些极渺小琐碎,比如索讨抄家抄走的一架冰箱,因是德国制造,留学归来一并携带,经历和感情很不平凡,奇异的是,最终真的找回来了。私下里议论政协的人事,得出结论,私事好办,公事难办,因关涉国政国策,非一时一地一人一物。由此,他便触动了心事。他家的老宅子,何不提及提及?有当无的,至少不会有什么过失。于是,一次座谈会上,专作了发言,会议秘书记录下来,让他审读签字,然后呈交上一级部门。不想,下一次全会之前,秘书处让他正式写一份提案,陈述详情。不敢怠慢,认真做功课,将口传的渊源,建筑的样式,装饰风格,保存的程度——虽然颓圮严重,但是面积无有缺失,无有抢占,唯一爿工厂,而非七十二家房客,需大量动迁安置,等等等等,写成文字,当年评为优秀提案,得奖品电饭锅一具。然而,事情到此结束,再无下文。他就又写成第二份,报告最新信息,就是瓶盖厂面临关停并转,事实上,生产已停滞不前,等待发落,让地修葺,不又减少障碍,敞开通路?他附上房契的复印件,这份房契从席卷中重见天日,装入镜框,悬挂在壁上。报告末尾，他郑重声明，房屋整顿完毕，自愿缴给国家，为沪上老城增添一景。这一份申述呈上以后，如石沉大海，无半点回音。

本来并没有抱希望，多少受事态鼓动，此时便淡下去。忽然间，瓶盖厂却关门大吉。先是包装业流水线上阵，一张铁皮进来，一个个瓶盖出去；然后向上游扩展，食品原材料进来，一个个罐头出去；再然后，下游也接续起来，不仅是罐头，还装入纸箱，连上运输。流水线越来越长，容纳越来越大，瓶盖厂这样的小型作业，带有原始性质的，完成历史使命，寿终正寝。同时呢，归还私房，落实所有制政策，又是大势所趋。想起"弟弟"说的，"水到渠成"，既有近观又有远见，他从心底折服。大约一个月光景，瓶盖厂迁空了，搭建物未拆除，车间棚架，机器的道轨，冷却的水管水龙，都在原地。由于金属的重负，地坪明显下沉，砖面破裂。西侧铁门边的小屋清空，地上遗了几只纱手套，让他想起守夜人的残手。空间陡然空寂下来，大得无边，人在里面，几乎都找不着自己。一夜无眠，静谧的穹顶，罩下来，即成梦魇。其实他醒着呢！他忽然想念起机器的轰鸣，脚步杂沓，守夜人出没的身影，厨房女人拎着开水壶站在天井喊他：爷叔！说是一个人的日子，周围都是有人！天不亮起床，推出自行车，径直骑往江边码头，找大虞去了。

二十六

在大虞家只逗留半天，匆匆吃过中午饭，两人一同过到江这边。推开铁门，方一走入，来人便"呀"的一声。天天进出，还没什么，相隔十来年再看见，吃惊不小。这地方可以演《聊斋》！大虞说。被他这么形容，陈书玉也觉得吓人，仿佛一夜间又颓败一截。那轿厅、花厅、过廊、天井，经瓶盖厂一建一拆，连轮廓都模糊了。东院上搭起的因是成品车间，当时最热闹红火，如今人去楼空，站在底下，四面嗡嗡的，风吹草动都起回声。陈书玉说：也要谢谢瓶盖厂，倘不是有它，这堵墙早已经推倒，不知拥进怎样的恶人！大虞道：古话怎么说的？成也萧何，败也萧何！这宅子因它得生存，又因它顶顶受伤，五行中相生相克一说，指的就是这一桩。陈书玉说：房屋是木，工厂是金，正应了金克木，金又生水，水再生木，不定还有生机。大虞笑道：这一循环，大约不在你我有生之年了。话说到这里，似乎不祥，两人都察觉了，于是止住，向外走。

来到天井，大虞不由说：怎么小了许多！再一想，就也是颓圮的缘故。院墙房屋，呈倾倒之势，四合过来，压迫了视野。门楼上的砖雕风蚀得厉害，变成一种灰烬的颜色，两壁上的浮刻大体完好，堪称奇迹。主楼因有他住着，还不至于溃决，勉强可支撑。所谓人气，其实是物质性的，起居生活，好比日常维修，落势就落不到底。地板、墙壁、楼梯、顶阁，都在空空的响，即刻就要散架的样子。大虞说：榫头松了。看看四角，又道：好在斗拱无变形，然而，遍地土建，地形动异太大。陈书玉说：周边还都安静，一时半会儿波及不到吧！大虞说：有句话叫作"动一发牵全身"，科学是共振理论，有时近在左右，但不在一个频率，倒避得险，相反，极远处，也许片刻间大厦倾覆。陈书玉笑起来：你不要吓我，可是再经不起了！大虞也笑：有一桩事称得上不幸中之大幸。什么事？他急问。无白蚁之患，大虞说。陈书玉松下一口气：这要归功白蚁防治所，年年检查。大虞却不同意：这恰是他们的不懂，你家宅子用的几柱楠木，天生不筑蚁穴。陈书玉"哦"了一声，想大虞才是这宅子的知己，他枉担了虚名，身在其中，隔心隔肺。

两人在廊前坐下，陈书玉端出茶壶茶杯，煮沸水泡洗，残水泼向窨井。忽想起一件东西，返身上楼。听得见楼上开柜翻箱的声音，过一时，捧一团报纸下来。层层揭开，原来是窨井的一面铁盖。铜铸的空镂，一个散发女头像。从装饰到人物，都像西洋风气，却不知典出何处。陈书玉告诉，大炼钢铁时候，从捐物中私留的。大虞拿在手中，仔细端详，早年旁听的西洋艺术史心中过一遍，不敢下断言。可以想象，自开埠以来，黄浦江上，多少客货往来，交易东西南北。算不上稀罕物，但因是房屋的零碎件，或能够管窥宅子的来历。陈书玉说，要是喜欢就拿去，正可以抵当年寄托的大理石圣母。大虞说给他，他就要，但莫说抵不抵的，谁欠谁啊！放进旧报纸，原样团好，收起来。陈书玉说，要是这壁砖刻摘得下来，也要送给他，放在这里，就是糟蹋！大虞喝着茶，看砖地上的裂纹，表情甚是痛惜，说道：修复这宅子，非一己之力可达到，倘要不修，眼睁睁看它烂成一摊，又造孽了。陈书玉说：那真是进也不得，退也不得。大虞道：换言之，就是"逆水行舟，不进则退"。陈书玉便苦笑：你不给一点出路我！大虞缓和道：我不正想办法！二人不说话了，各自想办法。中午吃的那点东西早不知跑到哪个角落，天也向晚，就决定出去找个地方饱餐一顿。从一早忙碌到此刻，都累了。

推车出门，未及上路，大虞却生出念头：何不去找奚子？此话一出口，陈书玉也觉茅塞顿开，眼睛亮起来。立刻调转方向，朝奚子家骑去。地址还是那一年，陈书玉做联络人时得到，并不知有无变化，去到再说。奚子家住中心区一条公寓弄堂内，到弄口不禁迟疑，吃饭时节上门不免莽撞。话说回来，奚子在大虞家吃过多少酒饭，可是此一时彼一时，就算奚子没什么，还有他女人呢！兄弟之间，有了女人终究不可同日而语。说到底，他们对奚子还是有顾忌。最后，他们在隔壁弄口一家湖北小馆吃了豆皮和鸡丝馄饨，又挨去一点时间，方才来到奚子家公寓前。

按响门铃，只听有无数脚步穿互奔走，最后开门出来的是一个老太。问季西涧住没住在这里，老太就往里请人，一边回头喊"老季老季",山东河南一带的口音。紧接着就见奚子从一扇门里探头。那一条走廊两边至少有五六扇门,此时全敞开分别有女人和孩子出来,看是不是自家客人。原来,奚子是住一套公寓里的两间。晚饭方毕,饭桌还凌乱着,他女人竟还认得这两个人,即问吃没吃饭。老太也紧跟走来,拉他们到饭桌上。其时,倒觉得见外了,很有些不过意。再三声明已经吃罢,老太太流露出悻然,收拾起碗筷。见桌上有一笸大白馒头,还有葱蒜酱之类的佐料,就知道奚子家已是北边的食风。

患难时的结谊不比平日里,他们与奚子之间疏通了款曲。他女人虽有些官派,但离近了看,秉性尚属厚重。老太太显见是奚子岳家,裤角扎着黑布条,脚也像是裹过的,一派庄户人模样。进厨房忙一阵,端出一个竹筐,盛着炸面片,金黄色里嵌着黑芝麻,香气扑鼻。因奚子避难这一节,将这两位视作恩人。那一晚匆匆分手,自后没有见过,从报端新闻得知,七十年代末奚子复出,比原职升一级。以住房以及家中陈设看,不像是极大的官,但所在地段和公寓格式,当属中产以上,所以也不止七品。这两人不怎么懂政界的规矩,只是按旧日的社会阶层作比较。再怎么说,宦海沉浮数十年,总有人脉,不是说,官官相通吗?

三个人先说些别后状况,然后切入正题,谈到陈书玉的宅子。为证明这宅子的建筑价值,大虞打开报纸团,出示落水上的铜盖。奚子的兴趣来了,端在手中细看,说人物仿佛塞壬,西洋神话中的水妖，以唱歌迷惑水上人，装饰却是中国民间，天后崇拜的款式，工艺颇讲究，铸模浇造，但不见流行，应是专制无疑，以此推断，当年宅子的主人下了大功夫和大价钱，更像商贾人家，求新奇则不求甚解，勿管三七二十一，统统收进囊中没商量，如读书做官出身，就拘谨得多了。奚子建议可去图书馆查阅"名士"或"宅邸"条录，看有没有记载，倘使有靠实的来历，说不定能纳入文物系统，政府就有责任保护。听奚子如此一说，两人都明白许多，茫然中开出路径，深觉这一趟来对了。

大虞在陈书玉处宿一夜，次日早晨便回了乡下，分手前约定，如有开工修缮的一日，请大虞出山，做大木匠。明清式的插榫法，如今知道的越来越少去。市面上的仿古木器，其实都是现代式，再远不过民式。个中机枢，大虞向陈书玉解释几番，终也没让他彻底懂得，遂放弃了。总之，一句话，随叫随到。送走大虞，陈书玉直接就去上海图书馆。图书馆从旧途改造，局促得很，经查询，知道要找的资料属古籍部。到古籍部出示退休证，登记一张表格，排队等候约半个钟点，里面送出一沓书，指定一间阅览室，进去了。阅览室明显是原先的浴室，四壁贴着瓷砖，脚下马赛克，墙角还有截断的水管，一扇窗封死了，刷一层涂料，日光灯照耀下，一片森白。外头正是日头高照，这里却如夜深，倒是有几分古籍的气氛。刚一坐定，便觉周身寒冷，另有两名查阅人，都穿了棉衣，显然是常客。他从包里摸出雀巢咖啡瓶，问管理员哪里可供热水冲茶。那管理员岁数至少与他平齐，白发稀疏，近视眼镜厚如酒瓶底，表情严肃。打量他一时，回答，此地不可有任何液体类物质。又检查他的用笔，结果是没收，钢笔墨水也属液体一种，上衣口袋拔出一支圆珠笔，临时借他，离开时候换回。坐到长条桌前，缩着手脚，翻那沓读物。书页都已经黄脆，名目各一：地方志，家谱，掌故风物琐记，笔记小说，才子文章……他工科出身，未曾接触文史，就不知从何得门而入。那管理员大约看出他的窘态，踱过来，站到身边，向桌上书籍略作浏览，问他究竟要查什么样的人和事，他又不知从何说起了。稍顿一顿，如实告知宅子的事情。管理员问宅子有无名号，家族又有无堂号，祖业以何为经营，其中有否出过名人，比如状元举人一类，他全回答"不知道"。双方都苦恼了，管理员的手指头在桌上笃笃敲着，他忽开一窍，说道坊间传言祖上以沙船运输起家，后来开辟码头，就是今天的十六铺！管理员说，那么就查沪上航运和码头，再有，可到徐家汇藏书楼检阅《申报》上船讯一栏，旧时代通讯不利，海上又有不测风云，船行消息常登报发布。

　　下一日，再来，依了指点，再借出一沓。其时，地方志尚未新修，旧籍多向信史摘取收集，细枝末节则散录于各类稗书，说法又莫衷一是，有一则闲文倒写了今昔十六铺，上溯至轮船招商局则止，与他家无任何瓜葛。本就是流言，于是搁下了。跑一趟徐家汇藏书楼，建筑规模小许多，却是原址原貌，规章就很严格，证件不顶用，必须单位证明。为开证明，又跑去学校。只二年时间，学校几乎全换新人，书记也是女性，很年轻，在他的年纪，看出去都是年轻的脸。问起原先那一个，回答已经退休。可不是吗？他笑自己老糊涂，都算不对时间了。开毕证明，二次去藏书楼，终借出一堆旧《申报》，不要说一月一年，只独一张，就密密麻麻，不晓得横竖拼嵌多少豆腐干。要查船讯，继而筛检与他家祖业有涉的那一则，简直大海捞针。未看一字一句，已经信心丧失，真想立即还回去转身离开，又怕人哂笑还起疑，于是呆坐半日，近午时分，原样还回，逃跑般下楼，来到街上。

街上人车熙攘，不乏肩挑背荷的郊农，因是与北新泾通衢。天主堂的双塔在街市背后，随视线转移，走到哪都看见它。这一番查找无功而返，但也长了见识，那故纸堆里不知埋多少旧事旧物，他家那一点挂落，可谓小巫见大巫。他轻松不少，仿佛卸下一桩重负。再回到家中，看宅子似也破得好些了。穿过前院，走到后进房屋，原先这一排用作办公，结构还在，但久不光顾，楼梯面板拆走大半，只剩空架子。踩着木档上去，地板也取空半部。下手抽出几条，横在窗户前，用长钉敲进，封死了。东院的通道用砖和水泥封起来，隔断了。西侧要进出，就留着路，只封了仓房。不是说逆水行舟，不进则退？还有一句话，家有千千屋，日睡三尺，那就退到"三尺"

吧！他在天井的缸里新放进几条鱼，再买些盆花，沿墙脚置放，略添一点生气。早晨，太阳从东面升起，越过玻璃钢顶棚，照在西墙上的砖雕；傍晚，则是东墙上亮起，深浮雕的线条镶了影的边，变得立体，就像活了。他细看其中的人物，渐渐有了交情，心里想，这些小人儿不磨灭，宅子兴许就不能倒。

现在，他是个无事人，镇日在独院里，从早到晚。时间久了，他不再怕这空旷和寂寥，相反，还得了乐趣。他不再收学生，日益格式化的应试教育体系，他已经脱离，中小学校兴起的奥林匹克数学竞赛，在老派的他看起来，更接近脑筋急转弯，非其所长，倒是偶尔有一些建筑专业的人士，上门来看这宅子。好奇他们从哪里得知，说是口传，一传十，十传百，似乎有了点名气。曾有一度，土木系的学生来绘图，绘得很仔细，有平面图，又有局部立体三维，于是，封起来的空间再打开来，又损毁一些。他以为大修计划使然，回答只是作业。然而，这作业终于给宅子留下一份资料。他索来平面图复印件，装入镜框，与房契并列墙上。受此启发，他决定为这宅子修撰一份文字，权且当作业，就像那同学。有作业填充时间，空旷里也有了内容。他在楼上楼下搜罗，每一点琐细都有意味似的。祖父甚至曾祖父的几封短简，不外人情往来；几页豆腐账，蝇头小楷书写，半箱火油，五斤黄豆，十斤六谷粉，猪油四两，河鲫一尾，忽觉眼热，这些东西不都经他手交割，这就发现原来是内战时节的日用流水,他报一样,祖父记一样;若干旧照片,发黄而且模糊,还是认得出他的父亲母亲,西洋式的成婚大礼,白婚纱和黑色燕尾服,边上的花童应是他的堂房兄姐;一张文凭,四周藤蔓纹饰,水印纸面,弯弯曲曲的花体洋文,拼出祖父的名字,不知是读来还是买来的外国文凭……他全送去翻印拷贝,归入档案。

这些鳞爪东一片西一片,拼凑他的家族史。他还是看不清,但有什么要紧呢?即便是留在典籍——他可算知道典籍是怎么回事了,那些黄脆的字纸,沾不得半点"液体",一沾即没入虚无,比较起来,他们家的这些,还坚固些呢!越来越多的残片,都要装镜框,墙壁就不够挂的,好在,新起来塑封的技术,弄口就有一爿小店,店主是安徽人,因时常光顾就认识了。问他这些东西有什么用处,他说:历史啊!店主好笑道:老家里石头牌坊都推倒,平底修路,那还不是历史吗?他也笑起来,忽想起那吊死的转业军人,所说家乡也是石坊林立,这店主不定是他后人呢!

这一天,又有一位不速之客,照惯例来者不拒,引着穿轿厅,花厅,走过廊,廊上的歇山顶坍塌十之七八,柱上的彩漆剥落殆尽,入月洞门,门上的刻字隐约可见,进到天井,客人不急着登堂入室,只背了手,仰头看。太阳射在眼镜片上,反着光,下半部则在影地里。觉得这脸架子有些眼熟,什么时候什么地方见过?客人看一会,低头跨过门槛。他跟随身后,走上楼梯。楼上两翼房屋实已腐朽，脚下咯吱乱响，四壁水迹道道，垂直而下，仿佛水帘洞的化石。后楼梯下，从夹墙出，又站在天井中央。此时，太阳移过屋脊，当头照耀，满地光明，客人回头笑道：难道一点认不出来了？心里一惊，更觉得见过，却无论如何想不起怎样的前缘。见陈书玉迷惑，眼前人只得自报：我是"小李"！他眯细眼睛，一时间什么都看不见。现在是"老李"了！那人抬手在花白的头顶抚一把，头发硬扎扎划过掌心，吱啦啦地响。久远的记忆开始呈现形象，小李？他喃喃道。那个顾长的身影，年轻轻的，白皙的肤色，连军装也是洗白的，白边的近视眼镜，表情多少是莫测的。他还记得那双手，同是白皙纤长，将纸笔安放面前，让写下求见的人和事——小李呀！他叫不出声来，胖了些，就显矮了，因而，也变得慈祥，不是年轻人，年轻人总有一股锋利，生活将它磨啊磨的，磨钝了，同时呢，也磨厚了。他抬抬手，又放下，却让"小李"捉住，"小李"的手也是宽厚有肉的手。其实，叫是叫"小李"，并不比他年少多少，初次见面时候，他二十多岁，也是年轻人。可老少不在长幼，而是，新旧。他们一个是旧的社会，一个是全新。小李，应该称老李了，握着他的手：你知道谁让我来的？这一回，他想到了：奚子，不，老季！不错，小李刚任命本区的区长，季局长建议来看看，看什么？一桩宝贝！老上级说。他不由哽咽，说不出话，想，到底还是那个奚子，没有忘记他的事。

老李本是上海学生出身，由地下党组织牵线，去到根据地，参加部队服务团工作，再跟随大军进驻上海。如陈书玉他们初始认识的，在奚子身边做秘书，后来调动了几处，职务不同，但都是文化单位。新近的派遣却有不同，一区之长，真正的父母官，民生民计全在辖内。但因老本行的关系，别开一路思想。这老城区建筑陈旧，人口密集，地产归属复杂，虽在城市中心，却是市政规划的边缘，仿佛被历史遗忘，成时代的洼地，民怨也很激烈。然而，老李的眼睛里，落后自有落后的好处，那就是原生地貌基本保持，尚可循迹现代上海的前史，文章就从这里做起来。这些日子，盘点老底：园林，会馆，佛寺，道观，城隍庙，旧城墙半截，老门楼一座，陋巷数条，许多道路没有了，可是路名还在：三牌楼，四牌楼，露香园路，大境路，方浜，肇家浜……再要有一座民居，二百年的历史勾勒又多一件实物。事先，已到房产部门作调查，得知陈书玉家老宅的性质，属私人所有，因种种契机，占地面积无有缺损，无有侵占，产权完好。老李还了解到，自瓶盖厂迁出，地皮税已拖欠三年之久，房主本人也有上缴国家的意愿。走出宅子，心中计划已渐成型，陈书玉呢，沉寂的希望复又起来，这一回，怕是真的了！他兴奋得坐不住，推了自行车，无目的地骑过几条街，任风声耳边呼呼地响。然后驶往奚子家方向，半路又折返，转眼间，人和车上了轮渡，向对岸驶去。

二十七

多少年里，凡遇上什么事，无论喜忧，总是找大虞去。现在，还是找大虞。他向老李推荐了大虞，目下，擅通古建筑的工匠日益少去，新式木工都有新式武器，电锯电刨枪钉，离攻木之本越行越远，如要修旧如旧，必大虞一辈人可以胜任。午后的轮渡上，只有二三人，还有一笼雏鸡，叫喳喳的，绒球般滚来滚去。江面上很繁忙，水泥船的马达轰隆隆响，货载过重，吃水很深。大虞家一片喜气，正划地起屋，给儿子娶亲。儿子已二十六岁，在乡下算是晚婚，小两口都是大学毕业，在市里工作，未必回来住。大虞执意起屋，多少带有象征意味，新人家新日子，同时呢，也是历史的经验。当年，如不是有个老家，他们可不是无处投奔。那日子想起来，连梦都不是，仿佛幻觉，可就是里面走出来的，要不，怎么有乡下娘子，又有小子？新房子是水泥预制件楼板，琉璃瓦顶，马赛克墙面，茶色玻璃窗，年轻人的风气，老辈人不得不随俗了。

陈书玉兴头头地来，逼大虞立约，再兴头头地回，一刻不愿多留，就觉得老李会来找他，有许多事需要商量。大虞虽觉得事情不那么简单，就算老李有权力，但权力这件东西，就像斗拱的原理，不是独一，而是多项，互相制衡，才顶得起来。不忍扫老朋友兴致，就只是满口答应。看他一阵风地骑走，不由也有点激动，说不定呢，说不定事情真这么成了。

接下来的日子，陈书玉都不敢出门，怕错过来客。为即将来临的工程，开始收拾房屋，将杂碎分成留和弃两部。倒是没想到，会有那么多的旧物，单是衣服，就几大堆，喂食多少代蛀虫，提起来，一面网似的，直接塞进垃圾箱。各式各样的锁和钥匙，集起来一抽屉，没有一对配得上，挑几件材料沉重样式奇特的留下，其余就送到弄口的锁匠摊上。绞成缕的丝线，变了颜色，也是扔。线香受了潮又收干，结成饼，扔掉。棉胎一摞一摞，有几床湖丝，他也不要了，堆在门外边，眨眼不见踪影，让人捡走。他上下前后跑着，顶了满头的蛛网，耳朵竖起，听有没有小轿车的声音，说不定老李又来了。二十来天过去，东西清出不少，却不见半个来人。从报端可见老李的行迹，清点出辖内几千只马桶，几千只煤球炉，又有多少孤寡，再有多少待业人口，未注册的商铺，计划外生育……这才发现一个区长肩胛骨上担多少大事情，他那一座破宅子不定排上日程，于是，便搁下手来。收拾到一半家当，也无心善后，开膛破肚似的，一派狼藉，更不堪了。

事情总是这样，越等越不来，不等却来了。来的不是老李，是老李派遣的人，不也是一样吗？陈书玉起脚就要带去看房子，遣来的两位并不挪步，开口即问产权人有哪几个，很像查户口，但这正是办事情的样子，他对自己说。接过来回答户籍只他一个，产权人应也就是自己。来人说，户籍不等于产权人，向他索讨原始资料看，便亮出当年的房契，那两人交替看一会儿,问购房人是谁。言语不由混沌起来,曾祖,高祖,曾高祖,总之老祖宗,要向上溯不知溯到哪里!来人中的一个说:怕已经投胎去了。这话道出,都笑一笑,气氛有些活动,话题也散漫了。闲谈几句,决定从可溯的那一代往下数。陈书玉说,自记事起,这宅子里就住两系,祖父和伯祖,伯祖过世早,后代随伯祖母离开,去到什么地方,渐渐断了联系;祖父这边是父亲和大伯两房子息;另有一个姑婆,按老法,不继承家业,何况也搬出去,"文革"中表态与家族划清界限。父亲有他及两个妹妹,循旧例,妹妹们也不属继承人;大伯那边倒是三个儿子。归纳起来,产业有份的就他和三个堂兄弟。那三个堂兄弟离家很早,或在国外,或在内地,大约想都不曾想到要与房产发生关系。所以,他以为,完全有决定权,多年来,一直是他住在宅子里,户籍可以证明——来人打断他,那是按使用权论,所有权属不归此列,遵照规章,需有堂兄弟们放弃产权的证明,这是第一步!来人中比较严肃,看来也是做主的一个强调。是第一步,也是前提和基础,然后才谈得上其余。他说:请政府相信,一旦产权明晰,一定上缴国家无疑,唯一的条件——那人接口道:谈条件为时过早!陈书玉发现,这人虽是老李的下级,官派却比老李大许多,正应了俗话,阎王好哄,小鬼难缠。想到老李,还有奚子在背后撑着,他的口气也强硬起来:丑话说在前面,唯一的条件,我要参与修复工程。听到如此条件,那人好笑起来:这事不由我们,我们只负责解决房屋归属,当务之急,是产权人意见一致,口头不算,必须书面!那人着重说出"书面"两字,陈书玉不禁有些畏惧。

　　大伯和父亲都去世了,惶惶乱世,活着的人要紧,丧事简而又简,得到消息已有段日子,之后就更没理由往来。要找到几个堂兄弟就属不易,照理父母在大妹妹家终年,多少会留下信息。但是,他偏偏不向妹妹打听,私心里有一些防备,唯恐生枝节。大妹妹是个厉害人,别人想不到的,她都能想到。他隐约感觉事情不如以为的那样简单,临走时那人说的"书面"两字意味深长。最后,他决定先联系堂兄弟中的一个,大伯大伯母跟随在西安生活的,由他来向那两个兄弟通告。信写出了,他就跑去江对面找大虞,汇报事情的进度。大虞的新房已经落成,正进行内装潢。从他处拿去的落水铜盖,大虞竟然做成一个别致的插屏。陈书玉想起他家的老行业,专给西洋人做钟座。那红木插座的雕花细巧繁盛,有洛可可风,托起铜盖,盖面上的女妖都显出好来,有一种危险的美艳,很是招人。

　　这一回,连大虞都觉得事情有眉目,特地随陈书玉过一趟江,再看看宅子,又觉得颓败几成,地砖翻起来,或者说被茅草顶起来,像要来埋这房子的势头。大虞嘱咐将几幅完整的窗扉门扇拆下集拢,专辟一间屋子收起,修复时候可供打样用。再有,破损的板壁板条也挑完整的集拢,不能任由日晒雨淋,新材料里间着旧料,才可修旧如旧。于是,他又有了活计,充斥等待回音的日子。大伯家那边的答复和联络比预期的要快,三家人从不同地方寄来了信，言辞也都热切，感激他守持家业；同时也赞成他的决定，给祖宅以极好的出路，于公于私皆有益处，一定全力配合，早日实现目标；第三，委托西安的兄弟全权处理，凡事与他商量即可。将信交给督办部门，还是那两位出面，说信上并没有放弃权利的表达，只能视作委托，委托西安的兄弟，而不是你——将信折起还回陈书玉，所以，房产的处理就也要得到这位堂兄弟的同意。接下来，又是一番书信往返。西安的堂兄弟提出货币偿付，陈书玉拿了信跑去；进行一半，堂兄弟又提出置换的方案，陈书玉拿了信再跑去。交道多了，到底有几分稔熟，知道一个姓赵，是部门的科长，即称赵科长；另一个姓顾，为顾干事。他请赵科长和顾干事喝酒，也是大虞教他，说只要人到，事就有七分成。届时，都到了，德兴馆开一小桌。赵科长说，凡交易都有个开价和还价的程序，卖家先开，买家再还，一来二去，总有个合适，就定了！他不敢开价，又怕开低，又怕开高。开低了，那一边不允，开高了，这边要撒手怎么办？此时方才明白，让堂房一家放弃产权完全不可能。回去写信让堂兄弟报一个尺寸，堂兄弟却不肯，要让"政府"报。"政府"，也就是赵科长说，你们是产权人，先出头筹。双方像是谦让，其实互相探底。只是苦了陈书玉，写无数书信，跑无数来回，最后，还是老李出头，定下连陈书玉总共四兄弟，各人一套两室一厅工房，位置浦东。西安的堂兄称浦东地段不佳，坊间不是有"浦东一套房，浦西一张床"的说法吗？其时，正是上海房市低迷，买房都可退税，老李一拍桌子，地段依然浦东，两室改三室。

　　堂兄那边显然松动了，决定亲来上海一趟，当面定夺。时间过去一年有余，老李就任也已届半，终于，坐到一起，不谓不是大进展。谈判在区政府小会议室进行，陈书玉和堂兄在一边，老李横头坐，另一边是各有关部门说话算数的人，赵科长没有上桌，顾干事则在后排记录。陈书玉看看身边这个人，其实是血亲，却印象澹远。少年时候，一同出入舞场，马路上兜风，堂兄他白衬衫外套挑花毛线背心，底下是米汤色薄呢西裤，足蹬高帮牛皮鞋，戴一顶马球帽，很俏皮地叼一支雪茄巧克力。私配西门钥匙，藏在树洞里的主意就是他的奇出。如今是个老人，他们不都是老人家了？由于生活北方，水土粗粝，又比实际年龄更苍老许多岁。穿一件涤卡上装，上海人早不穿了，扔进历史垃圾箱，而他还是全新，光闪闪，硬挺挺，上海话也不顶会说了。谈判还是很顺利的，之前的周折就不提了，大家都往前看——老李说，等"煮书亭"修复起来，门口要专立一块牌，记录往昔，他家人的名字都会在上面，可算得青史留名。正式签约定在下周，需起草文书，刻印证章，邀请来宾，筹备一个简短隆重的仪式，无论于他们家，还是本区政府，都是一桩大事情呢！

　　堂兄原计划与他同住，可前脚进门后脚便退出去，连连摇头，不堪卒睹的样子，这表情倒流露出年少时的模样，世间万物在他眼里都是不屑的。他说到亲戚家投宿,陈书玉不知道他说的"亲戚"是谁,可能是堂嫂那一边的,就没有细问。堂兄告辞,一个人在宅子里,前后走动,遍地秋虫唧啾,金属般的脆响。渐渐平复亢奋,却生出不安,似乎不相信,不相信梦想竟然成真。这一辈子何其平淡,没有过一点激昂的经历,连爱,倘若说有过爱的话,都没什么声色,最大的幸运就是太平,可太平不就是平淡的代名词!夜深了,可他躺不下去,只能这么走来走去,走来走去。忽又发现这宅子并不像以为的那么广大,走那么数十步就碰壁回头。也许是茅草长起来的缘故,都在齐膝。下露水了,听得见沙沙声。湿润的草叶和草茎摇曳,月光四溅。他都认不出来了,仿佛另一个世界。

当时他也猜过,但不敢向自己承认,堂兄寄宿的那"亲戚",就是大妹妹。由此,大妹妹知道了祖宅置换的消息,又告诉小妹妹,没有与他招呼一声,直接找老李交涉去了。陈书玉想,如果他是大妹妹的性格,也许事情早成了。根据男女享有共同权益的原则,女儿也属继承人之一,于是,四套房增到六套,需重新上报和批准。再接着,让他觉得发谑,他已经不会动气,只是发谑——有一日,一个四十来岁年纪的女人找到他,自称姑婆的过房女儿,这几十年,姑婆就是和她姨妈住在一起,她一个赡养两个。所以,她也应当有一份。笑过之后,不禁害怕起来,觉得这空宅子里其实住满了人,隐身人,都拿眼睛看着他,他走到哪里,都有眼睛。他不敢乱走了,只是坐在屋子里,那屋子四面透风,忽然生出一个念头,这宅子的名号分明是"听风楼"!

伯祖那边似乎也骚动起来,大妹妹来找他,商量协同合作,废除伯祖一系的房屋共有权。他不说话,大妹妹急了,站到跟前,好像要动手的样子。他从椅上退到床上,仰面躺下,望着帐顶,帐顶积满蚊蝇的遗骸。大妹妹骂他一声:"阿缺西",市井中人的口头禅,意思是背时背德,起身走了。他想大妹妹这一声骂得实在好,他真就是"阿缺西"!

事情无限期地延宕下来,堂兄弟回西安去了,也认为他无用,更多地和大妹妹联系。大妹妹往老李处跑得比他熟多了,甚至,去到奚子的家。他成了局外人。与此同时,这城市的房市在火起来,大片大片的楼盘起来,刚打下地基就卖出去,价格直线上升。就像股票买涨不买跌的道理,房子也是。房产中介所一条街一条街地开出门面,展销会人头攒动。当年无论四套还是六套的允诺不再提及,老李的任期已满一届,传说他要调离,事实上,是退休。退休前,老李与他见一次面,拨十万元钱,作老房维修。台风季临近,那房子怕要塌呢,住在里面都有生命之虞。十万元能做什么呢?通货膨胀也在加剧,够做几个立柱,支撑住歪斜的房顶,然后,守夜人的小屋改造一间淋浴房,装上抽水坐便器和热水器,说起来怕人不相信,至今为止,这里的卫生设施还是古老的马桶,旧区里几千马桶中的一个。老李说:当时我答应的,房子修成,立一块牌子,这件事大约可以办到。他苦笑：没房子，牌子有什么意思。老李说：总归是个记录吧！说到底，房子也就是个记录。他想哭，又哭不出来，眼睛是干的。后来知道，那是没到时候，眼泪开闸，就收不起来。

这一年的年末，大虞去世了。事先没有任何预兆，一觉睡下去，就没醒来，众人都说前世里修的福气，可是活的人怎么办？得到消息，过江来到丧家，满眼都是披麻戴孝的人。大虞的小子，白面长身，不像父亲，也不像母亲，而是像上海摩天大楼的写字间里的上班一族。这些孩子不知是吃食还是潮流的缘故，彼此相像，好比大虞是草鸡，他就是白莱亨种。到出殡一日，母亲在他额上系一条白麻，腰里再系一条，方才像父亲的儿子。旧乡俗加新风气，在家停灵三日，合棺抬往殡仪馆，开追悼会然后火化。就在八条汉子绑好杠子，小子举起幡旗，起灵的刹那间，陈书玉却坐倒在棺前地上，无论人们怎么安抚，只是低了头，眼泪吧嗒吧嗒落在水泥地上，很快聚起一汪。女人令小子向他跪下，伏地磕头，谢吊的意思。他不起来。女人呵斥道：你是来劝我还是招我！依然不起来。人们又气又笑还难过，想上海爷叔动了真感情，但不懂规矩，孩子般任性。一早赶到的奚子，由乡长和镇长陪着，推他推不动，欲开口却哽住，镇定一下，与陪同的领导说：我们兄弟就像牙齿，紧紧相依，现在缺一颗，就松动了。这话听进陈书玉耳朵，眼泪又下来一片。算好的时辰就要过去，殡仪馆定的场次也轮到,人们只能一并上前,抬手抬脚抬起来,让开一条道,灵柩上路了。

修房的计划作罢,大木匠也走了。事情兜一圈回到原初,然而此一时,彼一时。后进的房屋全塌了,木料让人拖走大半,走的是北面墙的破洞。主楼因先前的加固,一时不至于倒,破绽则补不胜补。雨水穿过瓦顶,积起来;穿过隔板,再积起来;穿过二层楼,滴到他住的厅堂一角。他一直记得大虞的嘱咐,将几帧完整的窗扉门扇,集中到东边的车间里。那钢结构的支架到底是坚固的,玻璃钢也很密封。每日里他都巡查一遍,将散下来的好木头拖进来。可是他一双手怎抵得上多双手?这一带传说要动迁,划进城隍庙商圈,私房主都忙着搭建,扩充面积,向开发商争取更大利益,木料的需求量激增。有几次,他和邻人各持木板两端,拔河似的拉过去拉过来,对方赔着笑脸,继而晴天转阴霾,恶语骂道:房子坍下来,压死你!他不回骂,也不放手,硬是抽过来,转身拖进废旧车间,地面上也有了小小一堆。

又一个台风季来到,潮汛、大雨、洪水三碰头,电视上发布预警,从蓝色升到黄色,再到橙色、红色。漆漆黑的夜里,他攀上屋顶,就像多年前,那父子二人的身手,站在阳台木栏杆,脚蹬玻璃钢棚顶边缘,一发力,跃上去。这年他七十七岁,自己都想不到有这功夫。雨盖下来,睁不开眼,几次滑溜下去,到瓦檐却止住了。他挟一爿油毛毡,展平,卷起,再展平，四角压住，一阵风来，掀了去，再压住，再掀去。索性扑倒，四肢张开，成一个"大"字。闪电划开黑暗，一个霹雳，要是有人看见，会以为是一个大蜥蜴。

台风过去，云开日出，他手持一柄大扫帚，扫去落叶、泥沙、木屑子，扫去一层，下来一层，这宅子日夜在碎下来，碎成齑粉。

两千年时候，老李允诺他的，终于兑现，那就是门口竖起一座石碑，碑上刻"煮书亭"。之前，文物局与陈书玉作协商，这宅子列入市级文物，免缴地皮税，条件是不可出租和出售，作任何商业用途。他问一句：什么时候维修？文物局的人迟疑一时，支吾几声，终没有回答，他便不再问下去。自此，扫地的范围扩至门外，刻石底下的一块地。渐渐扫远了，远到引线弄的两头，又包抄过来，围街区一周。四面起了高楼，这片自建房迟迟没有动迁，形成一个盆地，老宅子则是盆地里的锅底。那堵防火墙歪斜了，随时可倾倒下来，就像一面巨大的白旗。

2018年5月12日完成于香港中文大学